제3의 여인

나쓰키 시즈코 지음 ― 추지나 옮김

제3의 여인

SHIZUKO NATSUKI

손안의책

가을 폭풍

숲을 지나 울려 퍼지는 교회의 쓸쓸한 만종이 꼬리를 끌듯 줄곧 귓가에 맴돌다 간신히 여운이 사라졌을 무렵, 다이고는 바람이 불기 시작했음을 깨달았다. 갈색으로 빛나는 두꺼운 기둥과 들보에 둘러싸인 프랑스 창문이 삐걱거리고, 양쪽으로 걷어 놓은 고블랭직1) 커튼이 희미한 흔들림을 보였기 때문이다.

식사를 마치고 다리가 낮은 둥근 테이블 위에 칼바도스2) 잔을 두고 천천히 자리에 앉았을 때에도 저력을 품은 바람이 다시 창문을 흔드는 소리가 들렸다.

루이왕조풍의 어스름한 살롱 창문으로는 호텔 안뜰과 호랑가시나무 산울타리 바깥쪽에 있는 돌바닥과 마을 길, 밀밭과 포도밭 앞에 가로놓인 퐁텐블로의 숲 일부를 바라볼 수 있었다.

이미 문밖은 저녁 으스름에 거의 감싸였지만, 먼 숲이며 뾰족한

---

1) 여러 가지 색깔의 실로 무늬를 짜 넣어 만든 장식용 벽걸이 천.

2) 사과를 원료로 만든 브랜디.

지붕이 있는 마을의 실루엣은 아직 희미하게 알아볼 수 있다.

파리의 동남쪽, 아름다운 단풍으로 이름이 알려진 숲도 지금은 잎이 다 진 앙상한 나무와 침엽수의 으스스한 덩어리로 바뀌어 있었다. 저쪽에 연갈색으로 번진 부근은 마로니에와 보리수일까. 나머지는 전나무, 주목朱木, 사이프러스처럼 가시 돋친 검은 빛깔을 띤 암녹색 군생이다.

드넓고 완만한 비탈에 펼쳐진 밭도 완연히 낙엽색 초원으로 탈바꿈했다.

서유럽의 음울한 겨울이 벌써 눈앞에 닥쳐왔다.

낡은 호텔 안뜰의 마로니에 서너 그루만은 간신히 아직 떨어지지 않고 남은 큰 잎이 꽤 있다 싶었지만, 오늘 밤 바람이 불면 대부분 앙상해지리라.

실제로 지금 창문이 흔들릴 때마다 셀 수 없이 많은 낙엽이 공중에서 하늘하늘 춤을 추며 손님 없는 뜰의 하얀 철제 테이블이며 벤치, 지금은 쓰지 않는 듯한 야외요리용 벽돌 위 같은 곳에 떨어져 금세 쌓여 가는 모습이 보였다.

'이삼일만 일찍 왔다면 일드프랑스[3]의 가을 풍경을 만끽할 수 있었을 텐데. 엊그제부터 이상 기후로 갑자기 추워지더니 저녁마다 강한 북동풍이 불더군. 이러다 단번에 계절이 바뀔 모양이야.'

다이고는 학회에서 알게 된 파리대학의 젊은 강사 말을 새삼스레 되새겼다.

'사실 프랑스의 날씨는 하루나 이틀로 갑자기 겨울이 가을로 뒤바뀌어 버리기도 하지…….'

---

[3] 프랑스 중북부 파리분지 중앙부를 이루는 주.

젊은 강사는 올해는 특히 기후가 불안정해서 날씨가 자주 바뀐다는 이야기도 덧붙였다.

실제로 아직 10월 중순인데 일본의 연말이 떠오르는 파리의 추위에 교외로 나가기는 거의 단념했는데, 오늘은 또 아침부터 때때로 스웨터 아래에 땀이 밸 정도로 후텁지근했다. 그래서 오후에 마음먹고 바르비종으로 걸음을 했다. 밀레나 코로, 쿠루베 등 19세기 자연주의, 흔히 바르비종파라 불리는 화가들이 이주한 작은 마을과 퐁텐블로의 거대한 숲 정경은 다이고의 마음속에 향수에 가까운 애정 어린 음영으로 새겨 있었다. 아직 고향 대학에 근무할 무렵 기회가 있어 잠시 발길을 머문 것이 계기이니 벌써 십 년도 더 되었다. 마음속 화폭에 그린 그만의 '모르트퐁텐의 추억'인 셈이다.

할 수 있다면 그때 테라스에서 점심을 먹은 흔한 농가 같던 숙소에서 다시 하룻밤 묵고 싶었지만, 그곳을 찾을 수 없어 조금 더 중후하고 소박한 모양새의 호텔에 투숙하기로 했다.

샤토 샹탈이라는 이름은 어디서 들은 것 같기도 했다. 하얀 벽에 두꺼운 나무 들보가 드러나고 담쟁이가 아래쪽을 감싼 건물이 레스토랑이고, 호텔이 레스토랑에 부속된 것 같았다. 레스토랑 뒤에 있는 호텔은 장엄한 고딕풍이다. 다이고는 호텔 옆에 어슴푸레하게 서 있는 돌인지 벽돌인지를 쌓아 올린 원뿔꼴 지붕의 와인 저장고에 제일 마음이 끌렸다. 지하에 부르고뉴 와인이 가득 잠들어 있을 샤토의 예스러운 분위기는 늦가을 시골 풍경에 참 잘 어울린다. 루소의 농촌 풍경에 쿠르베의 시온성 일부를 덧그린 듯한 작은 세계⋯⋯.

첨탑 끝이 살롱 창문에서도 보일까 싶어 목을 살짝 움츠려 보았지만 잠깐 사이에 창밖은 어둑어둑하게 저물어 짙은 회색 어둠이 창틀

시계를 가득 메웠다.

다이고는 어둠의 색을 보고 날이 저문 게 아니라 갑자기 비구름이 몰려왔구나 싶었다. 평소라면 별이 반짝일 하늘에는 빛의 흔적도 없고, 희미한 농담이 있는 거무죽죽한 잿빛 하늘 바닥이 소용돌이치는 것처럼 보이기도 했다.

툭, 굵은 빗방울이 유리창을 때렸다. 바람이 웅웅거렸다. 때아닌 가을 폭풍이 갑자기 덮친 모양이다.

다이고는 칼바도스 잔을 다시 입으로 가져가며 식사를 마치고 다시 산책하러 나가려 했는데 포기해야겠다고 생각했다.

음, 하는 수 없지. 날씨도 쌀쌀해진 것 같고.

다이고는 두 다리를 쭉 뻗고 의자에 기댔다. 향 좋은 독한 식후주가 시원한 쾌감으로 식도에서 위장 곳곳까지 퍼졌다.

어제로 학회가 끝나고, 내일은 늦은 오후 비행기로 귀국길에 오르기만 하면 되니 그 전까지 어떻게 지내든 상관없다.

오히려 시간이 느리게 흐르는 듯한 이런 적적한 호텔에 갇히는 바람에 그만큼 일본으로 돌아갈 때가 연장되어 다행이란 생각이 들었다.

일본으로 돌아가 일상생활로 복귀하자마자 자신을 쥘 갖가지 자잘한 고통, 욕구불만, 때로는 충동적으로 덮쳐 오는 위기감 등의 울적한 감정이 순간 가슴속에 퍼져 다이고는 실제로 얼굴을 찌푸렸다.

하다못해 이 순간만큼은 잊자.

아니, 사실은 이러고 있을 사이에 깊이 생각하고 마음을 다져야 할 문제가 있었다.

술기운이 돌아 사고가 조금 산만해졌는지도 모르겠다.

점점 거세지는 비바람은 끊임없이 창문을 흔들었다. 바깥은 이제 거의 암흑천지였다. 폭풍 소리, 옛날 라디오드라마의 효과음으로 들었던 조금 과장된 순수한 소리가 그대로 건물 밖에서 미친 듯이 울리고 있었다.

발치가 조금 쌀쌀하다.

다이고는 몸을 살짝 일으켜 얼큰하게 취한 눈으로 주위를 둘러보았다.

샹들리에의 크리스털을 통해 감도는 굴절된 붉은빛이 비친 실내는 문밖과는 대조적으로 고요했다. 칙칙한 벨벳을 바른 벽과 모자이크 맨틀피스4). 그 위에는 중세풍 철투구, 머리카락이 하야스름하고 눈매가 매서운 오래된 프랑스 인형, 촛대 같은 케케묵은 장식품이 늘어서 있다.

그리 넓은 방은 아니다. 실내에는 실제로 특유의 케케묵은 냄새가 자욱했는데, 그 냄새와 뒤섞여 겔랑 같은 고급 향수 냄새도 희미하게 감돌았다.

옛날, 아마 이 건물이 본디 지어진 목적대로 수렵 별장으로 쓰이던 무렵에는 난로에 불이 활활 타오르고, 목걸이를 몇 겹이나 건 여자들의 재잘거림으로 가득하던 밤도 있었으리라…….

다이고는 향수 냄새에서 이유 없이 목걸이를 연상했다.

레스토랑과 호텔의 경계 부근인 2층 살롱은 어느 쪽 손님이건 자유롭게 드나드는 모양이다. 레스토랑이 붐빌 때를 대비한 대기실은 로비 옆에 있으니 여기는 주로 식사를 마치고 쉴 목적으로 제공되는 방일 것이다.

---

4) 벽난로의 윗면에 설치한 장식용 선반.

하지만 오늘 밤은 주말도 아닌 데다 이상기상을 예측했는지 호텔 숙박객은 거의 없는 것 같다. 레스토랑 손님들도 식사하자마자 부랴부랴 차를 몰고 돌아가 버렸다.

순간 예리한 섬광이 번쩍이고, 이어서 천둥이 문밖을 울렸다. 그때 실내 어딘가에서 헉 하고 숨을 삼키는 기척을 느꼈다.

천둥에도 놀랐지만 그보다 살롱 안에 자신 말고 다른 사람이 있음을 깨닫고는 다이고는 허를 찔린 듯이 움찔했다.

의식하고 둘러보니 조금 더 창가에 가까운 테이블 위에 작은 에스프레소 잔 하나가 놓여 있었다. 지금까지 그것조차 살롱의 장식 중 하나 정도로 생각했지만 말이다.

테이블 바로 앞에는 등받이가 높은 안락의자가 놓여 있다. 그 아래에 살짝 나와 있는 반짝거리는 회색 펌프스 끝이 보였다.

여자가 앉아 있었다.

일행은 없는 모양이다. 커피 잔이 하나뿐이고, 한 번도 이야기 소리가 들리지 않았기 때문이다.

살짝 고개를 뻗어 보니 펌프스를 신은 다리가 눈에 들어왔다. 검은 스타킹으로 감싼 조각처럼 군살 없는 가녀린 다리. 일본인 같지 않은 아름다운 다리선이다.

하지만 다이고는 문득 그녀가 일본인이 아닐까 생각했다. 의자 팔걸이에 얹은 팔을 감싼 검은 조젯 같은 부드러운 소매 천에 단풍을 곁들인 기모노풍 비침무늬가 희미하게 빛난 듯 보였기 때문이었다.

파리나 근교에서 어렵지 않게 일본인을 만날 수 있기는 하지만, 다이고는 가벼운 호기심에 휩싸여 자리에서 일어났다.

곧게 뻗은 커피브라운 색의 긴 머리를 빗어 내린 여자의 어깨와 하얀 이마 일부가 보였다.

그때 다시 번개가 번쩍이고 아까보다 가까이서 천둥소리가 울렸다. 이번에는 분명히 여자가 작은 비명을 질렀다.

다이고는 의자에 다시 앉으면서 저도 모르게 미소 지었다. 처음에 여자의 존재를 깨달았을 때에는 조금 꺼림칙한 느낌이 들었지만, 신비할 만큼 조용한 여자 역시 천둥이 무서운 모양이다. 커피 잔이 놓인 테이블 끝에 문고본인 듯한 책 한 권이 엎어져 있었는데, 제목에 쓰인 일본어 활자가 슬쩍 보였다.

다이고는 괜찮다고 말을 걸어 줄까 하다 혹시 몰라 "Vous êtes Japonaise?(일본인이세요?)" 하고 조심스레 물어보았다.

"당신도?"

낮고 허스키한 여자 목소리가 조금 뜸을 들인 뒤에 돌아왔다.

"예, 맞아요."

다이고는 다시 쓴웃음을 지었다. 빈말이라도 유창하다고 할 수 없는 그의 프랑스어로는 단박에 일본인이란 게 들통 나 버린 듯하다.

"아, 죄송합니다. 당신이 거기 계신 줄 전혀 몰랐어요. 아까부터 계속 거기에 앉아 계셨습니까?"

여자의 얼굴이 보이지 않는 상태에서 다이고는 물었다. 정말 뜻밖이었던 만큼 얼른 얼굴을 마주치는 것이 무례를 저지르는 듯한 기묘한 가책에 사로잡혔다. 딱히 혼잣말은 하지 않았던 것 같지만, 마치 조심성 없이 열어 둔 마음속까지 읽혀 버린 듯한 가벼운 낭패마저 느꼈다.

여자는 대답하지 않았다. 그러나 그게 다이고의 질문을 긍정하는 것처럼 보였다.

"식사는 이미 마치셨나요?"

"네."

"혼자서요?"

여자는 또 침묵했지만 부정하지 않았다.

"이 가게는 에스카르고5)와 닭요리가 유명하다더니, 역시 이곳의 코코뱅6)은 정말로 풍미 있는 맛이었어요."

프랑스남부 평원에서 기른 닭으로 만든 레드와인찜은 전형적인 부르고뉴 요리로 레스토랑 샹탈의 대표 메뉴이기도 했다.

"저는 생햄이 좋았어요."

여자가 시원스레 대답했다.

"아아, 푸르스름한 곰팡이로 일부러 초록색으로 끝 부분을 꾸민 게 독특했죠. 그거랑 치즈가……."

메인 요리가 한차례 끝난 참에 치즈가 듬뿍 담긴 바구니를 날라 왔다. 카망베르7) 같은 부드러운 종류가 많았지만, 막대기 모양의 딱딱한 치즈도 섞여 있었고, 검은 곰팡이로 덮힌 산양 치즈, 주황색 리바로8) 등 열 종류도 넘는 치즈가 듬뿍 담겨 있었다. 다이고는 그전에 이미 어지간히 배가 불러 있었는데도 눈앞의 즐거움에 빠져 저도 모르게 이것저것 맛본 탓에 디저트로 나온 애플타르트를 한 입밖에 먹지 못했을 정도였다.

"프랑스 레스토랑에서는 치즈만 보아도 가게의 맛과 질을 알아버

---

5) 프랑스의 대표적인 달팽이 요리.

6) 닭고기와 채소에 와인을 넣어 조린 프랑스 요리.

7) 프랑스의 노르망디지방에서 만든 흰곰팡이치즈.

8) 프랑스의 노르망디지방에서 생우유나 살균우유를 세척하며 숙성시킨 치즈.

린다고들 하죠."

여자 목소리가 처음으로 미묘하게 부드러웠다.

음식 화제는 어느 때라도 그 자리 분위기를 친근하게 만들어 준다. 상대는 역시 일행 없이 홀로 왔고, 이 살롱 안에 둘 외에는 절대로 아무도 없음이 확실했다.

다이고는 저도 모르게 가슴에 담아 두었던 숨을 천천히 뱉는 느낌으로 상반신을 움직였다.

"정말 깜짝 놀랐어요. 조금 전까지 당신이 거기에 계신 줄 몰랐습니다. 너무 조용해서요."

"저도 몰랐어요. 당신이 들어왔을 때 책을 읽고 있었거든요. 그리고 당신도 숨죽이고 계셨잖아요?"

허스키한 목소리에 지금은 가벼운 야유 같은 울림도 섞여 있었다.

"딱히 숨죽였던 건 아닙니다. 생각할 게 조금 있었을 뿐이죠."

다이고도 아니꼬운 기분에 말려든 것처럼 대답했다.

"······."

"아····· 이 샤토 샹탈이라는 가게 이름을 어디서 들은 적이 있는 것 같은데 기억이 안 나서요······."

"아마 모파상이 아닐까요."

"그래, 맞아요, 진주 아가씨로군요!"

"고아인 펄이 가족처럼 자란 가정이 분명 샹탈 일가였지요."

"맞습니다. 틀림없어요."

폭설이 내리던 밤 샹탈가에서 거둔 펄은 그 집 셋째 아들에게 깊은 연정을 품었으면서 가만히 침묵을 지키고, 그 또한 펄을 향한 진심을 숨긴 채 약혼녀와 결혼한다. 오랜 세월이 지난 어느 밤에 두 사람은 공통된 친구에게 덜컥 둑이 무너진 것처럼 비밀을 토로한다. '도취와 광기의 신속하고 성스러운 감각…….'이라는 표현에 한창 시절 다이고도 도취했었다.

아까부터 자신이 뜬금없이 진주(펄) 목걸이를 떠올린 것도 무의식의 연상이었으리라.

칼바도스를 또 한 모금 마시자 마음이 들떴다. 아직 얼굴도 보지 못한 그 여성에게 불현듯 친근감이 들었다.

"당신도 홀로 바르비종 마을을 구경하러 오셨나요?"

"네. 하지만 어제부터 감기에 걸려 완전히 목이 가 버리는 바람에 아무 데도 돌아다니지 못하고 여기서 한동안 쉴 생각이었어요."

"그러면 호텔은 파리인가요?"

"네."

"돌아가실 때 많이 불편하겠군요."

"차가 있어요. 이렇게 비가 내리면 한동안 움직일 수 없겠지만요."

여자의 말투에서 잠시 다이고와 여기서 잡담을 나누는 것도 나쁘지 않겠다는 느긋한 마음이 엿보였다.

다이고는 잔을 들고 일어났다. 이제 여자의 모습이 보이는 위치까지 이동하는 것도 자연스럽게 느껴졌다.

그런데 다이고가 발을 내디딘 순간 또다시 섬광이 번쩍였다. 동시에 샹들리에의 빛이 모두 꺼졌다.

새카만 어둠에 감싸인 살롱 안을 천둥이 관통했다.

잠깐 동안 다이고는 일어선 채 망설였지만 두꺼운 융단에 발을 끌다시피 하며 걷기 시작했다. 일대가 전부 정전되어 버렸는지 창문으로 흘러드는 빛도 없었다. 의자와 테이블 윤곽조차 분간하기 어려운 암흑이었다.

손으로 더듬어 가며 여자 대각선 앞으로 짐작되는 의자에 앉았다. 막상 앉아 보니 상당히 가까운 위치인 것 같았다. 아까부터 은은하게 느껴지던 겔랑 향수가 근처에서 감돌았고, 여자의 숨이 다이고의 볼에 전해졌다. 그런 모든 것들에 달콤하고 왠지 쓸쓸한, 묘하게 고귀한 냄새가 담겨 있었다. 테이블을 손바닥으로 쓰다듬고서 잔을 두었을 때, 여자의 팔꿈치를 살짝 스쳤다. 얇은 천 안쪽의 가는 팔이 저릿한 감각을 다이고 안에 남겼다.

"우연이로군요."

다이고는 여태까지와는 다른 긴장감을 얼버무리듯 중얼거렸다.

"이런 때에 정전되어 버리다니……. 아니, 당신과는 원래 생판 모르는 사이니 무슨 일이 일어나더라도 우연은 되지 않을지도 모르겠지만, 그래도 역시 우연이란 기분이 드네요. 그것도 천재일우의 귀중한 우연이란 느낌이요."

"모파상이 즐겨 그린 소재는 물가와 우연과 페시미즘이라고 어느 책인가에 쓰여 있었어요."

"페시미즘, 염세주의라……."

그 말은 그에게 가슴 밑바닥의 근심을 떠오르게 했다. 다이고는 자신 안에 지위나 명예나 가정의 안정을 바라는 지극히 세속적인 감정, 반대로 영웅적인 무모한 정의감, 때로는 모든 것을 차창 너머 먼 풍경처럼 담담히 바라보며 좀 더 순수하고 영원한 것을 추구하는 시인과 같은 혼, 세 가지가 존재함을 자각했다.

"염세론자는 낙관론자보다 질이 나쁜 것 같은데 왜일까요."

"그러네요. 어쩌면 어느 날 갑자기 어떤 폭발적인 일을 저지르기 십상인 위험성을 안고 있기 때문이 아닐까요. 어느 날 갑자기 사태가 호전될 가능성을 전혀 믿지 못하게 되고, 그런 자신이 견딜 수 없어져 궁지에 몰린 쥐가 고양이를 물려고 하는 것처럼⋯⋯."

"아아⋯⋯."

다이고는 또다시 마음속을 들킨 것만 같았다. 어쩌면 자신은 이미 거의 그런 상태가 되어 있는지도 모른다. 게다가 그는 지독한 울적함의 단편조차 누구에게도 털어놓지 못했다. 불행하게도 그는 주위에 정확하게 자신의 마음을 이해해 줄 친구를 한 사람도 얻지 못했다. 아내 역시 아내로서는 좋은 여자였지만 그의 벗은 아니었다.

그러나 지금은⋯⋯ 이상하게 억누르려 하는 데도 오히려 자신의 내부가 자연스레 녹아내려 다 털어놓아 버릴 것 같아 불안했다. 그를 감싼 부드러운 암흑과 정체 모를 여자의 달콤한 체취가 빠른 마취처럼 평온하게 만들었는지도 모른다.

이 여자 곁에 있으면 어쩐지 자신이 자신이 아닌 것만 같다. 아니 되레 진짜 자신이 드러나는 것일까?

정전은 얼른 복구될 법하지 않았다. 여전히 문밖과 실내 어디에서도 불빛은 비치지 않았고, 강한 바람과 굵직한 빗방울 소리만이 울려 퍼졌다. 아래층에서는 때때로 소리도 들렸지만, 크게 소란피우거나 불평을 말하는 손님도 없는 모양이다. 그런 부분이 일본과 달리 유럽 시골다운 태평함일까.

"정말이지 마음 밑바닥에 응어리진 우울함이나 불발탄 같은 것까지 전부 입 밖으로 나와 버리면 조금은 낙관론자로 변할지도 모르겠군요."

다이고는 조금 취한 듯한 기분으로 중얼거렸다. 하지만 평소 술에 취했을 때와는 어딘가 달랐다.

"조금은…… 마음이 편해질지도 몰라요."

우수를 머금은 그 목소리의 울림이 그를 놀라게 했다. 이 여자 역시 뭔가를 가슴에 담고 있는 걸까?

당연한 이야기라고 그는 새삼스레 자신의 우둔함을 비웃었다. 이런 젊고 교양 있어 보이는, 엄청나게 아름다운 여자가 홀로 음울한 늦가을 파리에 머물고 있다니…….

"당신은…… 실례지만 어디에서 오셨습니까?"

"도쿄요."

"혼자서요?"

"네."

"여행한 지 벌써 오래되었나요?"

"오늘로 딱 일주일째일 거예요."

"언제 귀국하실 예정입니까?"

"글쎄요. 정하지 않았어요."

여자는 자포자기한 듯이, 그러면서도 노래하는 것 같은 말투로 중얼거렸다.

"복잡한 사정이 있으신가 보군요."

"아뇨, 무척 단순해요."

여자는 또다시 야유하듯, 아니 오히려 자조적으로 대답했다.

"단순하다고요?"

"네. 하지만 당신은 그 단순한 일을 듣고는 저를 경멸하실지 몰라요."

"그런 일은 아마 없을 겁니다."

그때 문을 두드리는 소리가 들리더니 어렴풋한 불빛이 조용히 들어왔다.

"한동안 전기가 들어올 것 같지 않군요."

새된 목소리의 프랑스어로 그렇게 말한 것 같았다. 다이고는 정확히 들을 정도로 프랑스어를 잘하지 못했지만, 대강 짐작이 갔다. 그래서 이 호텔 여주인이 초를 가져온 모양이다.

"초는 필요 없어요."

의자에 앉은 여자가 나른한 프랑스어로 대답했다. 다이고는 조금 놀라며 곧이어 그것이야말로 자신도 바라는 바였다고 생각했다. 상대의 얼굴도 보이지 않는 이 어둠이 믿기 어려운 힘으로 여자와 자신의 마음을 해방시켜 주었다.

흔들리는 빛의 고리가 다가오기 전에 그는 한 손을 저었다. 마담은 표정 없이 두세 번 고개만 끄덕이고서 문을 닫고 사라졌다.

다이고는 말없이 기다렸다. 등불을 거절한 여자가 어떤 이야기를 꺼내리라는 예감이 들었다.

침묵이 이어졌다. 이 여자의 마음속을 털어놓게 하고 싶은 충동이 돌발적으로 다이고의 가슴에 치밀어 올랐다. 충동이 너무 격렬해서 예감처럼 느껴지는지도 모른다. 아주 작은 계기만 던지면 혹시―?

"그 단순한 사정이란 대체……."

다이고가 말하는 중간에 여자는 깊이 숨을 들이마셨다.

"제 단순한 욕망은 한 여자를 죽이고 싶은 거예요."

그녀는 목이 좀 아픈 듯했지만 뜻밖에 차분한 말투로 이야기를 꺼냈다.

"저는 벌써 이 년이나 그 생각만 끊임없이 가슴에 품은 채 이루지 못하고 있어요. 용기가 없는지, 기회가 없는지…… 하지만 둘 다 결정적인 건 아니니까 머지않아 반드시 실행할 거예요."

다이고는 어떤 이해하기 어려운 감동과 결국 타오르는 호기심에 사로잡혔다.

"왜 당신은 그 여자를 죽여야 하죠?"

"살아 있는 것을 용서받지 못한 여자니까요. 마음이 얼음처럼 차갑고 교만하고……. 교만함 때문에 여자는 이 년 전 어떤 사람을 죽였습니다. 그리고 그날부터 저는 그 여자를 죽여야만 한다고 몇 번이고 다짐했어요."

이야기하면 할수록 여자의 목소리는 한층 조용하게 울렸다. 그래서 오히려 다 말할 수 없을 정도로 깊은 슬픔과 원념이 듣는 사람 마음에 전해지는 듯했다.

"당신은 죽은 사람을 사랑하셨군요."

대답 대신 희미한 한숨이 들렸다.

"그런데 경찰은 왜 그 여자를……?"

"경찰이 한차례 조사했지만 타살이라는 확증을 잡지 못했어요. 하지만 저는 압니다."

"그럼 왜 그 여자를 고발하지 않으셨습니까?"

"그건…… 물증이 남아 있지 않았고, 제 마음이 그런 해결로는 납득할 수 없어요. 어쩌면 그 여자가 저를 저주하고 있는지도 몰라요. 그 여자가 죽는 것 말고는 제 마음은 도망칠 곳이 없으니까요."

이번에는 다이고가 굵은 한숨을 쉬었다.

"똑같군."

다이고는 저도 모르는 새 한숨과 함께 말을 뱉고 있었다.

"네?"

여자가 의아하게 생각한 듯하다.

그녀는 지어낸 이야기를 떠든 게 아닐까? 그런 의심이 순간 다이고의 머릿속을 스쳤지만 설령 거짓말에 자극되었다 하더라도 차라리 한 번 자신의 답답한 심정을 털어놓아 버리고 싶었다.

"저랑 똑같아요. 당신 이야기를 듣고 비로소 깨달았습니다. 아니, 벌써 알고 있었는지도 모르겠군요. 저도 그 남자를 죽이는 꿈을 몇 번이나 꾸었던지……. 그 남자가 죽어 주면 좋겠다고 마음속으로 바라 왔어요. 제가 살려면 그 녀석을 죽이는 길밖에 없는지도 모릅니다."

"그 남자가 누구죠?"

자신의 이야기를 할 때보다 조금 성급하게 여자가 되물었다.

"교수입니다. 대학의 같은 연구실……."

"그러면 당신은 조교수?"

"네. 다시 말해 그 녀석은 내 보스죠."

"엉큼한 사람인가요?"

"한마디로 말하면 악덕 교수입니다. 학문의 중심이 곧 진실의 중심이 아니라는 말은 그 남자를 위해 있는 거나 마찬가지예요."

다이고는 저도 모르게 이를 갈듯 턱을 부들거렸다.

"그가 무슨 짓을 했나요?"

여자는 솔직하게 물었다.

"간단히 말하자면 기업과 결탁해 기업의 중과실을 무마시키려 했어요. 실제로 그 회사에서 만든 과자를 먹은 아이 중 스무 명 가까이

암에 걸렸고, 대부분 원래 먹고살기 어려웠던 부모들이 도탄의 괴로움 속에서 보상을 호소하고 있는데 말입니다. 앞으로 몇 명의 아이들과 가족이 같은 괴로움을 당할지 알 수 없는데도요. 제품 분석조사를 의뢰받은 교수는 업자와 유착해 거짓 분석 결과를 보고해 책임 회피를 거들었습니다!"

"저런…… 하지만 피해자가 또 다른 대학에 조사를 의뢰하면……?"

"우리 대학은 그 지방에서는 가장 권위 있는 국립대학입니다. 주변 대학의 위생학 교수들도 모두 우리 교수 입김이 닿는 사람들뿐이에요. 그렇다고 도쿄나 오사카에 부탁할 만한 힘이 피해자 쪽에는 없어요. 분석 의뢰에도 일종의 연줄이나 힘 관계가 효과를 나타내니까요. 웬만큼 매스컴이 떠들면 사정도 달라지겠지만, 교수는 정치력이 강한 남자라 지역 정치나 신문에도 얼굴이 통해요. 게다가 아직 그럴 정도로 피해자 수가 많지 않고, 실상도 파악하기 어려워요."

"……"

"물론 저는 몇 번인가 교수에게 항의했습니다. 그 과자에 분명히 들어 있는 강력한 발암성 독극물 이름을 지적했죠. 그러자 녀석은 곧바로 저를 내보내려는 수로 나왔습니다. 제게 알래스카 시골 마을의 대학 조교수로 가라고 권하더군요. 교수가 결원이라 실질적으로는 교수 위치라면서……. 그것도 제가 어떻게 나오느냐에 따라 사실상 강제적인 권고가 되기 십상이겠죠. 우리나라 신원보증은 상당히 분명해졌다고들 하지만, 대학에서는 여전히 교수의 권한으로 아랫사람의 장래를 마음대로 좌지우지할 수 있어요."

폭풍은 조금 진정된 모양이었다. 벼락은 일대를 정전시킨 것으로 만족한 듯이 물러났고, 빗방울이 유리창을 두드리는 소리도 뜸해졌다. 웅웅거리는 바람 소리만이 오히려 실내의 정숙을 도드라지게 하려는 듯 멀리 울렸다.

"소아암만은 참을 수 없어요."

여자가 울먹이는 목소리로 중얼거렸다.

"오 년쯤 전에 제가 가끔 프랑스어를 가르치던 귀여운 여자애가 소아암으로 죽었는데, 그때 아파서 울던 목소리가 지금도 귓가에 생생해요."

그녀는 충동적으로 훌쩍였다.

"그럼 당신도 이해해 주시겠죠. 제가 그 남자를 죽이고 싶다고 간절히 바라는 심정을. 인간의 갖가지 죄 중에서도 어리고 귀여운 아이를 괴롭히는 죄만큼 용서할 수 없는 것은 없으니까요. ─『카라마조프의 형제』 중에서 이반과 알료샤가 신神에 대한 문제를 이야기하는 부분이 있었지요. 경건한 수도사 알료사조차 순진무구한 아이를 괴롭히고 죽인 인간에게는 '총살해야 마땅합니다!'라고 외치지 않습니까. 그래요. 이 세상에는 절대로 용서하지 못할 인간도 존재하는 겁니다."

"옳은 말씀이에요. 다만 용서하지 않는 것에는 큰 용기가 필요하지 않나요?"

용기……. 그거야말로 지금 다이고가 가장 두려워하는 말일지도 모른다.

"잊어버리죠, 전부!"

다이고는 정신없이 여자의 팔걸이 부근으로 손을 뻗었다. 조젯 드레스 위로 가녀리고 따뜻한 여자 팔을 잡았다.

"하다못해 이러는 시간 정도는 잊어버립시다."

여자의 다른 한쪽 손이 다이고의 손등에 겹쳐졌다. 그는 자신의 양팔 사이에 얼굴을 묻었다. 겔랑 향기가 미칠 것처럼 그를 자극했다.

"지금, 당신을 원해요……."

다이고는 엉겁결에 말했다. 그러고는 양손을 쭉 뻗어 여자의 잘록한 몸을 안았다.

껴안은 채 끌어오려 하자 여자는 교묘하게 몸을 돌리며 사뿐히 등을 보인 채 그의 무릎 위로 옮겼다.

그는 여자의 어깨에 턱을 괴고 들여다보았다. 그녀는 목을 틀었다. 어둠 속에서 서로의 입술을 헤매지 않고 찾아냈다. 여자의 입술은 얇고 축축했고, 역시 고귀한 향기를 머금었다.

입술을 겹친 채 마음먹고 단숨에 등의 지퍼를 내렸다. 뒤에서 두 개의 유방을 손으로 쥐었다. 젊은 탄력이 손바닥에 되돌아왔다.

조젯 드레스와 어깨의 슬립 단추로 이어진 속옷이 한꺼번에 흘러내렸다. 여자의 사랑스러운 귓불, 그곳에 있는 작은 구멍, 아마 귀걸이를 차기 위해서이리라……. 목덜미…… 매끈한 피부를 입술로 더듬는다. 이미 다이고는 황홀한 순간에 거의 달해 있었다. 여자 역시 자연히 그를 받아들이리라 믿었다. 도취와 광기의 신속하고 성스러운 감각…… 모파상의 문장 하나가 다이고의 머릿속에서 반짝이며 스쳤다.

행위는 이상할 정도로 막힘없이 이루어졌다.

위축된 망아忘我의 시각———.

신비하고 묘한 일체감…….

두 사람의 호흡이 진정됐을 때, 폭풍 소리까지 숨을 죽여 더없이 부드러운 정숙이 살롱을 가득 채웠다. 다이고는 문득 여자와 자신이 하나의 조각상이 된 착각을 즐겼다.

마침내 그녀는 그의 무릎 위에서 재빨리 몸단장했다. 그의 손을 빌려 아까 앉았던 팔걸이의자로 돌아갔다.

또다시 얼마쯤 시간이 흐르고 나서 여자가 조용히 "저기요." 하고 말을 걸었다. 그러고는 이어서 여태까지 없었던 의연한 울림을 담아 물었다.

"당신을 괴롭히는 악덕교수는 어디의 누구인가요?"

"후쿠오카 시에 있는 국립 J대학 위생학 교수, 요시미 아키오미라는 남자입니다."

다이고는 진실을 말했다. 엉터리 대답은 자신을 속이는 것 같았다. 이어서 그 역시 물었다.

"당신이 죽이고 싶을 정도로 미워하는 여자의 이름은요———?"

"나가하라 미도리. 하코네 고지리箱根湖尻에 있는 에메랄드 뷰라는 호텔 경영자의 큰딸이에요."

"당신은? 당신에 대해 알려 주세요."

"저는……. 사메지마 후미코예요."

여자는 다이고의 손을 잡아끌어 손바닥에 '史子'라고 썼다.

"도쿄에서 혼자 살고 있어요. 대개는 집에서 번역 일을 하지만, 화요일과 금요일 오후부터 6시까지는 사무실에 나가요."

다이고는 아직 얼마든지 묻고 싶은 말이 있었지만, 먼저 자신도 소개해야 한다는 것을 깨달았다.

"저는 다이고 고헤이입니다. 후쿠오카에 살고 아까 말한 대학
의……."

그러자 갑자기 여자의 손끝이 그의 입술을 눌렀다.

"그만두죠. 말씀하지 마세요. 그 이상 아무것도. 아무 말씀 하지
않으셔도 저는 이미 누구보다 당신을 이해하고 있지 않나요? 가장
소중한 마음 깊숙한 곳을 열어 보여 주셨잖아요. 그건 저도 마찬가지
지만요. 그에 비하면 다른 건 모두 대수롭지 않은 일이에요. ———이
대로 서로의 얼굴을 보지 말고 헤어져요."

여자는 갑자기 어머니가 어린 아들을 가르치듯 성숙한 미소를 머금
은 목소리로 속삭였다.

"하지만 그럼 앞으로 또……."

"우리는 오늘 밤 운 좋게 멋진 운명을 만난 게 아닐까요. 오늘
밤 이 살롱에서 갑자기 우리 위에 찾아온 일……. 아마 이런 기적적인
운명은 앞으로 두 번 다시 찾아오지 않을 것 같아요. 아뇨, 또 어딘가
에서 파리나 도쿄 같은 데서 만날 수 있다면 정말 좋겠지만, 그랬다가
는 모처럼 오늘 밤 하늘이 제게 주신 순수함과 용기가 제 빛을 잃어버
릴 것 같아 두려워요."

"……."

"하지만 지금은 벌써 우리가 분신 같은 느낌도 들어요. 당신도
진심으로 그리 생각한다면 기쁠 것 같아요."

"물론 나는 진심으로……."

"고마워요. ———그런 우리가 오늘 밤 같이 겪은 일을 입 밖에
꺼내지 않은 채 나중에 둘 만의 시간을 가질 수 있다면 참 멋지겠지

요."

다이고가 말을 잃은 사이에 여자는 손가락으로 그의 **뺨**을 살짝 만지고는 일어났다. 소지품을 손에 들고, 구두가 카펫을 스치는 희미한 소리를 울리며 조용히 나갔다.

다이고는 망연한 기분이었지만 여자를 붙잡을 말조차 찾지 못한 채 옴짝달싹하지 못했다.

굳게 문이 닫혀 버리자 갑자기 몰려온 피로에 축 늘어져 의자 등받이에 기댔다. 여자를 쫓아가 얼굴을 보고 싶은 충동이 마음의 절반을 차지했지만, 그것은 결코 행동을 일으킬 만큼 부풀어 오르지 않으리라. 이쪽도 그녀에게 얼굴을 보여야 한다는 스스로도 이유를 잘 파악할 수 없는 강렬한 억제가 움직였기 때문이다.

갑자기 매섭게 차가운 공기 밑바닥에서 여자의 잔향이 감돌았다.

아까 그녀가 말한 '순수함과 용기'라는 말이 다이고의 의식에 길게 여운을 남겼다.

용기란 어떤 뜻이었을까……?

아득한 바람 소리를 들으며 다이고는 여전히 반쯤 넋이 빠져 있었다.

선택의
시간

1

"오늘도 평소랑 다름없이 돌아오죠?"

아내인 시호코가 뒤에서 다이고의 어깨에 코트를 입히며 물었다. 질문이 아니라 아침마다 습관적인 인사 같은 것이다. 국립대학 조교수에 특별히 취미도 없고 노는 법도 모르는 그의 생활은 조사로 출장이라도 가지 않는 한 대개 날이 밝으면 대학으로 출근했다 이른 저녁에 다시 대학에서 바로 집으로 돌아오는 기계적인 삶의 연속이다.

"응, 아마 6시쯤 올 거야."

그도 판에 박힌 대답을 했다.

"오늘 밤은 굴전골을 할까요. 슬슬 제철이잖아요."

다이고가 좋아하는 것을 아는 시호코가 동의를 구하는 눈으로 남편을 올려다보았다. 미소 지으면 가는 눈꼬리에 잔주름이 모인다. 주근깨가 가뭇가뭇한 둥근 얼굴의 피부가 조금 푸석하다.

외견만은 서른여섯 살이란 나이에 맞게 늙었지만, 다이고에게는 시호코가 아무리 시간이 흘러도 십 년 전 결혼했을 때부터 조금도 변하지 않은 것처럼 느껴졌다.

시호코는 다이고 모교인 오이타 현大分縣의 국립대학 교수 딸이다. 졸업하고 다이고는 교수의 연구실 조수로 일하며 마침내 조교수가 되었는데, 서른두 살 때 후쿠오카의 J대학 위생학 교실 조교수에 결원이 생겨 공모가 났다. 시호코의 아버지가 당시 J대학장과 절친해서 다이고를 열심히 추천해 주었고, 지역에 따른 암 발생에 관한 그의 논문 업적이 인정받아 운 좋게 J대 조교수 자리에 들어올 수 있었다. 그것을 기회로 은사인 교수가 스물여섯 살이 된 딸과의 혼담 이야기를 꺼내, 간단한 맞선 뒤에 승낙했다.

시호코와 결혼 생활은 너무나 평온하다. 매사를 그렇게 꼬치꼬치 따져가며 고심하지 않는 밝고 가정적인 여자다. 다이고의 뒷바라지도 열심히 해 준다. 올해 초등학교 3학년과 1학년이 된 두 딸 모두 엄마를 닮아 솔직하고 평범한 소녀로 자랐다.

어쨌든 좋은 아내라며 다이고는 늘 자신을 타일렀다. 무슨 일이든 다소 둔한 반응을 모른 척하고 그녀가 하늘에서 받은 자질 이상의 매력을 요구하지 않는 이상은 좋은 아내다.

하지만 시호코의 둔감함은 지금 다이고에게는 오히려 구원이라 할 수 있으리라.

그녀는 파리 학회에서 돌아온 남자가 어딘지 변했음을 조금도 눈치채지 못한 모양이니 말이다.

다이고는 "굴전골은 좋지."라고 대답하고 현관을 나왔다. 문까지 이어지는 좁은 앞뜰에 작은 꽃송이를 맺은 국화와 늦게 핀 장미가 흐드러지게 피었다. 다이고의 집은 후쿠오카 시 동북부의 와지로和白라는 바다에 가까운 마을 조성지 안에 있다. 공단 주택에 살다, 삼

년 전에 지어 놓은 개인주택을 융자로 사서 이사했다. 계단식 조성지 주위에는 밭과 골프장 등이 펼쳐져 있고, 시 중심부에서는 제법 떨어져 있지만 J대를 다니기에는 편리한 위치다.

다이고는 코롤라⁹⁾를 몰고 9시 넘어 정체가 풀리기 시작한 국도 3호선을 달렸다.

11월 초순치고 드물게 묵직한 구름이 낮게 깔린 아침이다. 텔레비전에서는 올해 첫 한파라고 했다. 차 시동이 잘 걸리지 않을 정도다.

핸들을 움직이며 다이고의 사고는 늘 같은 곳으로 이끌렸다.

그날 밤———그 바르비종의 폭풍우 치던 밤, 사메지마 후미코는 무사히 차를 몰고 파리 호텔에 도착했을까?

후미코가 살롱을 떠나고 나서 십오 분쯤 지나 다이고는 레스토랑 로비로 내려갔지만 그때 바깥의 주차장은 빗물로 수영장 같은 상태라 차는 한 대도 보이지 않았다.

전등이 켜진 것은 그로부터 다시 십오 분쯤 지나고 나서일까.

다이고는 어쩌면 후미코가 파리 호텔에 묵는다는 말은 거짓말이고, 샤토 샹탈 호텔에 투숙하지 않았을까 하고 생각하며 프런트에 물어보았지만, 그런 이름 손님은 찾을 수 없다는 대답이 돌아왔다. 머무는 손님 중에 일본인 여성은 한 사람도 없단다. 파리에서는 외국인 숙박객에게 여권 제시를 요구하니까, 이름이나 국적은 위조할 수 없다.

다음 날 이른 아침에 호텔을 빠져나가 폭풍이 지나간 뒤 떨어진 낙엽으로 빼곡한 마을길을 돌아다녀 보았다. 아침 안개가 자욱한 인기척 없는 길 저편에서 불쑥 후미코가 나타나지 않을까 하는 기대와

---

⁹⁾ 일본 도요타자동차에서 만든 승용차.

두려움에 마음을 졸이면서. 생각해 보면 다이고는 후미코의 얼굴이며 모습을 한 번도 본 적이 없었다. 하지만 다음에 다시 만난다면 그 사람이 후미코라고 그 자리에서 알리라고 본능적인 확신을 안고 있었다.

그녀는 이대로 서로의 얼굴을 보지 말고 헤어지자고 했다. 다이고도 분명 그게 옳다고 납득했다. 그러면서도 마음 한구석에는 그 여자를 똑똑히 눈으로 보고, 그 모습을 확실한 존재감으로 자신 안에 파악하고 싶다는 억누르기 어려운 욕망 또한 커졌다.

그러나 끝내 후미코를 만나지 못했다.

파리의 호텔을 샅샅이 뒤지면 찾을지도 모른다.

그날 저녁에 귀국행 비행기를 타야 하는 다이고에게는 그런 여유가 없었다. 게다가 그녀가 고한 사메지마 후미코라는 이름도 과연 본명일까? ······그런 의심이 움텄다.

이따금 펼쳐서 즐겨 읊는 시집 속의 한 구절처럼 억지로 외우려 하지도 잊으려고 노력하지도 말자고 일본으로 돌아가서 스스로 결론을 내렸다.

그러나 후미코와의 기억은 자주 그의 기억을 점령했다. 그 감각 한 컷 한 컷은 되살아날 때마다 오히려 예리하고 선명해졌다. 게다가 그것은 그에게 어떤 선택을 조르는 듯한 기분을 들게 했다.

지금의 다이고는 여유 있는 차의 흐름을 따라가면서 그래도 결국 자신은 아무것도 고르지 않으리라고 생각했다. 이대로 입을 다물고 요시미 교수에게 반항하지 않은 채 모든 것을 보고도 못 본 척 지나가기만 한다면 교수도 자신을 지금의 위치에서 쫓아내려는 악랄한 획책까지는 하지 않으리라. 그리고 앞으로 칠팔 년만 지나면 교수는 정년을 맞이하고, 후임 교수 위치가 다이고에게 돌아올 가능성도 있기는 하다. 아니, 오만불손한 요시미의 언동에 내심 반발을 안은 다른 교수도 적지 않을 테니까 뜻밖에 동정표가 다이고에게 몰릴 희망도 있다.

지금은 그저 신중하고 조용히 견뎌야 한다.

다이고는 머릿속으로 굴전골의 김 너머로 웃고 있는 아내와 딸들 얼굴을 다소 의식적으로 그렸다. 의식적이기는 해도 역시 그 광경은 그에게 은은한 안식과 따스함을 전했다.

그러면서도 차가 J대에 가까워지고 수업에 들어가기까지 아직 삼십 분 정도 여유가 있음을 깨닫자 그는 불현 듯 부속병원에 들렀다 가자고 마음먹고 말았다.

J대 부속병원의 소아과 병동에는 올여름에 연이어 간암에 걸린 세 아이가 입원해 있다. 다들 후쿠오카 현 내륙부 S시 근처에 살던 회사원이나 겸업농가 가정의 아이들이었다.

올 3월부터 8월 정도까지 반년간 S시를 중심으로 한 일대에서 스무명 가까운 아이들이 간암 또는 간암으로 의심되는 진단을 받았다. 적어도 여덟 명은 틀림없이 암이었다. 9월 이후 조금 진정되었지만 환자 발생은 여전히 계속되고 있다.

환자 대부분이 네 살에서 열 살 정도의 아이들로, 주로 S시에 있는 대학병원이나 시립병원에 수용되었다. 사망자도 네 명을 헤아렸다. 수술을 받고 호전된 환자도 있지만, 그렇다 하더라도 암이나 그에 유사한 간 장애는 치료에 오랜 기간이 필요하므로 아이들 대부분이 여전히 병원 신세를 졌다.

J대 부속병원에 보내진 중증 아이들 세 명을 다이고가 처음 본 것은 8월 초였다. 이때 이미 포피코라는 과자가 가장 유력한 원인으

로 지목되고 있었다. 발병한 아이들의 대부분이 후쿠오카 시에 본사가 있는 큰 제과회사 S공장에서 생산된 땅콩과 감자를 섞은 쿠키를 먹었다.

포피코는 될 수 있는 대로 회수하고 생산은 중지되었다.

보건소와 현의 위생부를 거쳐 J대 위생학 교실로 과자 성분 분석 의뢰가 들어왔다. 처음에는 백지 입장으로 분석 의뢰를 받은 요시미 교수가 다이고를 대동하고 환자 상태를 보러 갔던 것이다.

그 이후 요시미는 아마 한 번도 병실을 들여다본 적이 없으리라.

그러나 다이고는 연구실 오가는 길에 곧잘 발이 저절로 그쪽으로 향하고 말았다.

2

10시 전 소아과 병동 복도에는 아침 배급차가 아직 나와 있어서, 간호사가 그 사이를 바쁘게 돌아다니며 일했다.

하지만 평소 아침의 병동 공기 아래에 오늘은 어쩐지 침울한 기척이 감돌았다.

그 기척은 소아암 환자가 모인 병실 앞까지 와서 한층 강해졌다.

평소에는 환자 가족이나 누군가는 수다를 떨고 있는 복도가 지금은 쥐죽은 듯 고요하고 인기척이 없었다. 간신히 한 간호사가 고개를 숙인 채 나왔을 뿐이었다.

"무슨 일이 있었나?"

다이고는 간호사의 어깨를 살짝 두드리며 물었다.

"아, 선생님……. 어젯밤 늦게 다쓰오가 숨을 거뒀어요."

젊은 간호사는 그 말만 하고 말로 형용할 수 없는 표정으로 얼굴을 찡그리고 재빨리 멀어졌다.

깊은 둔통 같은 감각이 다이고의 가슴에 내리쳤다.

다쓰오는 S시의 자전거 대여점 아이로 초등학교 2학년생이었다. 요리를 좋아하고 식물도감을 가져다주었더니 정말 기뻐하며, 다음에 다이고가 얼굴을 비칠 때마다 여러 나무와 풀이름을 외워서 이야기해주었다. 그런데 최근에는 갑자기 식물 이야기를 하지 않고, 대신 밤에 머리맡 창문으로 보이는 별 이야기만 물었다. 다쓰오의 어린 영혼은 이미 씩씩하게 지상과 결별하고 하늘로 돌아갈 날을 준비하고 있었던 것일까.

병실에 들어서자 다쓰오가 없는 하얀 침대가 다이고의 눈을 덮었다.

시트 위에 노란색과 하얀색 튤립이 놓여 있었다.

옆 침대에는 유미코가 작은 얼굴을 좌우로 젖히면서 뜻 모를 신음을 흘렸다. '아파, 아파.' 하고 호소하는 걸까. '안 돼, 안 돼.' 하고 우는 것처럼도 들린다. 여섯 살 유미코의 얼굴은 다이고가 약 두 주 전에 찾았을 때보다 한층 더 말라서 거의 주먹 정도로 작아졌다. 하얬던 피부에 이미 검푸른 죽음의 그림자가 깃든 것은 누가 보아도 명백했다.

모친이 계속해서 유미코의 배를 쓰다듬어 주었다.

유미코의 부친은 S시의 버스회사에 다니고, 모친은 유미코를 데리고 근처 상점에 시간제로 일한다고 한다. 그렇게 유미코의 오빠까지 네 식구 생활이 유지되고 있었다.

유미코가 발병하고 나서 어머니는 일을 그만두고 내내 옆에 붙어 있었다. 아이 의료비는 부모가 삼 할을 부담한다. 게다가 간암은 보험이 되지 않는 항생물질이나 특별식, 차액 병실 요금 등으로 부모는 한 달에 이십 오만에서 삼십만 엔, 아무리 줄이고 줄여도 이십만 엔이 넘는 부담은 어쩌지 못하리라. 안 그래도 빠듯한 살림을 꾸리던 일가가 지금은 어떻게 먹고사는지……

그것은 유미코의 가정에만 있는 일이 아니다. 입원한 아이들 대부분은 중산층 이하 가정 아이로, 아이가 어린 만큼 부모의 나이도 젊고 수입도 적었다. 어느 가정이나 정신적, 경제적으로 상상을 뛰어넘는 괴로움을 당하고 있을 것이다.

다이고의 기척을 느끼고 유미코 어머니가 고개를 들었다.

젖은 다이고의 눈을 보자마자 어머니의 충혈된 두 눈에도 이내 눈물이 넘쳤다.

"선생님……. 어젯밤부터 쭉 이렇게 괴로워만 하고 있어요. 그래도 다쓰오가 죽었을 때는 똑똑히 알더군요. 닷짱, 먼저 가지 마, 하고 말하지 뭐예요. 자신도 언젠가 떠나리란 걸 아는 걸까요?"

거기까지 말하고는 유미코의 어머니는 양손으로 얼굴을 덮고 흐느꼈다. 하지만 금세 그 손을 떼고 야무진 표정으로 다이고를 올려다보았다.

"선생님, 원인은 역시 난페이푸드의 포피코죠? 포피코에 독이 들었던 거죠? 제발 가르쳐 주세요!"

이제 서른을 넘겼을 텐데 쉰 살 여자처럼 늙은 모친은 미친 여자에 가까운 눈으로 다이고를 응시하며 그의 손을 꽉 쥐었다.

"선생님……. 저는요, 이제 보상금 따윈 필요 없어요. 그보다도 유미코와 다쓰오를 이렇게 만든 책임자들이 무릎 꿇고 사과했으면 좋겠어요. 사실을 인정하고 정말로 죄송하다고 진심으로 고개를 숙여 준다면 하다못해 다쓰오의 영혼도 잘 성불할 수 있지 않을까요……. 그러니까 선생님 진실을…… 난페이푸드가 범인이죠?"

그렇다. 당신 말이 맞다.

다이고는 목구멍에서 억누른 자신의 목소리를 들었다.

작년 7월부터 12월, 반년에 걸쳐 난페이푸드 S공장에서 제조된 포피코 안에 강한 발암물질이 포함되었음은 거의 의심할 여지가 없다. 환자 대부분이 S공장 제품이 판매되는 지역에 거주하고, 그 기간 내에 생산된 포피코를 대량으로 먹은 사실이 확인되었다. 포피코는 생각보다 가격이 싸서 아이들에게 인기 있는 과자였다.

다이고는 발암 물질의 정체도 짐작이 갔다. A톡신이라 불리는 균으로 땅콩, 감자, 쌀, 보리 같은 기름기 많은 전분에 생기는 곰팡이에서 나오는 독이다. 난페이푸드는 포피코 원료인 감자를 전분 형태로 동남아시아에서 수입하므로, 감자가 오래되어 곰팡이가 생겼거나 처음부터 오래된 사료용 감자를 몰래 전용한 것이 분명하다. 환자 숫자가 비교적 적은 것을 보면 곰팡이가 발생한 것은 원료 속 한 봉지나 두 봉지였는지도 모른다.

다이고가 확신하고 결론을 내리는 까닭은 초반에 요시미 교수가 포피코 분석을 다이고에게 맡겼기 때문이다. 그런데 다이고가 두 조수와 함께 분석을 거의 마치고, 정식 보고서를 작성하기 전에 먼저 요시미에게 보고하자 요시미는 갑자기 그 일을 다이고에게서 빼앗아 버렸다. 다이고의 설명에 이해되지 않는 점이 있어 자신이 다시 한 번 분석을 하겠다고 했다.

그로부터 약 보름이 지난 9월 초에 요시미가 제 손으로 작성해 현의 위생부에 제출한 정식보고서 내용은 다이고의 분석 결과와 사뭇 달랐다.

요시미의 보고서를 보면 포피코 원료인 감자가 다소 오래되었다는 의심은 있지만 곰팡이 발생은 보이지 않는다. 따라서 포피코가 직접 발암 원인이 된 것이 아니라, 상극인 음식물이 충돌을 일으켰다고 생각하는 것이 타당하다. 어떤 음식물이 문제가 되는지는 환자 한 사람 한 사람의 케이스를 정밀하게 추적 조사할 필요가 있으므로, 결론을 내기까지는 아직 상당한 시간이 필요하다……

대강 이런 내용이었다. 다시 말해 요시미는 전면적으로 난페이푸드의 책임회피를 꾀한 것이다.

다이고가 보고서를 내기 직전에 기업에서 요시미에게 강력한 움직임이 있었던 것은 분명했다.

다이고는 요시미가 유별나게 돈에 집착하는 성격임을 알고 있다. 거액의 돈이 난페이푸드에서 그에게 흘러 들어갔음이 틀림없었다.

한편 환자 가족은 하다못해 기업에서 보상이라도 나오면 조금이라도 부담이 덜할 테고, 충분한 치료도 해 줄 수 있으리라.

요시미 교수는 어린 환자와 가족들의 목숨과 생활을 사리사욕으로 판 것이다!

다이고는 물론 강경하게 항의했으나 요시미는 덮어놓고 상대하지 않았다. 다이고는 조수들에게 자신을 지지해 달라고 요청했으나, 이미 교수에게 회유되어 거북한 표정으로 입을 닫았다. 요시미나 조수들은 J대 출신이고, 다이고를 조교수로 부른 당시 학장이 정년퇴직해 버린 현재로서는 오이타의 지방 대학 출신인 다이고는 완전히 고립무원 상태였다.

다이고는 그 후에도 여러 차례 요시미에게 진짜 보고를 다시 제출하라고 압박했다. 그러자 되려 요시미가 날을 내비치기 시작했다. 갑자기 알래스카의 대학으로 전출을 권한 것이다. 다이고가 끝까지 거절하면 아무리 교수라도 강제할 수는 없다. 그러나 그것은 허울 좋은 이야기고 상대방 대학의 좋은 조건을 늘어놓으며 이쪽에 있기 불편한 상황을 조성해 사실상 내쫓을 방법은 얼마든지 있다. 그런 전례가 셀 수 없을 정도다.

"선생님, 선생님은 사실을 알고 계시죠?"

유미코의 모친은 집요하게 물었다.

"그렇다면 어째서 진실을 발표하지 않으시나요? 요시미 교수가 두려워서 그러세요?"

두려운 것은 아니다. 그러나 지금 무턱대고 자신이 다른 견해를 공식적으로 발표한다 해도 결국은 요시미가 정치력으로 뭉개 버리리라.

좀 더 다른 수단을…… 정말로 그 남자를 이길 방법을 찾는 중이다…….

다이고는 스스로 변명하는 말을 마음속으로 중얼거리며 유미코의 모친을 슬쩍 밀어냈다.

도망치듯 병실을 나왔다.

부속병원 현관을 내려왔을 때, 마침 차 세우는 곳에 미끄러져 들어오는 검은 머큐리[10]가 다이고의 눈앞에서 멈추었다.

정신 차리고 보니 요시미의 승용차였다.

운전사가 뒷문을 열자 진회색 더블로 허우대 좋은 몸을 감싼 요시미가 내렸다.

요시미 아키오미는 올해 쉰두 살일 것이다. 흰머리가 섞인 머리와 아랫볼이 살짝 볼록한 단정한 얼굴은 얼핏 우수한 학식과 인격을 고루 갖춘 학자의 풍모를 띠고 있지만, 튀어나온 강렬한 눈동자나 두꺼운 입술 주변을 잘 보면 바닥이 보이지 않는 욕망과 무자비한 성격이 배어 있노라고 다이고는 늘 느낀다.

시선을 맞춘 순간 상대의 그 커다란 눈동자 속에 경멸하는 빛이 떠올랐다. 다이고가 또 소아암 환자를 병문안하고 온 냄새를 맡은 것이다. 요시미는 다른 볼일로 병원에 온 것이리라.

다이고는 살짝 인사하고 지나치려 했다.

그러자 갑자기 요시미가 미묘한 미소를 띠고 한 걸음 다가왔다.

"아, 자네……. 얘기했던 알래스카 건 말인데. 어제도 그쪽 학부장한테 전화가 와서 제발 내 아래 있는 젊고 우수한 인재를 보내달라고 재촉하더군. 간단히 알래스카 시골이라고들 하지만 최근 그곳 근처에서 석유가 발견되어 도시가 아주 북적인다고 하더군. 대학 예산도 충분하니까 필요한 만큼 돈을 쓰고 마음껏 연구도 할 수 있어. 자네에게 바라마지 않은 기회가 아닌가?"

"……."

---

10) 미국 포드자동차가 만든 고급 승용차.

"올해 안에 대답을 들어야 하니 마음이 정해지는 대로 내게 알려 주게. 기다릴 테니까."

요시미는 하얀 치아를 드러내며 다시 한 번 슬쩍 웃고는 고개를 돌려 걸어갔다. 시선을 떼자마자 그 얼굴에서는 미소의 흔적조차 사라지고 없었다.

자신의 의지와는 관계없이 선택의 시간이 다가오고 있다. 그런 예감은 아련한 공포와 비장감을 동반하고 다이고의 마음을 얼어붙게 했다.

메시지

1

12월 2일 늦은 오후 다이고 고헤이의 연구실 책상 위에 그 편지가 놓여 있었다. 다이고는 실험실에서 돌아와 편지를 발견했다.

흔히 볼 수 있는 가늘고 긴 봉투에 또박또박 해서체로 J대 주소와 다이고 이름이 쓰여 있었다. 그 위에 속달을 나타내는 붉은 고무도장이 찍혀 있다. 대학 사무원이 가져온 편지를 조수가 받아서 여기에 올려 두었으리라.

거기까지는 딱히 아무 이상도 없었다.

다이고는 의자에 앉으며 봉투를 뒤로 돌렸다. 후쿠오카 시 주오구의 '로쿠엔 에스테이트 주식회사' 라는 이름이 앞쪽과 똑같은 펜글씨로 적혀 있다.

로쿠엔 에스테이트는 큰 보험회사 자본으로 만든 부동산 회사다. 삼 년 전 다이고가 지금 사는 집을 살 때 신세를 져서 잘 안다. 도쿄에 본사가 있고, 후쿠오카는 지점이지만 시 중심부의 깨끗한 빌딩 안에 마치 근대적인 생활을 상징하는 살롱 같은 사무실을 갖추고 있다.

그 회사가 이제 와 왜 속달을 보냈을까?

뒷면 글씨를 보면서 다이고는 처음으로 희미한 위화감을 느끼며 봉투를 뜯었다.

편지지 두 장이 나왔다.

세로쓰기 글씨는 봉투와 같은 필적이었다.

'지난번 말씀하신 맨션·빌라 건, 서두르시는 것 같아서 선생님 상황에 맞춰 12월 3일 금요일 오후 5시 반에 괜찮은 물건을 보여 드리려고 합니다. 그 시각에 저희 사무실을 찾아주시기 바랍니다. 이번 물건은 여러모로 다시없을 기회이므로 반드시 찾아주십시오. 기다리겠습니다.

영업부 미즈시마 올림'

문장은 한 장으로 끝나고, 편지지 뒷장은 백지였다.

다이고는 두 번 더 읽고 나서도 의아한 얼굴로 편지를 바라보고 있었다.

영업부의 미즈시마란 인물은 기억이 없었다. 삼 년 전 집을 살 때 담당한 사원은 그 이후에 다른 현 지점장으로 이동했다고 인사장이 왔었다.

아니, 애초에 지난번에 이야기한 맨션·빌라 건이 무얼 뜻하는지 도통 모르겠다. 설마 다이고가 별장 맨션을 살 생각이 있다고 생각하는 것도 아닐 텐데. 지금 사는 집 융자조차 앞으로 십칠 년이라는 정신이 아득해질 만한 기간이 남아 있다.

그러나 편지는 그렇게 해석할 수밖에 없는 내용이었다. 게다가 다이고가 급하게 별장 맨션 물건을 보고 싶다고 요구한 것처럼 보이지 않는가.

다이고는 처음에 담당이 주소와 이름을 잘못 알았나 싶었다.

하지만 어째서인지 그것만으로는 정리되지 않은 채 이상하게 가슴을 얽매는 듯한 어감을 편지 뒷부분에서 느꼈다.

이 편지는 사무적인 연락 같으면서도, 기묘하게 개인적 사사로운 편지 가까운 인상을 준다.

다이고는 편지를 뜯기 전에 품었던 막연한 위화감을 새삼 떠올렸다. 그것은 비단 편지가 속달이었던 탓만은 아니다. 여태껏 로쿠엔 에스테이트에서 어떤 문서를 보냈을 때에는 반드시 가로쓰기 전용 갈색봉투가 사용되었고, 뒷면에는 영문이 붙은 회사 이름이 인쇄되어 있었다. 이런 하얀 봉투에 펜글씨로 회사 이름을 적은 일은 단 한 번도 없었다.

한편으로는 '선생님 상황에 맞춰'라는 기술이 역시 다른 누구도 아닌 다이고에게 보낸 메시지임을 느끼게 했다.

처음 보는 글씨다. 남자인지 여자인지는 모르겠지만 글을 많이 써 본 지적인 글씨다.

봉투에 찍힌 도장을 보았다. 엊그제 17시에서 24시 사이에 접수되었음을 알았다. 이 편지를 로쿠엔 에스테이트 지점이 있는 후쿠오카 시 중심부 우체국에 접수했거나 우체통에 넣었다고 해도 같은 시내인 J대로 배달되기까지 너무 많은 시간이 걸렸다.

그렇게 생각하고 소인에 적힌 우체국 이름을 자세히 살폈지만 잉크가 흐려서 제대로 판독할 수 없었다. 다만 '후쿠오카'가 아님은 분명했다.

다이고는 다시 한동안 불길한 것을 보듯 편지를 앞으로 돌리고 생각에 잠겼다.

만약 이것이 틀림없이 다이고 앞으로 보낸 연락이라면 상대방은 금요일 오후 5시 반에 그가 회사에 나타나기를 기다릴 것이다.

12월 3일 금요일은 내일이다.

마침내 다이고는 편지를 겉옷 주머니에 넣고 일어섰다. 같은 주머니에 동전이 있음을 확인했다.

평소 연구실에서 전화를 걸려면 책상 옆 송화기로 교환해 달라고 부탁하면 되지만, 통화 내용이 지금 옆에 있는 조수와 학생 귀에 들어갈 위험이 있다. 다이고는 왠지 알리고 싶지 않았다. 그는 평소 특별히 이렇다 할 이유 없는 일에도 아무튼 신경질적인 성격이었다.

초겨울 땅거미가 조용히 머무른 학교 안 길을 조금 걸어 전화박스에 들어갔다.

전화부에서 로쿠엔 에스테이트 번호를 뒤져 숫자를 눌렀다.

여자 교환수가 받아서 '영업부 미즈시마 씨를 바꿔 달라'고 부탁하자 얼마 안 있어 젊은 남자가 받았다.

"네, 미즈시마입니다."

쾌활함이 넘치는 인사가 다이고의 귀에 꽂혔다. 역시 처음 듣는 목소리였다.

"저기, J대 다이고라고 합니다만······."

"아, 다이고 선생님이십니까? 처음 뵙겠습니다. 이번 일 잘 부탁드립니다. 그렇지 않아도 제가 전화를 드리려던 참에 먼저 전화를 해 주셔서 감사합니다."

이름을 듣자마자 미즈시마는 기세 좋게 이야기를 이어받았다. 상대방은 다이고의 신분을 아는 데다 어떻게든 연락할 줄 알았다는 말투다. 그러나 '처음 뵙겠습니다.'라고 먼저 말했다.

"내일 5시 반이 시간이 괜찮다고 하니 차를 준비하고 기다리겠습니다."

"아…… 그러니까 맨션을 보러 간다는 건가요?"

"물론이죠. 원하시는 조건은 지난번에 듣고 비서분께도 말씀드렸지만, 다자이후마치大宰府町에 한 건과 메이노하마姪浜 바다를 내려다보는 구릉지에 한 건, 마침 새로 지은 지 얼마 되지 않은 맨션·빌라가 있습니다. 반대 방향이지만 모두 중심부까지 차로 한 시간이 걸리지 않는 한적한 장소라는 조건에 맞고, 예산과도……."

"잠깐, 잠깐만요. 제 비서라니 대체……."

"아, 비서가 아니었나요? 저는 그렇게 들었던 것 같은데. 이거 실례했습니다. 어쨌든 그…… 쓰가와 씨라는 여성분께서 그저께 전화로 선생님 연구실 번호를 알려주셔서요."

주머니나 서랍에서 그때 적은 메모를 찾아내 확인하는 몸짓을 상상하게 하는 말투였다. 하지만 다이고는 '비서'도 '쓰가와'도 아닌 밤중에 홍두깨였다. 애초에 누군지 몰라도 그 여자의 말을 곧이곧대로 듣고 국립대학 조교수 따위가 여비서를 데리고 있다고 믿는 미즈시마가 비상식적이기 그지없지만 말이다.

미즈시마는 제멋대로 해석한 모양이다.

"어쨌거나 아주 인상이 좋은 분이셨습니다. 역시……."

역시라고 덧붙인 말투에도 희미한 야유가 담겨 있었다. 아무래도 미즈시마는 쓰가와라는 여자가 다이고의 바람 상대고, 그가 여자랑 살림을 차리기 위한 맨션을 알아보고 있다고 지레짐작한 것이 아닐까?

"급하다고 하셔서 저도 처음에 전화를 받은 입장도 있고 해서, 출장을 연기하고 안내하려는 것이니 내일 꼭……."

잠시만, 그 쓰가와라는 여자 목소리의 느낌은…… 연락처를 알 수는 없느냐고 물으려다 말을 삼켰다. 지금 그런 질문을 했다가는 미즈시마는 의미 없는 농담이라고 흘려보내거나 놀리는 거냐며 입을 다물어 버릴지도 모른다.

어쨌거나 내일 5시 반에 그쪽 회사를 방문해 맨션·빌라인지 하는 물건을 안내받으며 넌지시 캐는 수밖에 없지 않을까.

다이고는 기묘한 기분인 채 수화기를 내려놓았다.

은행나무에서 떨어진 잎이 깔린 길을 검은 머큐리가 천천히 달리며 전화박스 앞을 지나갔다.

요시미 아키오미 교수의 승용차다.

요시미는 지금 돌아가려는 모양이다.

뒷좌석 등받이에 몸을 푹 내맡긴 교수는 튀어나온 강렬한 눈으로 정면을 응시하고 있어 전화박스 안에 있는 다이고를 보지 못한 모양이다.

저도 모르게 전화기 구석에 숨었던 다이고는 차를 지켜보며 유리문을 짚었다. 될 수 있으면 요시미와 눈을 마주치고 싶지 않았다. 알래스카 대학에 조교수로 가라는 권유를 받고 대답을 재촉 받은 채 아직 의사표시를 하지 않았다.

알래스카 내륙부의 소도시에 있는 시립대학이지만 최근 근처에서 석유가 개발되어 도시는 윤택하고, 연구비도 마음껏 쓸 수 있다며 요시미는 좋은 조건만 늘어놓는 꼴에서 다이고를 쫓아내고 싶은 속내

가 훤히 비쳤다. 알래스카로 가 버리면 돌아올 발판은 정말로 바라볼
수 없어지리라. 그렇다고 아직 알래스카에 뼈를 묻을 결심은 쉽사리
서지 않았다. 아내 시호코는 안색을 바꾸고 반대하고 있다.

그러나 지금 이야기를 거절하면 언젠가 더 조건이 나쁜 지방 대학
으로 쫓겨날 위험도 적지 않았다.

난페이푸드 식품공해에 따른 소아암 환자 발생은 발병 빈도가 줄어
들기는 했어도 여전히 드문드문 나타나 끊이지 않았다.

J대 부속병원에 입원한 아이들은 여덟 살 다쓰오가 죽고 여섯 살
유미코도 뒤를 쫓듯 괴로움에 몸부림친 끝에 숨을 거두었다.

S시를 중심으로 한 어린 입원환자들과 가족의 비참함은 지금도
계속되고 있다.

그래도 난페이푸드 경영진은 요시미의 분석보고를 방패막이로 모
양새뿐인 위로금을 전달하고는 여전히 기본적인 책임을 회피하려
하고 있다.

다이고는 알래스카행을 승낙하느냐 마느냐 하는 선택을 강요당하
고 있다.

하지만 그것과 이질적인 무언가 좀 더 결정적인 활로를 개척할
때가 아닐까? 인간이 일생에 한 번 만날까 말까 한 운명적인 결단의
때———그런 막연하지만 절박한 감정이 요즘 다이고를 끊임없이
덮쳤다. 요시미와 눈이 맞으면 마음속 갈등을 들켜 버릴 것 같은 불안
을 느꼈다.

"내일 5시 반이라……."

다이고는 이유도 없이 중얼거리며 쌀쌀한 복도를 걸었다.

내일 저녁 요시미는 결혼식을 간다고 했던 이야기를 뜬금없이 떠올

렸다. 교수의 제자가 은행 중역 딸과 결혼하게 되어서 요시미는 주빈
으로 초대받았다고 들었다. 요시미의 심복 같은 조수 야마다와 함께
출석하는 모양인데, 다이고는 초대받지 못했다.

2

다음 날 오후 5시 반에 다이고는 약속대로 로쿠엔 에스테이트 후쿠
오카 지점을 찾아 미즈시마를 만났다.

미즈시마는 스물일고여덟 살쯤 되어 보였다. 전화 목소리로 상상
했던 것과 달리 얌전해 보이는 작은 체구의 남자였지만, 그를 만나고
부터 이루어진 일은 거의 예상대로였다.

미즈시마는 먼저 후쿠오카 시 서부 해안가에 있는 고토산五塔山 기
슭과 시 동남쪽인 다자이후마치에 막 새로 지은 두 별장 맨션의 화려
한 팸플릿을 펼쳐 보였다. 환경과 부대설비부터 융자를 끼는 방법까
지 한차례 설명하고 나서 회사의 중형차로 다이고를 안내했다. 자신
은 조수석에 타더니 다자이후 쪽부터 순서대로 돌자고 운전사에게
지시했다.

미즈시마의 말로 추측건대 '다이고의 비서 쓰가와' 라는 여성은

사흘 전 화요일 오후에 로쿠엔 에스테이트에 전화를 걸었고, 그때 우연히 전화를 받은 미즈시마에게 다이고의 이름과 직업을 밝히며 그가 급하게 별장맨션을 구한다고 접수한 모양이다. 시내 중심부에 서 차로 한 시간 안쪽의 한적한 장소였으면 좋겠고, 총액 천오백만 엔 정도라는 대략적인 조건으로 적당한 물건을 발견하면 당장에라도 계약하고 싶다는 의향을 넌지시 내비쳤다. 그것은 미즈시마의 의욕 만 보아도 상상이 갔다. 근래 후쿠오카 시내부터 근교에 걸쳐 맨션이 우후죽순처럼 늘어선 데 비해 불경기 여파로 수요가 늘지 않아 금리 를 내지 못한 채 도산하는 회사가 속출하는 지경이었다. 로쿠엔 에스 테이트는 큰 자본이 뒤에서 받쳐 주고 있어 도산 걱정은 없다지만, 한 건이라도 빨리 매각하고 싶은 심정이리라.

여자의 목소리 느낌은 이십 대에서 서른 즈음. 저음이지만 또박또 박 말했다. 그녀의 연락처는 말하지 않고 금요일 5시 반에 다이고가 그쪽으로 갈 테니 안내해달라고 희망했다. 미즈시마에게 넌지시 들 을 수 있었던 이야기는 그게 고작이었다.

"어제 선생님의 전화를 받고 나서 7시쯤 쓰가와 씨도 친히 전화를 해 주셨어요. 꼼꼼한 분이시군요."

여자가 다이고의 아내 시호코가 아님은 명백했다. 어제 7시쯤이면 시호코는 다이고의 저녁 시중을 들고 있었고, 로쿠엔 에스테이트 화 제를 꺼내 보아도 아무 반응도 나타내지 않았다.

그럼 그 여자는 누구지?

다이고는 '사메지마 후미코'를 지울 수 없었다. 10월 중순 파리 교외 바르비종 마을 샤토 샹탈의 살롱에서 우연히 마주친 여자. 아니, 마주쳤다는 표현조차 적절하지 않으리라. 두 사람은 한 번도 서로 얼굴을 보거나 눈빛을 교환한 적조차 없기 때문이다.

그러나 때아닌 가을 폭풍이 휘몰아치던 밤, 암흑 속에서 함께한 이 세상 것이 아닌 듯한 한때의 도취는 날이 지날수록 오히려 이 세상에 존재하는 무엇보다 명확한 증거처럼 이따금 다이고의 감각에 생생하게 되살아났다.

그렇다면 후미코는 대체 왜 후쿠오카의 부동산 회사에 전화해 일방적으로 잡은 약속을 그에게 통지했나? 속달은 후미코, 아니 적어도 '쓰가와'라고 자신을 밝힌 수수께끼 여성이 써서 보냈으리라는 확신이 들기 시작했다.

그리고 그녀는 어젯밤 미즈시마에게 전화해 다이고가 틀림없이 오는지 확인했다.

왜?

무슨 목적으로———?

아무리 머리를 굴려도 대답은 찾을 수 없었다.

하지만 만약 이것이 후미코가 보낸 어떤 메시지라면, 자신은 그녀의 의지를 따라야만 한다고 직감이 속삭였다. 다이고의 본능이 기꺼이 그러고자 했다.

다자이후와 메이노하마 고토산이라면 후쿠오카 시의 시가지를 안에 끼고 대각선 끝과 끝이다. 게다가 차로 정각 6시에 출발했으니 저녁 퇴근길에 걸려 두 맨션의 빈집을 각각 두 개씩 보고 설명을 듣고 회사로 돌아왔을 때에는 밤 9시가 지나 있었다.

미즈시마는 오늘내일로 다이고가 계약금을 치러 주리라 기대한 모양이었다. 다이고는 물건들이 전부 장단점이 있지만 대체로 만족스럽다는 기색을 비추었다. 그러나 정작 중요한 금전 면에서 예정이 하나 틀어진 것이 있어 그쪽이 해결되는 대로 오늘 본 물건 중 하나를 결정하자고 적당히 기대하게 하는 대답을 했다.

벌써 셔터를 내린 로쿠엔 에스테이트 빌딩 앞에서 미즈시마와 헤어져 지하주차장에 주차해 둔 자신의 코롤라를 운전해 집으로 돌아갔다.

와지로에 있는 집에 도착하니 10시였다. 시호코는 태연한 얼굴로 기다리고 있었다. 아내에게는 오늘 아침 집을 나설 때 오사카 쪽 대학에서 조교수를 하는 친구가 갑자기 후쿠오카에 와서 오늘 밤 만날 거라고 이야기해 두었다.

변함없는 모습의 시호코가 아무 말도 하지 않는 것은 집을 비운 사이 여자가 전화를 걸지 않았다는 증거였다.

다이고는 어째서인지 강렬한 실망이 엄습했다. 그것으로 자신이 다시 그런 류의 '메시지'를 기대했음을 깨달았다. 맨션을 안내받는 중에도 문득 복도 모퉁이에서 후미코가 나타날 듯한 예감이 들어 숨을 삼키기도 했다.

아내와 함께 침실에 들어갔을 때 불현듯 온몸에 퍼지는 공허한 피로를 느꼈다.

오전 9시 넘어 시호코가 침실 문을 살짝 열었다. 침대 안에서 잡지를 읽는 다이고에게 말했다.

"아, 벌써 일어났어요? 그냥 부를 걸 그랬네요. 전화가 왔어요."

"누구한테———?"

"세이부신보 학예부의 쓰가와 씨라는 분이세요."

찌르르한 감각이 다이고의 몸속을 흘렀다. 세이부신보는 후쿠오카에 본사가 있는 지방지다.

"여자 기자지?"

억누른 목소리로 그렇게 되물으면서 일어났다.

"맞아요. 신년 특집을 부탁드린 좌담회 미팅으로 오늘 뵙기로 했다던데요."

"오늘?"

"네, 그렇게 말씀하셨어요. 오늘 오후 2시에 현립도서관 향토관계 열람실에서 뵙기로 약속을 했다고요."

"일단 받아야겠군."

"아뇨, 벌써 끊었어요. 깜빡하시면 안 되니까 혹시 몰라 전화했는데, 자세한 부분까지 상의하고 싶으니 두 시간쯤 시간을 내어 주셨으면 좋겠다고 전해 달래요."

"전화는 벌써 끊었나……."

무의식중에 중얼거린 다이고의 말투에는 낙담이 드러났으리라. 시호코가 의아해하며 미안한 듯 가는 눈썹을 모으고 말했다.

"상대방이 깨우지 말라며 간곡히 말하기에……. 무척 정중한 분이었어요."

"여기자고 확실히 쓰가와라고 했지?"

"네"

"오늘 일을 깜빡하고 있었군."

서둘러 말을 둘러댔다.

세이부신보의 좌담회도 '쓰가와 기자'도 애초부터 모르는 이야기였다.

오늘이야말로 나타날지도 모른다……!

겔랑의 향기가 불현듯 콧속을 스친 듯한 감각에 다이고는 순간 가슴속이 저미는 격앙에 사로잡혔다.

후쿠오카 시 현립도서관은 하카타 항博多港 가까이에 있는 현문화회관 건물 안에 있다.

오랜만에 아침부터 화창한 푸른 하늘이 펼쳐졌지만, 건조한 바람의 냉기가 본격적으로 겨울이 다가왔음을 알렸다.

다이고는 북쪽 지방처럼 미루나무 가로수와 분수가 있는 정원 구석에 차를 세우고 중이층인 도서실로 올라갔다.

입구에서 열람 담당 여성 두 사람이 웃는 얼굴로 인사했다. 다이고는 평소 주로 J대 도서관을 이용하지만, 시내로 나갈 때 겸사겸사 달에 두세 번쯤 여기도 들른다. 전문서 복사를 부탁하고는 해서 어느새 직원 중 세 명 정도와 친해졌다.

토요일 오후인 탓에 평소보다 드나드는 사람이 많은 것 같았다.

일반서 열람실 왼쪽 좁은 방에 향토 관계 서적을 모아 두었다.

그곳 입구에도 마련되어 있는 접수대에 젊은 남직원이 혼자 앉아 있었다.

다이고는 2시 5분에 열람실에 들어갔다. 일부러 조금 늦게 가자는 마음도 작용했다.

대개 네댓 명이 이용하는 실내에 오늘은 고교생인 듯한 몇 명 그룹과 다른 세 명 정도가 책을 펼치거나 서가를 뒤지고 있었다.

우연히도 남자밖에 없었다. 여자의 모습은 보이지 않는다.

다이고는 늘 이용하는 환경위생관계 서적이 모여 있는 서가 앞으로 걸어갔다. 이 방에는 현의 향토사부터 농림, 수산, 토목, 환경위생 등의 자료와 서적이 갖추어져 있어 지역 일을 조사할 때에는 J대

도서관보다 여기가 편리했다.

다이고는 출입구의 기척에 신경을 곤두세운 채 비교조사 중인 현 내의 하천 오염물질 관련 자료를 읽고 접수 직원에게 열 페이지 정도 복사를 부탁했다.

3시 반이 지나도 기다리는 여자는 나타나지 않았다.

그 사이 젊은 여자 이용자도 몇 명쯤 드나들었고, 그때마다 다이고는 묻는 듯한 눈길로 한동안 상대를 바라보았지만 다들 무관심하게 떨어진 의자에 앉아서는 눈길조차 주지 않았다.

'쓰가와'는 오늘 아침 전화로 2시부터 약 두 시간쯤 시간을 내어 달라고 아내에게 전언을 남겼다.

그렇다면 4시까지 기다려야 한다.

남은 시간 대부분을 활자에서 눈을 떼고 창밖 키 큰 미루나무가 바람에 흔들리는 모습을 바라보며 보냈다.

4시 10분에 다이고는 도서실을 뒤로했다.

실망과 분노와 불안한 기분이 뒤섞여 마음은 한없이 초조했고 숨소리도 불규칙했다. 대체 자신은 무엇을 하는 것인가?

곧장 집으로 돌아가면 아내와 아이들이 수상하게 여길지도 모른다.

다이고는 그 치고는 드물게 혼자서 중심부 호텔 11층에 있는 라운지에 들렀다. 번화가 히가시나카스東中州에는 단골 바도 있지만 그쪽에 가기에는 너무 이른 시간이다.

하카타 만灣이 내려다보이는 카운터에서 미즈와리[11]를 한 잔 마셨다. 그저께 속달을 받고 나서 오늘까지 있었던 일련의 일들, '쓰가

---

11) 물을 타서 묽게 한 위스키.

와’라는 여성의 행동에 어떤 의미가 있는지 분석해 보려 했으나 어느새 요시미 교수와의 확집과 현재 자신이 내몰린 처지에 사고가 사로잡혀 기분이 가라앉았다.

다이고는 일단 그런 생각을 하기 시작하면 이래저래 망설이고 머뭇거리고 같은 곳만 맴돌며 끝없이 괴로워하는 성격이었다.

태양이 저물기 시작하자 바다는 으스스한 청회색을 띠며 하얀 파도가 부서졌다.

7시 전에 집 현관을 들어설 때, 시호코가 심상치 않은 낯빛을 하고 달려 나왔다.

“여보……. 조금 전에 연구실 야마다 씨 전화가 왔어요. 요시미 교수님 댁에 사고가 있었다던데요.”

“사고?”

“자세한 이야기는 말씀하시지 않았지만, 교수님께서…….”

그때 현관 옆에 있는 전화기가 울렸다.

다이고가 손을 뻗어 전화를 받았다.

“아, 선생님이십니까, 야마다입니다.”

야마다의 코맹맹이 소리가 한층 날카롭게 울렸다.

“교수님 댁에서 무슨 일이 있었다며?”

“네, 사실은 교수님께서 돌아가셨습니다.”

“뭐?”

“사모님께서 조금 전에 알려 오셨어요. 사모님이 6시쯤 집에 돌아와 보니 교수님이 응접실에 쓰러져 계셨다고요.”

“쓰러졌다고……?”

“아뇨, 그게…… 아무래도 평범하게 돌아가신 게 아닌가 봅니다.

바로 경찰을 부른 모양이에요. 저도 지금 댁을 찾아뵈려고 합니다."

　역시 '메시지'는 또 도착했다───다이고는 반사적으로 그렇게 생각했다.

방문자

1

후쿠오카 현경 조사 1과의 후루카와 마사오 경부는 감식반이 아직 지문을 채취하고 있는 응접실을 나와 현관 앞 어둑한 거실에 우두커니 잠시 서 있었다.

화강암으로 만든 널찍한 현관 바깥에는 자갈을 깐 포치, 동백나무와 배롱나무 등의 정원수와 함께 십 미터는 되어 보이는 나한송 산울타리가 부지 둘레를 우뚝 둘러싸고 있다.

하지만 현관에서 대문까지 거리는 생각보다 짧고, 문기둥 사이 철책문은 평소 낮에는 열어 놓는 듯하다.

집 주위는 그렇게 고급 주택가라 부를 만한 환경은 아니었다. 바깥 도로 폭은 육 미터쯤, 대각선 건너편에 상점이 나란히 두세 채 있다. 그 뒤에는 십 층 정도 되어 보이는 아파트도 보인다. 중산층 정도의 주택가 안에 요시미 교수 저택만 유달리 넓고, 호젓한 한 구획을 이루고 있었다.

지금 문기둥에 친 줄 바깥에서 구경꾼 무리가 이쪽을 들여다보는 모습을 보더라도 결코 오가는 사람이 적은 구역이 아니다. 하물며 대낮에는 주부와 판매상 들이 오갈 법한 길이다.

조만간 목격자가 나타나겠지.

후루카와는 이미 탐문 수사를 위해 근처를 돌아다니는 부하들의 모습을 떠올렸다.

후루카와가 특별히 '목격자'에 집착하는 이유는 현장 응접실에 범인의 유류품이라 부를 만한 물건이 아무것도 남아 있지 않았기 때문이다.

두꺼운 페르시아 카펫 위에 응접세트와 마호가니 캐비닛을 배치한 열 평 남짓한 서양식 방은 후루카와 일행이 도착했을 때 얼핏 아무 일도 없었던 것 같은 정숙함에 쌓여 있었다.

그저 난방 소리만이 낮게 흘렀고, 두리번거리자 소파 옆에 요시미 교수라 생각되는 초로의 남자가 웅크린 것처럼 쓰러져 있었다.

응접 테이블 위에는 반 넘게 커피가 남은 컵 한 개와 설탕과 우유가 든 은그릇이 놓여 있었다.

현장에는 이것뿐이었다.

요시미 아키오미가 청산화물을 먹고 사망했으리라는 것은 현장검증 단계에서 판명되었다. 유체에서 나는 희미한 냄새와 사반의 모양이 청산가리 중독사 특징과 일치했고, 컵에 남은 커피를 검사하니 청산화물을 검출하는 쇤바인-파겐스테커 반응에 양성을 띠었다.

그것으로 누가 집에 혼자 있던 요시미를 찾아와 응접실에 들어가 커피를 대접받았고, 범인은 틈을 봐서 요시미의 커피에 청산염을 넣었으며, 그가 커피를 마시고 쓰러지는 모습을 지켜보고는 아마도 자신이 마시던 컵을 가지고 도주했으리라 추측되었다. 요시미의 의심을 피하려고 범인도 제 컵에 입을 댔다면 타액과 지문이 남는다. 흔적을 씻어서 지우기보다 가지고 돌아가는 편이 확실한 증거인멸이 되리라.

그밖에 범인은 아무 흔적도 남기지 않았다. 현장만 보아서는 범인의 성별조차 알 수 없다. 이래서야 지문도 기대할 수 없지 않을까.

현장에 출입한 범인을 본 목격자가 나타나 준다면 좋으련만…….

경관의 제지를 어르고 달래 피하면서 앞뜰을 가로질러 오는 신문기자 두세 명을 확인하고는 후루카와도 성큼성큼 복도 안쪽으로 걸어갔다.

훌륭한 석등롱을 배치한 일본 정원에 접한 다다미방으로 요시미의 부인인 기요에가 서른 전후 정도의 남색 정장을 입은 남자와 이야기를 나누고 있었다. 집 안은 적당한 난방으로 따뜻했지만, 기요에의 홀쭉한 얼굴은 창백하고 몸이 끊임없이 희미하게 떨리는 것처럼 보였다. 쉰 전후의 기품 있는 분위기가 풍기는 여성으로 단정한 생김새지만, 눈초리가 날카로웠다.

"실례합니다." 하고 말을 건네고 들어가니 기요에는 방석을 권하듯 손을 살짝 모으고 나서 맞은편 남자를 후루카와에게 소개했다.

"연구실 조수인 야마다 씨예요."

후루카와는 꾸벅 인사하고 앉고서 기요에의 눈을 바라보았다.

"사건을 발견했을 때 사정을 조금 더 자세히 여쭙고 싶군요."

야마다는 눈치 빠르게 자리에서 일어났다.

"쇼이치가 몇 시쯤 나가사키에서 출발했는지 한 번 더 전화해 주시겠어요?"

기요에가 야마다를 의지하는 투로 말했다.

야마다가 나가자 후루카와는 다시 간단하게 남편의 죽음을 애도하고는 물었다.

"만약을 위해 또 여쭙겠습니다. 남편 분께서 자살하실 만한 동기는 없었습니까? 대학에서는 문제가 없었다 하더라도 말이죠. 예를 들면 건강상 이유 같은……?"

"아뇨, 그런 건 없었어요. 올가을에는 지병인 천식도 별로 일으키지 않았고, 오히려 몸 상태는 좋았어요. 오늘 아침에도 제가 나갈 때 오랜만에 근처 체육관에서 땀이라도 흘리고 올까 하고 말씀하셨어요."

기요에는 창백한 얼굴 속에서 눈만 붉게 물들었지만, 필사적으로 감정을 억누르며 대답했다.

"사모님은 9시에 집을 나가셨다고요."

"네, 아침을 정리하자마자 택시를 불렀어요."

"그 이후로는 교수님 혼자 계셨습니까?"

"네."

요시미 교수의 집은 천오백 제곱미터 정도 되는 부지에 일본식과 서양식을 절충한 저택이었으나, 최근에는 부부 둘만 살았다. 세 아이 중 큰아들 쇼이치는 J대 출신 정신과 의사로 현재는 요시미의 친구가 원장으로 있는 나가사키의 병원에 근무하고 있다. 두 딸도 이미 결혼해서 큰딸은 히로시마, 작은딸은 도쿄에서 가정을 꾸리고 있다. 그런 탓인지 변사를 알리기는 했으나 아직 세 자녀 모두 집에 도착하지 않은 상태였다. 집안일을 돕던 젊은 아가씨가 9월에 그만두고 나서는 다음 사람을 찾고 있었지만 그 사이 옛날에 집 안에 살며 일을 보던 가정부가 이따금 와 주는 것 말고는 대개 부부 둘뿐이었다고 한다.

"택시로 하카타 역까지 가서 신칸센을 탔습니까?"

"네. 히로시마 역으로 사위가 맞으러 와 주었어요."

기요에는 오늘 혼자 손녀딸 일본무용 발표회를 보기 위해, 대기업 제철회사에 다니는 사위와 함께 히로시마에 사는 큰딸한테 갔었다. 여덟 살배기 손녀와 오래전부터 해 놓은 약속이라 요시미는 홀로 집을 지켰다.

"그러고서 저녁 6시 조금 전에 역시 하카타 역에서 택시로 돌아오신 거군요."

"네. 5시 45분 정도였을까요. 남편 식사 시간에 맞춰서 거기서 출발했으니까요."

기요에가 집에 돌아왔을 때 현관 미닫이문에는 자물쇠가 열려 있었다. 그러나 이것은 요시미 혼자 집에 있을 때 드문 일이 아니었다.

불을 하나도 켜지 않아서 집 안은 어둑했다. 난방만은 켜져 있었다.

그래서 기요에는 처음에는 남편이 문 잠그는 것을 잊은 채 골프 연습장에라도 갔나 했지만, 신발이 전부 있는 것을 보고 의아한 기분으로 집 안을 둘러보았다.

6시 15분 전후에 응접실에서 쓰러져 있는 남편을 발견했다고 한다.

그때 요시미의 손발은 이미 차가웠고, 경직의 징조도 보였다. 딱 보고 변사로 판단한 기요에는 주치의를 부르고 바로 관할서에도 전화하고, 현장에는 전혀 손대지 않았다고 말하고 있다.

"오늘 누가 온다는 이야기는 듣지 못하셨습니까?"

벌써 한차례 사정은 들었지만 이야기가 핵심에 가까워질수록 후루카와의 표정은 자연히 딱딱해졌다. 후루카와 마사오 경부는 마흔한 살로, 혈색 좋은 둥근 얼굴을 검은 뿔테 안경으로 다잡았다. 이 사건으로 현경본부에서 파견된 특수반 반장이니까 사실상 가장 위에서 수사지휘를 하는 처지다.

"저는 듣지 못했고, 그런 낌새도 전혀 없었어요."

"누가 올 것 같은 전화는요?"

"아뇨, 받은 적 없어요. 오늘 아침 제가 있을 때에는 한 번도 전화 벨이 울리지 않았어요."

부인은 새하얀 손수건으로 때때로 눈가를 훔치면서 굳세게 마음을 다잡은 모습을 보이며 차례로 대답했다.

"그러면 사모님이 나가고 나서 전화가 왔거나, 아니면 갑자기 누가 방문해 범행을 저질렀다고 생각해야겠군요."

"예……."

기요에도 빤히 바라보았지만 딱히 다른 의견은 떠오르지 않는 모양이었다.

"그랬다면 테이블에 나온 커피는 교수가 직접 탔겠군요."

"아마 그렇겠죠. 부엌 가스레인지에 퍼콜레이터12)가 놓여 있었어요. 남편은 올봄에 담배를 끊고부터 자주 커피를 마셨고, 손님이 오셨을 때에도 대개 커피를 내어 주니까요. 물론 제가 있었다면 제가…… 아니, 제가 오늘 집을 비우지만 않았다면 이런 일은……."

처음으로 말끝이 떨렸다. 기요에는 두 눈에 손수건을 대고 가만히 오열을 삼켰다.

"사모님이 오늘 혼자 히로시마에 가시는 건 언제 결정된 거죠?"

"글쎄요……. 무용 발표회 날짜는 여름휴가 때 정해졌으니 아마 그쯤부터겠죠."

---

12) 커피 끓이는 기계.

"하지만 그건 가족 사이에서 이야기한 거죠?"

"그야 그렇죠. 다른 분께 이야기할 만한 일이 아니니까요."

"그럼 외부인은 아무도 몰랐다고 할 수 있을까요?"

"글쎄요……. 아무도 몰랐다고 하기에는……. 어디서 별생각 없이 떠들어서 누군가의 귀에 들어갔을 수도 있고, 어젯밤 결혼식에서 남편이 우연히 화제로 꺼냈는지도 모르니까요."

"어젯밤에 결혼식에 참석하셨습니까?"

"네. 대학원 졸업생인데 지금은 석유화학 회사에 취직한 분이 은행 중역 따님과 혼담이 성사되어서요. 어제저녁 6시부터 호텔에서 했는데 이백 명이 넘는 성대한 파티였대요."

기요에는 출석하지 않았지만 조금 전 소개받은 조수 야마다도 초대를 받은 모양이었다. 후루카와는 나중에 그 파티 상황을 물어볼 필요가 있음을 느꼈다.

"다시 커피 이야기인데요, 또 다른 컵은 역시 찾지 못했습니까?"

"네, 집 안 어디에도 없었어요."

기요에는 기분 나쁜 듯 반듯한 한일자 눈썹을 찌푸렸다.

응접실 테이블 위에 내어 있던 요시미 몫의 커피 잔과 같은 가키에몬 자기 잔 하나가 컵받침과 함께 자취를 감췄다. 여섯 세트가 있었는데 부엌 찬장 안에는 네 세트밖에 남아 있지 않았고, 집 안 어디에서도 아직 발견되지 않았다.

역시 범인은 지문과 타액이 묻은 커피 잔을 가지고 돌아갔다고 추측된다. 동시에 방문자는 혼자였다고 생각해도 될까?

"5시 45분에 사모님께서 집에 돌아오셨을 때, 집 주위에 수상한 차나 사람을 보지 못하셨습니까?"

기요에는 입술을 깨물며 고개를 갸웃거렸다. 열심히 기억을 더듬는 것처럼 보였으나 참으로 유감인 듯 길게 찢어진 눈에 다시 눈물을 그렁그렁 맺으며 대답했다.

"보지 못했어요. 문등도 꺼져 있어서 집 주변이 어두웠어요. 그래서 제가 눈치채지 못했는지도 모르죠."

이때 주변 탐문을 돌던 형사 한 사람이 방 밖에서 후루카와에게 신호를 보냈다. 수확이 있는 눈빛이었다.

후루카와는 "잠시 실례하겠습니다." 하고 부인에게 양해를 구하고서 복도로 나왔다.

"오늘 오후 2시 20분경 대각선 맞은편 수예품 점에 실을 사러 갔던 주부가———."

아니나 다를까 젊은 형사는 흥분하며 빠른 말투로 보고했다.

주부가 요시미 댁 문을 들어가는 젊은 여성으로 보이는 뒷모습을 목격했다고 한다. 그때 근처에는 자동차나 다른 사람도 없었고 초겨울 햇살이 쏟아지는 오후 길 위에는 마치 공백처럼 인기척 없는 정숙함이 자욱했다.

"그 부인은 가게 구석, 바깥에서는 잘 보이지 않는 진열 케이스 그늘에서 자수실을 고르고 있었고, 점원은 그녀의 주문품을 찾으러 안쪽에 들어가 있었다더군요."

바깥 도로에 인기척을 느끼고 주부가 문득 고개를 들자 한 여성이 요시미 댁 문을 지나 현관으로 걸어가는 뒷모습이 눈에 들어왔다. 보통 키에 보통 체구로 검은 코트를 입었다. 머리는 뒤로 올렸다. 외판원 같지 않았던 까닭은 여자가 선물 같은 꾸러미를 들고 있었던 것처럼 보였기 때문이 아니라면, 뒷모습의 전체적인 분위기가 얌전해 보였기 때문인지도 몰랐다. 굳이 따지자면 좋은 집 딸이나 젊은 사모님 같은 인상을 짧은 시간에 받았다. 하지만 주부는 이내 자수실 쪽으로 주의를 돌렸다. 거기서 조금 떨어져 있는 곳에 사는 그녀는 요시미 댁과 아무 관계도 없었다.

"2시 20분이라는 시각에는 틀림이 없나?"

후루카와가 다소 의식적으로 쌀쌀맞게 되물었다.

"예, 그 점은 집을 나온 시점을 따져서 신중히 대답해 주었습니다. 지금 수예품 점에도 물어보았더니 분명히 그 부인이 2시 15분쯤에 와서 2시 반 정도까지 있었다고 합니다."

젊은 형사는 한층 힘을 주어 대답했다.

2시 20분에 요시미 댁을 방문한 여성———이것이 사실이라면 솔깃한 정보였다. 시간적으로도 앞뒤가 맞는다.

사건 발생 시각은 현재로서는 오늘 오후 2시 반에서 3시 반쯤 사이로 추정된다. 유체 검증이 사후 비교적 짧은 시간에 이루어져서 사망 추정시각의 폭을 좁히기 쉬웠다. 그리고 집에 불이 꺼져 있었던 것이 하나의 기준이 되었다.

후쿠오카는 도쿄와 비교해 일몰이 사십 분 넘게 늦다고 하지만 이런 계절에는 4시 반이면 어둑해진다. 앞으로 동지까지 낮이 가장 짧은 계절이다.

특히 이 집 응접실은 동향인 데다 정원의 커다란 피닉스 잎에 가로 막혀 빨리 해가 진다. 요시미는 평소에 사람이 적은 집은 위험하니까 될 수 있으면 전등을 밝게 해 두도록 아내에게 주의하고 자신도 부지런히 전원을 켰다고 한다.

응접실만 불이 꺼져 있었다면 범인이 끄고 갔다고도 생각할 수 있겠지만, 현관과 문등, 커피를 끓인 흔적이 있는 부엌까지 어두웠으니 아마 범인은 늦어도 오후 4시 이전, 아직 불을 켤 필요가 없는 시각에 요시미 댁을 방문했으리라고 해석되었다.

하지만 아직 그 여자가 범인이라는 확신은 없다.

후루카와가 유력한 정보를 물고 온 젊은 부하에게 굳이 담백한 태도로 대응한 이유는 성급하게 단정 짓고 수사하기를 경계하는 심리가 자신에 대해서도 움직였기 때문인지도 모른다.

후루카와는 방으로 돌아가 안경 안쪽 독특한 탐구심을 띤 눈동자를 다시 교수 부인에게 향했다. 요시미 아키오미에게 원한을 품은 인물, 또는 그와 적대한 상대의 이름을 알아내기 위해서다.

2

"토요일은 평소 집에 있는 일이 많지만, 어제는 조사할 게 있어서 현립도서관에 갔었습니다."

다이고는 신경질적인 깜빡거림을 그만두려고 노력하면서 의식적으로 조금 크게 대답했다. 정면에 앉은 후루카와 경부의 안경 렌즈가 각도에 따라 반사되어 눈이 부시니 더 진정이 안 된다.

요시미 교수가 독살된 다음 날인 일요일에도 사건 날과 마찬가지로 구름 한 점 없이 맑았고, 바람만이 겨울의 가시를 숨기고 있었다. 다이고의 집에서 남향인 응접실은 요시미 교수 댁과는 비교되지 않을 만큼 좁고 싼 집이었지만, 무성한 정원수며 거대한 피닉스가 있을 만한 정원이 없는 덕분에 맑은 날에는 하루 내내 자외선의 은혜를 받을 수 있었다.

일요일 아침, 10시가 막 지났을 무렵 갑자기 후루카와 경부가 찾아왔다. 맑은 햇빛이 창문 가득 비쳐들어 경부의 안경과 건강해 보이는 얼굴 피부가 빛났다.

"어젯밤에는 새벽 2시까지 관할서에 수사본부를 설치하고 회의를 했지 뭡니까. 그래서 오늘 니시후쿠오카서 본부에 가는 길에 겸사 겸사라 하기는 그렇지만 선생님과 잠깐 이야기를 나누고 싶어서 들렀습니다. 저희 집이 요 앞이거든요."

후루카와는 이런 변명 같지도 않은 인사말을 늘어놓고서 다이고의 집 응접실에 들어갔다.

하지만 후루카와가 다이고에게 보통이 아닌 관심을 가지고 있고 스스로 다시 사정청취를 하러 발걸음 했음은 명백했다. 후루카와의 질문 내용은 이미 요시미 부인과 조수 야마다에게 교수와 다이고의 좋지 않은 사이를 들어 알고 있음을 말해 주었다. 다이고도 어젯밤에 야마다에게 소식을 듣고 요시미 댁에 달려갔으나, 아직 담당 경찰관이나 신문기자가 부산스럽게 드나드는 바람에 간신히 야마다에게 대강의 경위를 듣고 수사원 한 사람에게 짧은 사정청취만 받고서 돌아왔다.

요시미와 다이고가 그저 성격이 맞지 않던 것뿐만 아니라 최근

험악한 대립이 예의 난페이푸드 식품공해에 대한 의견 충돌 때문임은 언젠가 수사하는 쪽 귀에 들어가리라. 다이고가 알래스카 대학으로 쫓겨나기 직전이란 것도 그들은 조만간 틀림없이 알아낼 것이다.

다이고는 자신이 경찰에 짙은 회색분자로서 비추리라는 것을 요시미의 변사를 들은 순간부터 일찌감치 각오하고 있었다.

그래서 후루카와 경부에게도 일련의 사정을 거의 있는 그대로 놀라울 만큼 침착하게 이야기할 수 있었다.

그런데 상대방이 '혹시 모르니까'라는 전제를 두고 어제 오후 2시쯤부터 5시쯤까지 알리바이를 묻자마자 다이고는 오히려 허둥거리는 자신을 느꼈다.

알리바이를 설명할 수 없기 때문이 아니다. 되레 너무 완벽하게 성립함을 깨달았기 때문이다. 여태껏 사건 발생 시각을 정확하게 알지 못했던 터라 알리바이에 대해서는 세밀하게 생각하지 않았었다.

게다가 그것은 결코 우연한 행운으로 성립된 것이 아니었다. 마치 사전에 계산되어 콘티를 써서 건넨 듯한 알리바이가 아닌가────?

"2시부터 4시 넘어서까지 도서관에 계셨습니까? 혼자서요?"

후루카와 경부가 차분히 되물었다.

"네, 혼자 계속 향토자료 열람실에 있었는데요."

"아, 들어가서 왼쪽 작은 방 말이군요. 저도 두세 번 조사할 게 있어서 간 적이 있어요. 신입 경찰관들을 모아 이야기할 때에는 뭐든 숫자와 데이터를 보여 주면 효과가 있으니까요."

후루카와의 표정은 그곳 모습을 머릿속에 떠올리고 있는 듯했다.

"도서관을 나와 곧장 집으로 돌아오셨습니까?"

"아뇨……. 호텔 라운지에 들러 한잔했습니다."

자신의 행동이 건네받은 콘티의 줄거리에서 벗어나면서 다이고는 서서히 미소를 되찾았다. 11층 라운지에서도 시간이 일렀던 탓으로 손님은 달리 외국인 커플 두세 쌍밖에 없었고, 넉살 좋은 바텐더가 다이고의 얼굴을 기억해 주리라는 기대가 있었다. 만약 그 시간까지 알리바이를 원한다면 이것은 다이고의 공정한 행운이라 할 수 있으리라.

"허, 선생님은 평소에도 그렇게 혼자서 자주 술을 드시나요?"

"아뇨, 그런 일은 거의 없어요. 어제는 도서관에서 웬일로 좀 지겨워져서……. 그래 봤자 미즈와리를 한 잔 마셨을 뿐이고, 술이 완전히 깬 다음에 차로 돌아왔습니다."

"그렇군요. 특별히 흥청망청 취할 만한 이유는 없었던 거군요."

"───대체 교수님은 어제 몇 시쯤 독을 드시고 돌아가신 겁니까?"

살짝 초조함을 느끼며 되물었다. 신문기사에 보도된 시간대는 어림짐작인 데다 신문에 따라 조금씩 다르기도 했다.

"오후 2시 반에서 3시 반이란 선이 가장 농후합니다. 늦어도 범인은 4시 전에 범행을 마쳤다고 보입니다."

"사모님은 그 사이 계속 집을 비우셨나요?"

"그렇습니다. 히로시마의 따님 집에 찾아갔었습니다. 이건 분명해요. 다르게 말하자면 범인은 요시미 교수가 혼자 집에 있는 기회를 노리고 방문했다고 생각할 수도 있지요."

"그러면 생각보다 가까운 사람인 걸까요. 교수님 가정 상황을 알고 있었다니……."

"예, 뭐……. 하지만 교수님은 그저께 6시부터 결혼식 피로연에 참석하셨죠. 그런 파티 같은 곳에서 다음 날 일정이 이야깃거리로 나왔다고 한다면 다른 사람 귀에도 들어갔을 테고, 범인이 집을 찾아오기 전에 미리 전화를 걸어서 교수가 혼자 있음을 알아냈을지도 모릅니다."

후루카와 경부는 일단 말을 끊고 신경질적으로 눈을 깜짝이는 조교수의 얼굴을 한참 지켜보았다.

다이고가 어젯밤 요시미와 행동을 함께하지 않았음은 사실인 것 같다.

어제 오후 알리바이도 현립도서관의 좁은 열람실이라면 곧 증명되지 않을까.

그런데도 수사관으로서 다이고에게 계속 흥미를 느끼는 것이 스스로도 이상했다.

그저께 밤 피로연에 관한 내탐은 큰 벽에 부딪혔다. 이백 명도 넘는 사람이 서서 즐기는 파티였던 데다 호텔 정원으로 나간 사람도 적지 않았던 듯하다.

다만 조수인 야마다가 솔깃한 이야기를 했다.

파티가 거의 끝나갈 무렵인 8시쯤, 요시미가 테라스 구석에서 젊은 여성과 둘이 이야기꽃을 피웠다는 것이다. 그것 자체는 별로 부자연스럽지 않았지만 여자가 대학에서 흔히 보는 부류가 아니라 이상하게 인상에 남았다고 한다. 그러나 남자인 야마다는 여자의 복장이나 머리 모양은 제대로 기억하지 못했다.

여자의 신분은 지금 초대한 쪽에 문의해서 알아보고 있다.

맞아, 그저께 밤 요시미는 결혼식에 출석했었지……. 다이고는 후루카와의 말을 듣고서야 한참 전 일처럼 떠올렸다.

마침 같은 시각에 다이고는 로쿠엔 에스테이트 사원과 운전사의 안내를 받아 살 마음도 없는 맨션·빌라를 보러 돌아다녔다.

다이고는 순간 심장이 꽉 죄는 듯한 충격을 받았다.

어쩌면 모든 것이 그저께 밤에 완결될 예정이었던 것이 아닐까?

그런데 도저히 기회를 잡을 수 없어서 어제 오후로 넘겼다———?

그러니까 콘티를 두 번 보낸 것이다.

몸을 살짝 움직이자 후루카와의 안경이 또 번쩍하는 섬광을 뿜었다.

바르비종의 천둥이 다이고의 눈 속을 통과했다.

에메랄드 뷰

1

유혹이란 많든 적든 늘 위험을 동반하는지도 모르지만, 그렇다 하더라도 이거야말로 진정한 '위험한 유혹'이라고 다이고 고헤이는 충분히 자각하고 있다고 믿었다.

사메지마 후미코를 다시 한 번 만나고 싶다고 생각해서는 안 된다. 무엇보다 연락할 방도가 없지 않은가?

샤토 샹탈 살롱의 어둠 속에서 다이고가 후미코에 대해 안 것이라면 이름과 도쿄에 살고 있고 평소에는 대부분 집에서 번역 일을 한다는 정도였다. 과연 그녀의 이름은 본명일까? 새삼 생각하니 가짜 이름이었을 가능성이 큰 것만 같다.

그에 비해 다이고는 있는 그대로의 진실을 후미코에게 말했다. 그때 후미코에게 거짓말한다는 건 자신을 향한 배신이라는 기묘한 두려움에 얽매였던 심정을 그는 이상할 정도로 또렷하게 기억했다. 이름은 물론 후쿠오카 시에 있는 대학 이름, 위생학 교실 조교수라는 신분……. 얼마든지 더 떠들고 싶은 기분이었으나, 후미코는 그의 입술에 손가락을 대고 말렸다.

 '……말씀하지 마세요. 그 이상 아무것도. 아무 말씀 하지 않으셔도 저는 이미 누구보다 당신을 이해하고 있지 않나요…….'

그녀는 그야말로 솔직하게 다이고를 이해했고 그뿐 아니라 이해를 실행에 옮겼다.

다이고는 분명히 요시미 교수를 죽이고 싶을 정도로 미워한다고 말했다. 다른 누구에게도 드러내지 않았던 마음속 간절한 바람을 처음으로 후미코에게만 이야기했다. 하지만 그때 소심하고 겁 많은 다이고의 본심은 무의식적으로 '누가 요시미를 죽여주었으면 좋겠다.'고 바라지 않았던가———?

후미코는 다이고의 소리 없는 목소리를 읽고 실행했다. 그것도 다이고에게 완벽한 알리바이를 만들어 주기 위한 콘티까지 보내 놓고서.

바르비종에 내린 밤의 어둠 속에서 후미코는 '용기'라는 말을 했다.

 '모처럼 오늘 밤 하늘이 제게 주신 순수함과 용기…….'

그렇게 말했었다. 다이고는 그녀가 떠나고 나서 그 말의 뜻을 곱씹어 보았다. 후미코는 그날 밤 그 순간부터 이 일을 실행하리라 마음먹었던 것이 분명하다!

요시미 아키오미가 독살되기 전전날, 다이고 곁에 도착한 '로쿠엔 에스테이트' 이름을 쓴 속달부터 사건 당일 다이고를 현립도서관으로 이끈 아침 전화까지 일련의 모든 것이 후미코가 다이고에게 보낸 메시지였다.

그렇게 해석하는 것 말고는 다이고에게 사태를 설명할 방도가 없었다.

그러니까 다이고도 후미코에게 사인을 보내고 싶다. 후미코의 메시지는 분명히 받았고, 이해했고, 그리고 아마도…… 고맙고 보답하고 싶다.

그것은 역시 위험한 유혹이리라. 게다가 다이고보다 후미코에게 더욱 위험했다. 그와 후미코의 연결고리가 조금이라도 외부에 알려진다면 내몰릴 사람은 후미코일 것이다. 실행자는 후미코니까. 그 모든 것을 다 계산하고서 다이고의 유혹을 거절하기 위해 그날 밤 그녀는 주의 깊게 자신의 신분을 자세히 밝히지 않았는지도 모른다.

다이고에게는 말하지 않은 그녀의 마음을 서서히 알 것 같았다. 그러자 그날 밤 행위 뒤 한없는 상냥함을 감춘 정숙이 영혼에 스밀 듯 되살아났다.

그는 혹시나 하는 마음에 도쿄 전화부에서 '사메지마 후미코'란 이름을 뒤졌지만 찾지 못했다. 그것으로 단념하자고 애써 자신을 억제했다.

대학에서도 가정에서도 될 수 있으면 자연스럽게 행동하고 속으로는 가만히 숨을 죽인 기분으로 연말을 보냈다.

그러는 사이에도 물론 '요시미 교수 독살 사건' 수사는 진행되었지만 연내에는 유력 용의자를 찾을 전망이 없는 모양이다.

용의자의 범위는 여러 갈래로 갈라져 있었다. J대 내부에서 요시미와 사이가 좋지 않았던 직원과 학생(이 그룹 필두로 다이고가 꼽혔다). 또 다른 큰 대상은 난페이푸드의 '포피코' 분석을 둘러싸고 요시미를 원망했을 소아암 환자 부모들. 반대로 요시미와 유착이 의심되는 기업 내부에도 복잡한 이해관계가 상상이 갔다.

그러나 어디에도 또 다른 결정적인 선이 떠오르지 않았다. 후쿠오카 현경 후루카와 경부는 동기는 역시 다이고가 가장 크다고 보고 주시했지만 움직이지 않는 알리바이에 가로막혀 물러설 수밖에 없었다.

그리고 수사가 빙 돌아 다시 출발점으로 돌아왔을 때, 정체불명의 여자 그림자만이 남아 있었다.

사건 당일인 12월 4일 오후 2시 20분쯤 요시미 혼자 있는 집 문 안으로 들어간 검은 코트의 여자.

그 전날 밤 중심부 호텔 결혼식 피로연에서 교수와 친밀하게 이야기를 나누던 대학에서 보기 어려운 부류의 젊은 여자―――.

수사본부에서는 결혼식 주최자 쪽을 비롯해 출석자 모두를 탐문하고 내탐도 시도했으나 결국 그럴듯한 여자의 이름과 신분은 밝혀내지 못했다.

여자는 초대받은 손님이 아니라, 이백 명 가까운 사람이 참석한 파티의 혼잡함을 틈타 요시미에게 접근한 것이 아닐까?

그런 의심이 생겨나, 수사본부의 초조함은 짙어졌다.

다이고도 후루카와 경부에게 한번 그 여자에 대한 질문을 받았지만 '전혀 짐작 가는 바가 없다.'고 대답했다.

후쿠오카시 와지로의 주택에서 다이고는 네 번째 새해를 맞이했다.

골프장과 농지로 둘러싸인 신흥 주택지의 정월은 소리도 없이 한적했다. 여린 햇살이 비추는 맑은 날씨지만 학생들도 눈치껏 1월 1일부터는 모습을 비치지 않는다.

초등학교 1학년과 3학년인 두 딸은 늦은 아침 떡국을 먹고는 정원

맞은편 공터에서 이웃 아이들과 함께 연을 띄웠다. 요즘에는 여자아이도 연날리기를 하는 모양이다. 근처에는 아직 전선이 적어서 아이들은 마음껏 얼레를 돌렸다.

"저기요……. 요시미 선생님께서 갑자기 돌아가셨으니 위생학 교실은 앞으로 어떻게 되는 거예요?"

연하장을 훑어보는 다이고에게 아내 시호코가 차를 건네면서 머뭇거리며 물었다. 말투는 조심스러웠지만 남편을 들여다보는 눈동자에는 절실한 관심이 드러났다.

시호코는 요시미의 급사를 마음속으로 가장 환영하는 사람 중 한 명이리라. 포피코를 둘러싼 의견 대립이 결정적인 계기가 되어 요시미가 다이고를 알래스카 대학으로 쫓아내려 했던 형세는 다이고의 입으로 대강 이야기했었다. 시호코는 일본을 떠나기를 울면서 싫어했다.

애초에 그런 부분을 후루카와 경부가 놓칠 리 없으니 시호코 또한 용의선상에 있을 테지만, 다행히 그녀의 알리바이도 이웃 주부에 의해 입증되었다.

"당분간은 교수 없이 내가 대행하는 형태가 되겠지."

다이고는 연하장 다발을 계속 넘기면서 대답했다.

"하지만 언젠가는 다음 교수가 정해질 거 아니에요?"

"그야 그렇지."

"대체 언제쯤이요……?"

"글쎄, 올해 내내 갈지도 몰라."

"그렇게 오래요? 교수가 돌아가시면 조교수가 자연히 다음 교수가 되나 했는데……."

"그렇게는 안 되지. 다른 교수들에게도 저마다 생각이 있으니까. 후보자가 모인 단계에서 학부 내 선거를 치를 거야."

오이타 현 지방 대학교수의 가정에서 태어났으면서 시호코에게는 그런 부분이 모자랐다.

"당신이 교수가 될 가망은 있는 거죠?"

약간 불안해하는 얼굴로 물었다.

"뭐…… 반반이로군."

다이고는 스스로도 저울질하는 심정으로 생각에 잠긴 채 대답했다. 의학부에 있는 마흔 명 정도 되는 교수가 위생학 교실 다음 교수 선거 투표권을 가졌다. 그중에는 물론 다이고를 지지해 주는 사람도 있지만, 교양학부나 부속 위생단대 교수를 승격시키려는 움직임이나 외부에서 부르자는 안도 나온다. 그런 내부 사정이 복잡하게 뒤얽혀 다이고조차 예측할 수 없었다.

하지만 지금은 아직 다이고가 직접 일을 도모할 시기가 아니었다.

"난페이푸드 문제도 바뀔까요?"

고개를 들고 찻잔에 손을 뻗는 남편을 보고 시호코가 다시 물었다.

"음……."

난페이푸드 문제는 환자 쪽에서 이미 움직이고 있었다. 지금까지 피해자 대표 형태로 회사며 현 위생부 등과 절충 역을 맡았던 남자가 연말에 다이고에게 전화해 연휴가 끝날 때쯤에는 만나서 긴히 상담하고 싶다고 제의해 왔다. 남자는 간암으로 S시 시립병원에 입원한 소년의 아버지다.

다이고의 마음은 정해져 있었다.

새로운 보고서를 낼 때까지는 한동안 시간을 둘 필요가 있을지도 모르지만, 최종적으로는 요시미가 생떼를 쓰기 전에 다이고가 직접 문제의 과자를 분석해 밝힌 결과를 공표하고 이번 '식품 공해'의 책임 소재를 명시할 결심이었다.

그렇게 되면 언젠가 소송으로 이어지리라. 다이고는 어디까지나 피해자 쪽에 설 작정이다. 거기서 포피코와 소아암의 원인관계가 증명되면 난페이푸드는 환자에게 거액의 보상금을 줘야만 한다. 그 이전에 형세가 불리해지면 기업이 여태까지의 '위로금'과는 단위가 다른 금액을 제시하며 화해를 청해 올 것도 예상된다.

그런 다이고의 행동이 다가올 교수 선거에서 그에게 플러스가 될지 마이너스가 될지 알 수 없었다.

이러니저러니 해도 요시미의 입김이 닿은 교수들이 많은 의학부 안에서 결국 고립되는 결과가 되지 말라는 법도 없었다.

하지만 이 문제만은 뜻을 굽힐 수 없다.

'소아암만은 참을 수 없다.'며 충동적으로 흐느끼던 후미코의 목소리가 불현듯 다이고의 귓가에 되살아났다. 그녀가 프랑스어를 가르친 이웃집 귀여운 소녀가 소아암으로 죽었다고 했었다.

후미코는 아마도 그날 밤 다이고의 이야기를 듣고 그만큼이나 요시미가 밉지 않았을까. 그렇기에 은밀히 손을 뻗어 준 것이다!

다이고는 의아한 듯이 그의 표정을 살피는 아내의 시선을 느끼고, "난페이푸드 건도 아직 시간이 걸릴 것 같아." 하고 애매하게 대답하고는 천연덕스럽게 차를 마셨다.

다시 연하장 다발로 눈길을 옮겼다.

앞쪽을 보고 뒤를 돌린다.

몇 장을 규칙적으로 돌려 보는 사이에 그림엽서 한 장이 섞여 있었다. 사진이 위에 있어서 호수와 산 풍경이 순간 시리도록 푸른 빛깔로 눈 안에 펼쳐졌다. 호수 중간까지 유람선이 자취를 남겨 놓았다.

"어머나, 하코네네요."

시호코의 조금 들뜬 목소리를 듣고서야 다이고도 깨달았다. 사진 뒤쪽에 희미하게 드러난 하얀 산은 눈 덮인 후지산이다. 호수의 모양으로 보아 아시노코芦ノ湖 호수가 틀림없다.

뒤를 돌려 보니 다이고의 주소와 이름이 달필인 펜글씨로 적혀 있다.

주소와 이름 아래 문장을 쓰는 공간은 백지였다. 다만 우표 아래에 '연하'라는 고무도장이 찍혀 있다.

보낸 사람 이름도 씌어 있지 않았지만, 대신 '호텔 에메랄드 뷰'라는 고딕 인쇄가 왼쪽 끝에 보였다. 옆에 '하코네·고지리·전화 0460-'이라는 글자가 있고, 같은 말이 로마자로 인쇄되어 있다.

호텔에 비치된 그림엽서다. 거기에 받는 사람만 쓰고 투고한 모양이다.

하코네 고지리의 호텔 에메랄드 뷰……. 갑자기 심장 고동이 리듬을 바꾼 듯한 충격에 휩싸였다.

그날 밤 후미코는 '에메랄드 뷰 경영자의 큰딸, 나가하라 미도리'라고 했다.

'그 여자는 이 년 전 어떤 사람을 죽였습니다. 그리고 그날부터 저는 그 여자를 죽여야만 한다고 몇 번이고 다짐했어요…….'

그림엽서의 받는 사람 주소를 쓴 글씨체도 본 적이 있었다. '로쿠엔 에스테이트' 명의로 대학에 보내온 속달의 지적인 느낌의 글자와 똑같았다.

다이고는 조금 답답함을 느끼고 깊은숨을 한 번 들이쉬었다. 들숨을 천천히 뱉으면서 마음속으로 중얼거렸다.

자신은 여태까지 후미코의 메시지를 분명히 받았고 이해했다고 생각했다. 하지만 사실은 절반밖에 알지 못했다!

"하코네의 호텔이 왜 연하장을 보냈을까요. 여기에 가신 적 있으세요?"

"아니……. 하지만 머잖아 가야 할지도 몰라. 여기서 심포지엄이 열린다니까."

2

그로부터 아흐레가 지난 1월 10일 월요일———.

다이고 고헤이는 아시노코 호숫가에서도 고지리보다 조금 남쪽 산비탈에 있는 아담한 일본식 여관을 골라 투숙했다.

에메랄드 뷰까지 걸어서 십 분 정도 거리인데, 호텔의 조금 낡은 하얀 건물 일부가 다이고의 방 창문으로 보였다.

하코네는 정월 투숙객이 한차례 휩쓸고 간 뒤 조용한 시기에 접어든 모양이었다. 당장에라도 눈이 내릴 법한 묵직한 구름이 낮게 깔리고, 기온이 내려가서 호숫가 도로에 지나는 차도 적었다.

호수의 수면과 굴절된 호숫가 가장자리까지 육박한 원생림, 개간한 비탈의 마른 덤불, 그것들의 등 뒤를 감싸는 외륜산 봉우리들……. 풍경 전체가 잿빛을 띤 얼어붙은 듯한 짙은 청색으로 덮여 있다. 숲 속 곳곳에 오래된 눈이 남아 있다. 호수의 동북을 바라보고 있을 후지산도 지금은 흐릿한 윤곽조차 드러내지 않았다.

오후 3시쯤 여관에 도착한 다이고는 안내받은 2층 다다미방의 퇴창에 앉아 난간에 팔꿈치를 괴고 보기만 해도 추워 보이는 풍경에 오랜 시간 빠져 있었다.

호텔 에메랄드 뷰 건물이 직접 보이는 방에 머물 수 있으리라는 기대까지는 하지 않았지만, 일부라도 보이니 직원에게 물을 때에도 화제를 꺼내기 쉬웠다. 다이고는 여기에 도착했을 때부터 담당 여종업원에게 끊임없이 말을 걸어 쾌활하고 수다를 좋아하는 손님이라는 인상을 주려고 노력했다.

하지만 홀로 남겨지자 신경질적이고 우울해 보이는 평소 그의 얼굴로 돌아갔고 에메랄드 뷰를 응시할 때에는 모르는 새 미간에 깊은 주름이 새겨졌다.

후쿠오카에서 하코네를 떠올릴 때는 아득히 먼 땅처럼 느껴졌지만, 비행기와 신칸센을 타고 다섯 시간도 채 걸리지 않아 도착했다. 도쿄에서 신칸센으로 오다와라까지 와 버스로 고지리까지 올라왔다. 다섯 시간은 길다고 할 수도 있지만, 몇 번이나 갈아탄 터라 오히려 다이고에게는 어지러울 정도로 시간이 빠르게 갔다.

아직 자신이 하코네 땅을 밟았다는 실감은 일지 않는다. 에메랄드 뷰를 눈앞에 두고도 여전히 그림엽서를 보는 것 같다. 그것은 그가 이 행동을 마음먹었을 때부터 실행에 옮기기까지 걸린 시간이 짧았던 탓이기도 하리라.

정말로 평소 자신을 보아서는 상상할 수도 없을 정도로 단숨에 여기까지 오고 말았다.

1월 1일에 받은 에메랄드 뷰의 그림엽서가 다이고에게는 새로운 '메시지' 역할을 했다.

호텔 이름을 보기 전까지 그는 요시미 교수 독살사건을 하나의 독립된 일로 해석했다. 보내온 콘터에 따라 알리바이를 만들고, 당국이 '수수께끼 여인'의 정체를 잡지 못한 채, 결국 사건을 해결하지 못하고 과거 속으로 파묻히면 모든 게 끝나리라 막연히 생각했었다.

그러나 그래서는 사태를 반밖에 이해하지 못한 것이다. 다시 말해 요시미 사건은 전체의 절반이었다. 한 쌍 중 한쪽에 불과한 게 아닐까?

애초에 다이고가 바르비종의 레스토랑 살롱에서 요시미 교수를 향한 살의를 말하기에 이른 까닭은 그 전에 후미코가 먼저 한 여자를 죽여야 한다고 털어놓았기 때문이었다.

'그 여자가 죽는 것 말고는 제 마음은 도망칠 곳이 없어요.' 후미코는 그렇게까지 말했다. 후미코가 훨씬 정신적인 의미였다지만, 다이고 또한 요시미를 제거하는 것 말고는 자신이 살 길은 없다고 깨달았다. 마치 이미 공범자가 된 듯한 의식이 두 사람의 마음과 몸을 갑작스레 가깝게 한 것이 아닐까?

그렇다. 그 시점부터 후미코는 이미 '공범' 계획을 쌓고 있었던 것이 아니었을까. 그 계획조차 다이고가 말없이 받아들였다고 생각했는지도 모른다.

적어도 지금으로서 그녀는 다이고가 나가하라 미도리를 말살해 주기를 기대하는 게 틀림없었다. 그녀가 생면부지의 요시미 아키오미를 조사하고, 다이고에게 완벽한 알리바이를 준비해 주고서 범행에 이른 것처럼 빈틈없는 방법으로. 후미코야말로 수사선상에 떠오른 '수수께끼 여인'인 이상은. ──다이고는 이미 그것 말고 다른 진상은 있을 수 없다고 좋든 싫든 확신했다.

에메랄드 뷰의 그림엽서는 슬슬 계획의 나머지 절반에 착수할 시기가 왔다는 신호일까?

다이고에게는 나가하라 미도리는 생면부지의 여자다. 그만큼 상대가 눈치채지 못하게 접근할 수도 있으리라. 동시에 그 과정에서 '사메지마 후미코'를 만날 수 있지 않을까. 후미코는 미도리의 교제 범위 안에 있고, 두 사람 사이에는 당연히 깊은 관계가 있을 테니까 말이다.

후미코를 찾아낼지도 모른다는 기대가 다이고에게 성급한 행동을 하게 한 직접적인 원동력이었다.

어쨌든 나가하라 미도리에 대해 조용히 정보를 모아 보자.

하코네에 간다면 대학에서 아직 다이고의 수업이 시작되지 않은 겨울방학 중이 남의 시선을 끌지 않으니, 이래저래 안성맞춤이었다.

묵을 여관은 안내책자를 뒤져 골랐다. 아내 시호코에게는 'J대 연구실과 도쿄의 대학과 공동 개최하는 심포지엄 회의'라는 애매한 이유를 대고 집을 나왔다. 도쿄의 호텔에서 머물 테니 그쪽에서 연락하겠다고 하고, 하코네란 지명은 꺼내지 않았다. 시호코는 남편의 출장에 이것저것 캐묻는 여자가 아니어서, 하코네의 에메랄드 뷰에서 온 연하장도 까맣게 잊은 모양이었다.

"실례합니다."

여종업원의 목소리가 미닫이문 너머로 들렸다.

다이고는 허둥지둥 주머니에서 조금 전까지 썼던 선글라스를 꺼냈다. 두꺼운 검은 테에 옅은 녹색 렌즈를 낀 선글라스로 엊그제 후쿠오카의 전문점에서 발견한 물건이다. 날렵한 선글라스를 끼자 코가 길고 눈 간격이 살짝 넓은 다이고의 얼굴이 조금 젊고 활달한 인상으로 바뀌었다.

고참인 듯한 마흔이 넘은 담당 종업원은 몸집이 작은 여자였다.

"목욕은 하셨나요?"

입구 다다미에 무릎 꿇은 그녀는 개 놓은 상태 그대로인 두툼한 솜을 둔 기모노를 흘끔 보며 물었다.

"아뇨. 호수 경치가 반가워서 아까부터 줄곧 구경하다 보니 아직 못했습니다. 하코네에는 대개 봄이나 가을에 왔었는데, 이번에는 이래저래 일 년 만이라서 말입니다."

다이고는 오사카 사투리를 강조해서 말했다. 그는 오이타 현 출신이지만 어머니 친척이 오사카에 있어, 어릴 적부터 오사카 사투리를 들을 기회가 많았던 터라 흉내 내기는 그리 어렵지 않았다. 숙박 장부에는 오사카 주소와 가짜 이름을 적고, 직업은 '저술가'라고 썼다.

"하코네도 해마다 바뀌죠? 호텔이나 별장 맨션이 점점 늘어나서……."

"하지만 여기서 바라보니 그렇게 심하지는 않군요. 아, 저기 보이는 호텔은……. 에메랄드인가 하는 호텔 아닙니까?"

"에메랄드 뷰죠."

여종업원은 선글라스를 들어 올리듯 몸을 내미는 다이고를 미심쩍은 표정으로 쳐다보았다.

"아, 맞아요. 그게 말입니다, 작년 봄에 저기 머문 적이 있어요. 도쿄에 볼일을 보고 돌아오는 길에 친구랑 둘이서 말이죠. 그 친구가 그 호텔 따님이랑 친하다고 해서……. 결국 난 만나지 못했지만 예쁜 아가씨라더군요."

"네, 따님이 두 분 계시는데요."

"호텔을 돕습니까?"

"글쎄요, 어떨지……. 집은 좀 더 도겐다이桃源台에 가까운 곳에 있다고 하던데."

"거기가 에메랄드 뷰 사장 댁이로군요."

"그렇지요."

여종업원은 근처 사정을 잘 아는 모양이었다. 잘 알지만, 함부로 떠들고 싶어 하는 부류는 아닌 듯하다. 팁은 도착하자마자 충분히 건네서 서글서글 잘 대해 주었다.

"이런 경치 좋은 땅에 호텔을 경영하며 사는 사람이 부럽군요. 나도 하코네가 좋아요. 올 때마다 이사하고 싶다니까요. 하기야 젊은 아가씨한테는 재미없는 곳일지도 모르겠군."

"그 댁 아가씨는 두 분 다 도쿄에 있는 학교에 다니나 봐요. 지금은 이리 돌아와 있지만요."

"그럼 얼굴을 좀 보고 싶군요. 친구가 홀딱 반했었죠. 그런데 호텔에 와 있지 않다면 이번에도 보기는 글렀군요."

다이고는 집 방향을 안 것만으로도 수확이라 생각하고, 그 화제를 집어넣었다. 너무 꼬치꼬치 캐물으면 의심을 산다. 이만큼 묻는 데도 겨드랑이가 축축하게 젖었다.

조금 이따 여종업원이 갑자기 생각난 듯이 말했다.

"큰 따님이 가끔 호텔 레스토랑에서 피아노를 친다고 해요. 도쿄의 음악학교를 나왔나 봐요."

그러고서 다이고에게 저녁은 몇 시에 먹겠느냐고 물었다. 그녀는 그것 때문에 방에 온 모양이다.

여종업원은 방을 나설 때 아주 잠시 눈을 동그랗게 뜨고 다이고를 응시했다. 이런 추운 날에 계속 창문을 활짝 열고 퇴창에 앉은 그가 문득 기이하게 생각되었나 보다. 거의 동시에 다이고는 여종업원의 기분을 읽었다. 벌떡 일어나 창문을 닫고 다다미 위에 앉았다.

여종업원은 또다시 미심쩍은 걸 참는 표정으로 입을 앙다물고 미닫이문을 열고는 나갔다.

아무리 자연스럽게 행동하려 해도 자신은 다른 사람 눈에 어딘지 기묘하게 비추는 듯하다. 다이고는 또다시 온몸에 땀이 배어 나오는 것을 느꼈다.

앞으로 좀 더 주의해서 행동해야겠다.

여관에서 일찌감치 가볍게 식사를 마치고 다이고는 호숫가 도로를 따라 에메랄드 뷰까지 걸어갔다.

이 주변은 도로가 비교적 호숫가 가까이 있다.

호텔은 도로에서 호수 쪽으로 히말라야 삼목에 둘러싸인 사설도로를 내려간 지점에 있었다. 3층짜리 네모난 하얀 건물로 요즘에 세운 큰 호텔에 비하면 훨씬 아담했다. 하얀 페인트가 조금 벗겨진 울짱으로 두른 주차장 느낌 같은 게 자못 고풍스럽고 독특한 풍격을 풍기기도 했다.

앞뜰은 어둑하고 차가 두세 대 쓸쓸히 주차되어 있었다.

로비도 한산하다.

독수리 박제 등이 장식된 로비를 지나자 정면이 메인 다이닝이었다. 차분한 샹들리에 불빛이 쏟아지는 클래식한 다이닝룸에 지금은 겨우 네다섯 쌍이 테이블을 차지하고 있을 뿐이었다. 막다른 귀퉁이에 어두운 암적색 그랜드피아노가 놓여 있지만 피아니스트는 없다.

다이고는 피아노 옆까지 걸어갔다.

레이스 커튼 너머로 바깥이 들여다보였다. 완만한 내리막으로 펼쳐진 잔디밭 정원 앞은 바로 호수인 모양이다. 흔들리는 작은 부두와 보트가 살짝 보였다. 오른쪽에는 키 작은 정원수가 있는데, 정원은 제법 넓은 듯하다.

다이고는 피아노 그늘이 진 눈에 띄지 않는 자리에 앉았고, 곧이어 주문을 받으러 온 웨이터에게 스카치와 훈제 연어를 부탁했다.

웨이터가 미즈와리를 들고 다시 왔을 때 다이고는 짐짓 태연히 피아노를 보며 물었다.

"오늘 밤에는 아가씨가 오시지 않나."

역시 오사카 사투리로 물었다.

"예."

웨이터는 미안해하며 미소 지었다.

"사실은 아는 사람이 여기 아가씨가 가끔 여기서 피아노를 치는데 그게 아주 훌륭하다기에, 오늘 밤 기대하며 왔는데 말이야."

"그거 죄송합니다. 날마다 치는 게 아니라서요."

"다음에는 언제 연주할 예정인지 모르나?"

"글쎄요……. 잠깐만요."

훈제 연어 접시를 들고 다이고 앞에 다시 나타난 젊은 웨이터는 이렇게 말했다.

"주임님이 내일 밤에는 나오실 것 같다는군요. 내일은 아가씨 지인 분께서 여기에 묵으시니까요. 정 그러시면 전화로 여쭤 볼까요?"

"아니, 또 오지."

다음 날은 구름과 구름 사이로 가끔 여린 햇살이 비추었다. 그래도 겨울 산의 매서운 추위가 무거운 공기 바닥에 자욱했다.

호수의 수면도 납빛으로 정지해 있다.

다이고는 오전에 여관을 나와 나가하라 미도리의 집 방향으로 걸음을 옮겼다. 에메랄드 뷰에서 도겐다이 쪽으로 이 킬로미터쯤 떨어진 비탈땅에 세운 저택이라고 한다. 위치와 외관은 어제 호텔 웨이터와 여관의 여종업원들에게 따로따로 천연덕스럽게 캐물었다.

다이고는 헤매지 않고 그 집을 찾았다. 도겐다이로 향하는 도로가 한동안 호숫가를 벗어나는데, 동쪽 잡목림과 풀숲으로 뒤덮인 비탈 중턱에 서 있었다. 하얀 철망과 탱자나무 산울타리로 군데군데 부지를 둘러싸고, 낙엽 빛깔 잔디밭과 울창한 정원수 때문에 안쪽 저택의 칙칙한 살색 벽이 눈에 띄지 않았다.

일대는 별장지 분위기라 저마다 독특한 분위기를 지닌 저택이 여기저기 흩어져 있어 헷갈릴 만한 집은 없었다.

다이고는 돌로 된 문기둥에 붙은 '나가하라'라는 문패를 확인하고 집 주위를 한 바퀴 도는 것으로 일단 만족하고서 언덕을 되돌아갔다.

오늘 밤에는 미도리를 가까이서 볼 수 있다. 긴장으로 자세가 다잡아지는 흥분을 가슴속에 억누르고 있는 느낌이었다.

일단 여관으로 돌아가 저녁까지 책을 읽으며 시간을 보냈다.

5시 반이 지나자 다이고는 여관의 식사를 사양하고 다시 에메랄드 뷰로 향했다.

호텔과 로비는 어젯밤보다 조금 북적였다.

다이닝으로 걸어가던 다이고는 입구 자동문 앞쪽 한구석에 서서 이야기를 나누는 젊은 남녀의 모습을 흘끔 보고는 저도 모르게 발을 멈추고 여자를 빤히 바라보았다.

여자는 얼핏 스물대여섯 살쯤으로 보였다. 연갈색 피부에 이목구비가 뚜렷한 서구형 얼굴이었다. 키도 제법 크고, 녹색을 중심으로 한 시크한 색조의 롱드레스로 날씬한 몸을 감싸고, 진주처럼 복잡하게 빛나는 목걸이를 가슴골에 늘어뜨렸다. 처음 다이고의 시선을 끈 이유는 그녀가 악보를 옆에 끼고 있었기 때문이다. 그럼 이 여자가 나가하라 미도리가 아닐까?

같이 이야기하는 상대는 검은 예복을 맵시 좋게 입은 서른 넘은 남자다. 친숙한 미소를 지은 채 여자와 이야기를 나누고 있는데, 대화 내용까지 들리지는 않았다.

남자는 한 번 흘끔 보고 말았다. 다이고의 관심은 여자에게 온통 쏠려 있었다.

그냥 보면 화려한 분위기를 띤 여자다. 하지만 살짝 튀어나온 이마 아래 움푹 팬 회색빛 감도는 눈동자가 웃고 있는 데도 바닥에 냉랭한 빛을 감춘 듯했다. 남자가 농담했는지 여자는 얇은 턱을 내밀며 웃었지만, 그 동작과 표정에는 교만한 성격이 모습을 드러냈다.

'마음이 얼음처럼 차갑고 교만하고…… 교만함 때문에 여자는 이 년 전 어떤 사람을 죽였습니다…….'

후미코의 목소리가 다이고의 귓가에 되살아났다.

다이고는 마치 '운명'을 맞닥뜨린 것 같은 충격에 얼어붙은 채 여자의 옆모습에서 눈을 떼지 못했다.

표
적

1

　나가하라 미도리는 쇼팽의 즉흥곡과 드비쉬의 〈달빛〉 같은 비교적 대중적인 클래식부터 최신 포크도 적당히 섞어 경쾌하게 연주했다.

　오늘 밤 다이닝룸은 테이블이 팔 할 가까이 찼고, 조용하지만 뜨거운 분위기로 가득했다. 어제 웨이터의 말로는 미도리가 피아노를 친다고 손님이 모이는 게 아니라, 오히려 호텔에 중요한 손님이 머문다거나 미도리의 지인이 머물 때를 골라 그녀가 나온다고 했다. 여기 말고 안뜰 너머 안쪽에 있는 호텔 클럽에서는 프로 밴드를 고용한다고 한다.

　오늘 밤에는 음악학교 은사 부부가 와서 머물게 되어 환영의 뜻을 표시하기 위해 미도리가 연주한다는 이야기도 했다.

　그 손님이 누구인지는 금세 알 수 있었다. 은빛 장발에 마른 노인과 조금 통통한 몸을 짙은 황갈색의 고풍스러운 벨벳 드레스로 감싼 노부인. 노부인 옆에 있는 밝은 샐비어 블루의 바지정장을 입은 젊은 여성, 이렇게 세 명이 일행인 모양이었다. 그들은 미도리 바로 오른쪽 테이블을 차지하고 한 곡이 끝날 때마다 열렬한 박수를 길다 싶게 보냈다.

그런 모습을 조금 전 다이닝 입구에서 미도리와 이야기를 나누던 남자가 반대쪽 벽 자리에서 담배를 피우며 지켜보았다. 그의 위치에서는 미도리의 등만 보일 것이다.

다이고는 앞쪽 세 사람보다 두 테이블 정도 물러난 자리에 역시 홀로 앉았다. 연주하는 미도리의 옆모습이 사람들 어깨너머로 보였다.

연주가 끝나고 갈채가 쏟아질 때마다 그녀는 손님들 쪽으로 몸을 살짝 돌려 미소를 띠고 인사했다. 하지만 푹 팬 회색 눈동자는 늘 싸늘히 식은 채 누구와도 눈길을 교환하려고 하지 않고 그저 사람들 머리 위를 천천히 지나치는 것처럼 보였다.

다이고도 조금 전부터 단 한 번도 미도리와 눈을 맞추지 않으려고 조심했다. 그는 미도리를 첫눈에 본 순간부터 생애에 반드시 만나야 하는 숙명의 상대를 맞닥뜨린 듯한 신비한 공포와도 비슷한 감각에 사로잡혔다. 공포라 느낀 까닭은 상대와의 관계가 마침내 '죽이는 자와 살해당하는 자'로 변하리라는 예감 때문이었을까. 다이고의 본능이 이미 미도리를 '표적'으로 의식하기 시작했기 때문이기도 할까?

안 된다, 진정해야 한다. 조금 더 여유를 가져야 한다. 나는 아직 아무것도 정하지 않았으니까. 다이고는 마음속으로 열심히 되뇌었다. 송어 뫼니에르[13]의 뼈를 일부러 정성껏 발라 화이트와인과 함께

---

13) 생선에 소금·후추를 뿌리고 밀가루를 입혀서 버터로 구운 프랑스식 요리.

삼켰다.

몇 곡을 이어 연주하고 잠시 쉬었다.

미도리는 악보를 피아노 위에 둔 채 낮은 무대를 내려와 앞쪽 세 명 테이블로 다가갔다.

다이고는 접시 위를 바라보며 귀를 기울였다.

따뜻한 인사와 찬사를 주고받는 모양이다. 대화하는 말까지는 들리지 않았지만 분위기는 느껴졌다. 미도리가 '선생님'이라 부르는 소리가 이따금 귀에 들어왔다. 그녀의 목소리는 그렇게 높지 않았지만 잘 울렸다. 그리고 '선생님'의 목소리는 노인치고 활기찼다. '미도리' 하고 친근하게 불렀다. 다른 두 여자의 이야기는 그녀들이 다이고에게 등을 보이고 있는 탓도 있어 거의 알 수 없었다.

부인은 이따금 기침했다. 연주할 때부터 그랬지만, 휴식 시간에 들어가 긴장을 푼 탓인지 더 자주 콜록거렸다. 일행인 여자가 등을 문질렀다. 그때마다 대화가 끊기고 다들 그녀를 지켜보았다.

젊은 그녀가 테이블 틈을 이리저리 지나 다이고 뒤를 지나치는 게 느껴졌다. 화장품 냄새가 귀 뒤쪽에서 감돌았다.

그녀가 완전히 통과했을 때 부인이 고개를 돌리며 불렀다.

"후미코 씨."

젊은 여자가 걸음을 멈추고 돌아보는 기척.

"네?"

나직한 목소리로 대답한다.

"저는 역시 이만 방에서 쉬어야겠어요. 모처럼 만의 연주를 망쳐서 미안해요."

다 말하기도 전에 부인은 가볍게 콜록거리며 의자를 밀고 일어났다.

노인과 미도리가 저마다 무슨 말을 한다.

젊은 여자는 테이블로 돌아갔다.

다시 대화를 조금 나누었지만, 결국 부인의 뜻대로 결론이 난 모양이다.

여자가 부인 어깨를 감싸고 두 사람은 다이닝 출입구 쪽으로 천천히 걸었다. 다시 다이고 뒤를 지날 때, 부인의 팔꿈치가 그의 목덜미를 스쳤다.

"죄송합니다."

여자가 속삭였다.

눈을 들어도 이미 두 사람 모습이 시야에 들어오지 않게 되고 나서 다이고는 계속 숙였던 상반신을 일으켰다. 심장 고동이 이상하게 격렬했다.

후미코……. 노부인은 분명히 그리 불렀다.

그때까지 다이고는 미도리의 존재에 신경을 집중하고 있어 젊은 여자에게는 주의를 거의 기울이지 않았다. 얼굴도 제대로 보지 않았다.

그녀의 이름이 후미코라는 게 의미 없는 우연일까?

두 사람이 다이닝 바깥으로 나가고 웨이터가 문을 닫는 순간 다이고는 벌떡 자리에서 일어났다. 테이블에서 걸어 나가고 나서야 허둥지둥 냅킨을 뺐다.

미도리와 노인은 시선을 거두고 대화를 계속했다.

너무 서두르면 두 사람 뒤를 쫓아 나가는 걸 들켜 버리지 않을까?

다이고는 걸음 소리를 죽이며 간신히 다이닝룸을 가로질렀다.

두 여자는 로비 끝에서 객실이 늘어선 복도로 걸어가는 참이었다.

다이고는 독수리 박제를 바라보는 척하며 간격을 두었다.

복도로 나와 보니 두 사람은 계단을 올라간 듯했다. 계단 위에서 들리는 기침으로 짐작이 갔다. 엘리베이터는 로비 반대쪽 살짝 들어 간 곳에 있다. 계단을 이용한 걸 보면 그녀들의 방은 2층이리라.

이번에도 적절한 때를 계산해 슬쩍 쫓았다. 그때까지 계속 끼었던 선글라스를 벗어 주머니에 넣었다.

2층 복도 중간쯤에 방으로 들어가는 두 사람이 보였다. 부인을 먼 저 들이고 파란 바지정장 차림의 여자가 뒤따라 들어가 문을 닫았다.

다이고는 성큼성큼 그 문 앞까지 걸어갔다. 문을 조금 지나친 곳에 멈추어 돌아보았다.

크림색 목제 문 위에는 237이라는 숫자가 붙어 있었다.

실내와 복도 모두 고요했다.

다이고는 숨을 죽이고 그 자리에 서 있었다.

이 문 너머에 후미코와 노부인이 있다. 그 후미코가 혹시 사메지마 후미코일 가능성이 있을까?

그는 여태껏 그날 밤 그녀가 가르쳐 준 이름이 가명이 아닐까 의심 했다. 그럴 가능성이 클 것 같았다.

그러나 당연하다 할지라도 나가하라 미도리가 진짜 이름이었으니, '사메지마 후미코'가 가명이라고 단정 지을 증거 또한 생각해 보면 없었다. 후미코가 가공의 이름을 남겼으리라는 생각으로 쏠렸던 까 닭은 자신의 타고난 비관주의 탓일 수도 있다.

게다가 적어도 후미코라 불린 여자가 미도리와 어떤 관계가 있는 것은 사실이리라. 노부부는 미도리의 은사라 들었고, 후미코는 그들과 친한 사이인 모양이니까.

아니, 한술 더 떠 어쩌면 후미코가 오늘 밤 다이고가 호텔로 올 것까지 예상하고 태연히 그의 앞에 모습을 드러낸 것은 아닐까?

그런 생각에 미치자 다이고는 완전히 호흡을 멈춘 채 문을 응시했다.

다이고는 정월 이후 하코네에 가자 생각하고 6일에 전화로 도쿄행 항공권을 예약했다. 아내에게 일이라고 얘기한 터라 항공권에는 본명을 썼다.

후미코는 남몰래 그의 동정을 지켜보며 일정을 파악하고서 오늘 밤 여기로 왔을까?

다이고에게 첫 메시지가 도착하고 요시미 교수 살해 사건까지 '수수께끼 여인'의 기민한 출몰을 떠올리면 그런 것도 완벽하게 부정할 수 없을 듯했다.

그때 그의 눈앞에서 237호 문이 천천히 움직였다. 다이고는 허둥지둥 두세 걸음 물러났다. 카펫이 구두 소리를 흡수해 주었다.

후미코가 나와 다시 문을 닫고 이어서 맞은 편 옆인 236호 앞에 섰다. 작은 가방에서 열쇠를 꺼내 열고 안으로 들어갔다.

다이고는 그 방들을 지나친 위치에 서 있어서 후미코를 거의 뒤에서 볼 수밖에 없었다. 보통 키에 보통 체중, 굳이 따지자면 살집 좋은 체격으로 보였다. 머리는 귀밑까지 오는 쇼트고 웨이브를 넣었다.

그녀는 다시 금세 나타났다. 파란 정장 위에 보풀이 인 재킷을 걸쳤다.

다이고는 후미코에게 들키지 않기 위해 더 떨어진 복도 끝까지 물러났다.

계단에서 멀어져 가는 후미코의 뒷모습을 그는 비현실적인 감각에
사로잡힌 채 꼼짝도 하지 않고 지켜보았다.

2

다이고는 일단 에메랄드 뷰를 나와 위쪽 도로 옆 드라이브인에서
9시 정도까지 기다렸다.

그 뒤로 후미코는 다시 다이닝룸으로 돌아갔다. 다이고가 들여다
보니 원래 자리에서 은발 노인과 미도리와 후미코가 이야기를 나누는
모습이 보였다.

곧 미도리는 다시 한 번쯤 피아노 앞에 앉으리라.

어쨌거나 그들이 함께 있는 사이 후미코에게 접근하기는 절대로
삼가야 한다.

그렇다고 로비에 혼자 있으면 눈에 띄기 쉽다. 에메랄드 뷰 안에서
다이고가 종업원에게 기억되는 건 될 수 있으면 피하고 싶었다.

그래서 밖으로 나와 실내 골프 연습장에 딸린 제법 큰 드라이브인
을 골라 시간을 때웠다.

9시라는 시각에 특별한 확신이 있는 건 아니었다. 그저 그쯤이면

노인도 슬슬 자신의 방으로 돌아가지 않을까. 이야기하는 목소리에 활기가 있었지만, 벌써 칠순 가까이는 되어 보였고 부인도 몸이 안 좋아 보였다.

부부의 방은 237호실일 것이다. 후미코는 홀로 236호실에 묵는 게 아닐까.

만약 후미코가 그날의 후미코라면, 다이고의 존재를 알고 있다면, 홀로 남는 순간부터 그녀는 숨죽이고 그의 연락을 기다릴 게 틀림없다!

또 만약 전부 다이고의 착각이었을 때에도 밤 9시라면 젊은 여자를 호텔 방 밖으로 불러내도 아슬아슬하게 괜찮은 시각이리라.

다이고는 드라이브인 구석에 있는 공중전화로 다가갔다. 다행히 그 가게에는 공중전화가 넉 대 갖추어져 있고 한 대 한 대 칸막이가 있었다.

넉 대가 전부 비었고, 주변에 사람이 없어지는 기회를 기다리다 보니 9시 8분이 되었다.

에메랄드 뷰 전화번호를 돌렸다.

남자가 받아서 "236호실 부탁합니다." 하고 말했다.

"236호실은———나루세 님이군요." 상대방이 확인했다.

"맞습니다."

"잠시 기다려 주십시오."

수화기 안에서 다시 콜사인이 들렸다. 소리가 두 번 반 만에 끊겼다.

"여보세요?"

저음에 위턱에 걸리는 듯한 느낌의 여자 목소리가 받았다. 젊은 목소리다. 틀림없이 그녀다.

"나루세 후미코 씨입니까?"

"맞는데요."

"사실 저는……."

다이고라고 갑자기 말하고 싶은 충동을 아슬아슬하게 억눌렀다. 상대방 곁에 누가 있을지도 모른다. 우선 아직 그녀가 그날 밤 후미코라고 정해진 건 아니다. 그녀의 성은 '사메지마'가 아닌 모양이다.

"예전에 여행 갔다 당신을 만난 적이 있어요."

"여행이요? 어디죠?"

후미코가 미심쩍어하며 되물었다.

"프랑스……. 파리입니다."

상대방은 잠시 침묵하다 "아……." 하고 갑자기 알았다는 듯한 소리를 했다. 예리한 아픔처럼 물결치는 심장 박동이 다이고의 가슴을 가로질렀다.

"그럼 재작년 가을 투어에 함께였던 분인가요?"

후미코는 가볍게 말을 이었다.

그녀는 다이고와 마주한 순간까지 모든 것을 숨길 작정이 아닐까? 그런 생각이 그의 머릿속을 스쳤다.

"맞습니다. 그때 함께였던……. 조금 전 호텔 다이닝룸에서 당신을 보고 그리워져서요."

"정말요? 얼마 전에도 그때 뵈었던 세키 씨란 분께서 전화를 주셨어요."

"실례지만 잠깐 만날 수 없을까요?"

"어디에 계시죠?"

"호텔 근처입니다."

후미코는 또다시 잠깐 침묵했다.

"괜찮아요. 로비로 내려갈까요?"

"예……. 아니, 로비는 시끄러우니 안쪽 클럽이 어떨까요. 로비에서 오른쪽으로 돌면 제법 조용한 클럽이 있어요."

"네, 알겠어요."

가벼운 대답에는 에메랄드 뷰를 잘 아는 여운이 느껴졌다. 후미코라면 당연히 그럴 것이다.

"그럼 곧 뵙겠습니다."

수화기를 두자마자 온몸이 땀으로 젖은 게 느껴졌다.

하지만 생각해 보니 한숨 돌릴 틈도 없다. 지금 다이고는 '곧 찾아뵙겠습니다.'라고 말해 버렸다. 상대방은 그가 호텔 바로 옆에 있다 생각하고 곧장 클럽으로 내려올지도 모른다. 그러나 드라이브인에서 호텔까지는 걸어서도 육칠 분은 걸릴 것이다.

쌀쌀한 문밖으로 나오자 옷 속에 땀이 오한을 불렀다.

호텔의 사설도로에는 히말라야 삼목 사이로 얼어붙을 듯한 호수의 바람이 흘러들었다. 다이고는 뛰었다.

호텔 클럽은 다이닝룸보다 훨씬 독특한 느낌으로 세 벽을 따라 테이블이 충분한 간격을 두고 배치되어 있었다. 정면에 밴드 무대가 있지만 지금은 사람이 없다. 그 앞은 춤추기 위한 플로어라 넓게 비어 있는 것이리라.

다이고는 숨을 가다듬으며 오렌지를 띤 조명에 비친 클럽 안을 빠르게 둘러보았다.

네다섯 쌍 손님이 테이블을 둘러쌌지만 전체적으로 조용한 분위기가 감돌았다. 어젯밤 살짝 들여다보았을 때도 마찬가지였다. 정월 연휴가 끝난 데다 평일이라 호텔은 한산했다.

띄엄띄엄 있는 손님 속에 후미코인 듯한 모습은 보이지 않았다. 아직 오지 않은 모양이다.

다이고는 안도하며 될 수 있으면 가까이 사람이 없는 자리를 골라 앉았다.

손수건을 꺼내 이마를 닦기 위해 고개를 들었을 때, 이쪽으로 들어오는 여자 모습이 눈에 들어왔다. 갸름한 얼굴에 짧은 머리. 검은 바탕에 꽃무늬 원피스를 입고 아까 본 앙고라 재킷을 걸쳤다. 후미코다. 조금 전에는 바지정장을 입고 있었지만 걸음걸이 특징도 낯이 익었다.

다이고는 순식간에 다시 온몸이 얼어붙는 긴장감에 사로잡혔다.

후미코는 플로어 중간에 멈추어 서서 주위를 둘러보았다.

다이고가 한 손을 살짝 들자 그녀가 그걸 보고 다가왔다.

스물다섯 살에서 일곱 살쯤 되었을까. 갸름하지만 생각보다 오동통한 얼굴이었다. 초승달 모양 눈썹과 눈. 조금 큼직한 매부리코 아래에 두툼한 작게 오므린 입이 있고 턱은 짧고 좁다. 아무 선입관도 없이 딱 보면 원래 명문가에 지금은 조금 가세가 기울었어도 상류계급 사람들만 드나드는 가정에서 자란 처자 같은 인상을 받았을지도 모른다.

후미코도 눈을 동그랗게 뜨고 다이고를 바라보았다. 입가에 미소를 띠고는 있지만 아직 다이고를 확실히 떠올리지 못해 어중간하게 머문 미소였다.

"안녕하세요. 오랜만이네요."

그는 최대한 쾌활하게 인사하고 몸짓으로 의자를 권했다. 후미코는 주위를 돌아보며 양옆 테이블에 다른 손님이 없음을 확인하고는 살짝 앉았다. 다시 열심히 떠올리려는 듯한 눈빛으로 다이고를 응시했다.

"당신은……. 틀렸다면 죄송하지만 친구 분과 둘이서 여행에 참가한 분인가요? 친구 분은 분명히 광고대리점에서 근무했고……."

후미코는 다이고의 얼굴에서 자신의 기억을 끄집어 내듯 중얼거렸다. 낮은 목소리다. 직접 들으니 위턱에 걸리는 발음법이 전화보다 더 귀에 들어왔다. 그날 밤 후미코도 저음에 허스키한 목소리였다. 감기가 들려 목이 아프다고 했으니 평소에는 제법 떠들지도 모른다.

"그리고 당신은……. 그렇지, 학교 선생님이라 하지 않으셨나요?"

다이고는 철렁했다. 그녀가 완곡한 표현으로 사인을 보내기 시작한 건가?

"미션스쿨인 여고 선생님이라고 들은 것 같은데……. 실례지만 성함이 어떻게 되셨죠?"

"저는……. 이케가미라고 합니다."

그것은 여관 숙박부에 기재한 이름이었다.

"이케가미 씨……. 조금씩 기억이 나네요. 그때 정말 신세 많이 졌어요."

물수건을 가져온 웨이터가 주문을 물었다.

"뭘 마시겠습니까?"

다이고가 후미코에게 물었다.

"글쎄요……. 전 그냥 아무거나……."

다이고는 목이 몹시 탔다. 맥주와 간단한 안주를 주문했다.

다이고는 땀이 밴 손바닥에 뜨거운 수건을 대면서 희미한 낭패인지 초조감인지 모를 동요가 엄습하기 시작했다.

다이고는 여태껏 만약 다시 한 번 후미코를 만난다면, 앞으로 만날 여자가 후미코인지 아닌지 자신은 그 자리에서 판단할 수 있으리라 믿었다. 이론적으로 따질 것 없이 본능적인 자신감이 뒷받침했다.

그런데 바로 지금 한 사람의 후미코와 마주했으면서 그녀가 그날 밤 후미코인지 아닌지 판별하기 어려웠다. 후미코의 얼굴에는 어디서 본 적이 있는 듯한, 누가 떠오를 듯한 자극을 받았지만 그건 현재로서 관계없는 일이 아닐까. 샤토 샹탈의 살롱 어둠 속에서 그는 여자의 얼굴이나 모습을 시각적으로 단 한 번도 보지 못했기 때문이다.

옛날, 학창시절 여름방학 때 그는 친구 몇 명과 캠프를 갔다 그곳에서 함께하게 된 다른 젊은 남녀와 신나게 포크댄스에 빠진 적이 있다. 들판에는 캠프파이어가 타올랐지만 파트너 얼굴이 거의 분간이 가지 않을 정도로 주위는 어두웠다.

그런데 기묘하게도 포크댄스 상대가 몇 사람이나 바뀌어 다시 맨처음 파트너가 돌아오자 서로 금세 알아보았다. 순서를 세어 보거나 말로 가르쳐 준 것도 아닌데, 어떻게 말도 한마디 나누지 않고 서로 알아보았다. 상대방이 자신을 알아챈 걸 알았을 때마다 말로 표현하기 어려운 전율이 일어서 유쾌했다.

다음 날 아침 야영장에서 소녀를 찾아보았지만 끝내 발견하지 못했다.

오래전 경험이 이상할 정도로 선명하게 다이고의 감각에 되살아났다.

암흑 속에서 얻은 인식은 똑같이 잡다한 시각적인 정보를 완전히 없애야지만 돌아오는 것일까?

아니, 그럴 리가 없다. 그날 밤 후미코와 다이고는 초인적인 직감과 통찰력으로 서로 모든 것을 이해했다. 그런 천재일우의 운명적인 만남을 다이고는 지금도 믿는다.

그렇기에 다시 만날 때는 한눈에 알아보리라 믿어 의심치 않았다.

차라리 솔직하게 이름을 말해 보면 어떨까?

그러나 만약 후미코가 관계없는 사람이라면 몹시 기이한 남자의 인상을 그녀 안에 각인시켜 버리는 결과가 되겠지.

그렇다고 또 만약 바로 그 후미코라면 그녀는 다이고 이상으로 주의 깊게 이쪽의 정체를 확신하지 않고서야 결코 본심을 보여 주지 않는지도 모른다. 설령 그녀가 다이고의 일정을 조사했다 하더라도 아직 그의 용모는 모를 수 있다. 무엇보다도 그녀가 이미 결정적인 행동을 수행하고 말았음을 잊어서는 안 된다. 극단적으로 보면 그녀가 다이고를 형사가 아닌지 의심할 가능성조차 다 부정할 길이 없다.

다이고는 이도 저도 아닌 다람쥐 쳇바퀴 돌리기에 빠져들 듯한 초조감에 휩쓸렸다.

신중하게 천천히 이쪽의 속내를 드러내는 수밖에 없으리라.

마실 것과 간단한 안주가 나왔다. 웨이터가 두 사람의 잔에 맥주를 따르고 갔다.

다이고가 잔을 얼굴 높이까지 들어 올리자 후미코도 형식적으로 동작을 따라 했다. 두 사람은 동시에 잔을 입으로 가져갔다.

"그건 그렇고 미도리 씨와는 오래 알고 지내셨나요?"

"어머나, 그녀를 아세요?"

"아뇨, 직접 아는 건 아니고……. 그냥 미도리 씨가 이 호텔 경영자 따님이고 이따금 피아노를 친다는 이야기를 얼핏 들었거든요. 사실은 오늘 밤 미도리 씨의 피아노를 들으러 온 겁니다."

"그랬군요. 그녀는 정말 잘 치죠. 오늘 밤에는 큰아버지를 위해 일부러 나와 주신 모양이에요."

"아까 다이닝룸에 계셨던 분이 큰아버지신가요?"

"맞아요. 미도리 씨가 음대 피아노과에 재학할 무렵에는 큰아버지도 직접 학생 지도를 하셨죠. 그 뒤에 현역을 은퇴하고 지금은 대학 이사를 맡고 있지만요. 아마 미도리 씨와 동기들이 마지막 제자가 아닐까요."

"사모님도 함께 오신 것 같더군요."

"해마다 습관처럼 여름과 겨울휴가에는 하코네로 요양하러 와서 저도 함께하고 있죠. 큰어머니는 몸이 약하고, 전 대학에서 큰아버지 일을 돕기도 하니까요."

"그렇군요. 그래서 미도리 씨와도 친한 거군요."

"아뇨, 저는 그렇게 친하지는 않아요. 큰아버지 댁과 여기서 세 번쯤 만났으려나요."

그녀는 태연히 받아치듯 대답했다.

그건 그렇고 그녀는 역시 누구를 떠올리게 한다. 하지만 그 느낌은 어쩐지 다이고의 불안감을 부추겼다.

그는 쫓기는 심정으로 또 한 걸음 내디뎠다.

"프랑스에는 몇 번이나 가셨습니까?"

"그 투어를 포함해 세 번이요."

"혼자 가신 적도 있나요?"

"아뇨, 친구랑 함께였죠. 한 번은 큰아버지 부부와 함께였고요."

"주로 어디에 가십니까? 전 파리 중심가보다 남쪽 근교를 좋아해요."

그러고서 그는 후미코의 눈동자를 바라보며 목소릴 낮추었다.

"루아르 지방이나 퐁텐블로, 바르비종……."

후미코는 천천히 눈을 한번 깜빡였다.

"루아르의 고성 순례는 멋지다고 들었어요. 하지만 전 아직 파리 말고 간 곳이 없어요. 늘 계획에는 들어 있는데 결국은 생토노레나 샹젤리제에서 쇼핑에 시간을 잡아먹어서……."

후미코는 입술을 오므리며 소리 높여 웃었다.

그 표정을 보고 다이고는 퍼뜩 떠올랐다. 이어서 가시 돋치고 음울한 기분이 가슴 밑바닥에 퍼짐을 느꼈다.

여태까지 막연히 연상하면서 떠올리지 못했던 것은 고교 동창생인 여학생이었다. 그가 태어나 자란 오이타 현 내륙지방 인구 삼만 명 정도의 시골 마을에 있는 고등학교였다. 그의 집은 가난한 농가였지만 그녀는 그 마을에서 대대로 병원을 하는 집 딸로 반 안에서도 유복한 가정 자녀만 속한 그룹을 형성하고 있었다.

따라서 다이고와는 깊은 친분도 없고 서로 관심 없는 존재였다.

딱 한 번 그녀가 폐렴인지 뭔지로 이 주 정도 학교를 쉬고 나서 다이고에게 노트를 베끼게 해달라고 부탁했다. 그녀로서는 평소에 별 이야기를 나누지는 않았어도 이런 것은 반에서 가장 우수하다 정평이 나 있는 다이고에게 부탁하는 게 상책이라고 생각했는지도 모른다.

다이고는 거절은커녕 이야기를 주고받다 보니 직접 노트를 만들어 그녀의 집까지 가져다주기로 약속까지 해 버렸다.

다이고는 그 약속을 이행했다.

초겨울 차가운 비가 내리는 오후 노트를 전하러 온 그를 그녀는 응접실로 들여 홍차를 대접했다. 그리고서 답례라며 백화점 봉투로 포장된 가늘고 긴 상자 같은 물건을 주었다. 그러나 그 뒤에 어딘지 모르게 다이고가 빨리 돌아갔으면 하는 기색이 느껴져서 그는 십오 분쯤 있다 집을 나왔다.

집에 돌아와 포장을 열어 보니 외국제 샤프가 들어 있었다.

그것뿐이라면 별다를 것도 없었겠지만 나중에 그는 그가 노트를 전한 날이 그녀의 생일이며, 같은 시간 그녀의 집에 반 친구 몇 명이 모여 있었음을 우연히 들었다. 그중에는 남학생도 세 명쯤 섞여 있었다고 한다.

그런 파티가 한창 이던 때이니 그녀는 노트를 받고 답례를 해 버리고는 얼른 다이고가 나가 주기를 바랐으리라.

샤프를 주기보다 그 파티에 잠깐 끼워 주었으면 좋았으련만. 다이고는 씁쓸한 기분을 씹어 삼켰다. 딱히 그녀들 무리에 끼고 싶은 것은 아니었다. 하지만 초대해 주었다면 훨씬 기분이 좋았을 것이다.

그녀는 노트를 복사해 준 친구에게 차를 내고 선물을 건네는 정도의 예의는 갖추었다. 그렇지만 자신과 가정환경이나 경제 상태나 생활수준, 요컨대 사는 사계가 다른 인간에게는 잠깐 수다를 떨 정도의 흥미나 친밀함도 없었던 것이리라.

고교 졸업 후 그녀는 나가사키의 여대에 입학했다 들었지만, 지금은 분명히 그녀가 사는 세계 안에서 적당한 남편을 맞아 병원을 잇지 않았을까.

다이고의 가정에서는 장남인 그를 대학에 진학시킬 여유도 없는 상황이었지만, 그를 눈여겨본 담임선생님이 부모를 설득해 결국 수업료 외의 비용은 아르바이트해서 벌기로 약속하고 진학을 허락받았다.

그런 부모도 이제는 없다. 얼마 안 되는 땅은 동생이 물려받아 공장을 다니며 겸업농업을 하고 있다.

지금 눈앞에서 웃는 후미코의 얼굴은 다이고에게 병원집 딸을 떠올리게 했다. 큼직한 매부리코와 작게 오므린 입, 뽐내는 듯한 고상한 말투까지. 그렇게 의식하기 시작하니 이상할 정도로 공통점이 많았다.

이쪽 얼굴은 다이고에게 한 여자의 유형을 상징했다. 그의 안에서 반발, 초조감, 굴욕감 같은 갖가지 굴절되고 음습한 감정을 불러일으키는 상징적인 얼굴이었다.

어쩌면 후미코와 처음 대면한 순간부터 그는 그것을 깨달았는지도 모른다. 깨달았으면서 무의식중에 그 사실에서 눈을 돌리려 했을 수도 있다.

그때 갑자기 클럽 안 불빛이 어두워졌다.

대신 중앙부에만 하얀 스포트라이트가 켜졌다. 네다섯 명의 밴드 멤버와 반짝이는 돌이 여기저기 박힌 드레스를 입은 가수임 직한 여자가 조명 안에 나타났다. 지금부터 무대가 시작되는 모양이다.

다이고와 후미코 테이블 주위는 어스름에 감싸였다.

후미코 쪽으로 시선을 돌린 다이고는 또다시 '어' 하고 숨을 삼켰다.

무대를 보기 위해 의자를 튼 후미코는 다이고에게 반쯤 등을 보이

고 있었다. 무대 조명이 비스듬히 흘러들어 그녀의 얼굴과 꼰 두 다리
가 희뿌옇게 떠올랐다.

놀라울 만큼 예쁜 다리였다. 매끈하게 뻗은 데다 부드러운 곡선을
그리면서도 군살 없는 각선미.

폭풍우 치던 날 밤, 여자는 살롱 안쪽에 등받이가 높은 안락의자에
앉아 있었다. 번개가 번쩍인 한순간에 가녀린 조각품 같은 그녀의
다리와 하얀 이마 일부가 다이고의 눈 속에 새겨졌다.

역시 이 여자가 후미코가 아닐까 하는 의혹이 되돌아오듯 그의
가슴에 밀어닥쳤다. 조금 전부터 겉돌던 대화, 공허한 미소가 모두
후미코가 자신을 숨기기 위한 연기였다면———?

격리된 어둠 속에서 단둘만 된다면 그녀는 후미코인 증거 일부를
보여 줄지도 모른다.

그때야말로 다시 그날 밤의 순수한 정열이 되살아날까.

아니면 그녀의 얼굴과 평소 말투 같은 것들로 상징되는 그녀의
내면 일부를 인식해 버린 이제 와서는 두 번 다시 그만한 도취에 잠기
지는 못할까.

아니, 역시 그럴 리가 없다. 정신과 육체의 일체감을 재현한다면
그 순간부터 그녀의 얼굴도 목소리도 모든 것이 좋게 변하리라. 거기
서부터 새로운 인식도 태어난다.

제아무리 많은 시간과 기회가 있는 남녀라 한들 사랑을 느끼기
전까지 대체 얼마나 정확히 서로 인식할까.

어쨌거나 좀 더 똑똑히 어스름 속 그녀의 자세를 지켜보아야 한다.

다이고가 응시했을 때 그녀는 꼰 다리를 내리고 그를 돌아보았다.

"그럼 전 슬슬 가 봐야 해요."

그녀는 전등 빛 쪽으로 손목시계를 비췄다.

"큰어머니 약을 챙겨 드릴 시간이에요. 큰어머니는 천식이 있는데 오늘 특히 상태가 심해서요."

말로 하지 않았지만 내일은 괜찮다고 넌지시 비추는 것처럼 들렸다.

다이고는 번뜩 다시 한 번 기회를 만들자고 생각했다.

"오늘 갑자기 불러내서 죄송합니다."

다이고는 냉정한 목소리로 인사했다.

"이쪽에는 언제까지 머무십니까?"

"내일모레까지 있을 거예요."

"그래요. 사실 저는 모토하코네元箱根 방면의 후모토칸이라는 여관에 묵고 있습니다. 혹시 무슨 일이…… 아니, 그보다…… 내일 밤이 시간쯤 또 이리 와 보죠."

후미코는 붙임성 좋은 미소를 띠고 고개를 살짝 갸웃했다. 그 표정에 또다시 그는 병원 집 딸이 샤프 상자를 건넸을 때의 얼굴을 떠올렸다.

"그럼 먼저 갈게요."

"아───."

다이고가 걸음을 뗀 후미코를 불러 세웠다.

"뒤늦게 죄송하지만, 후미코 씨 어떤 한자를 쓰시죠?"

"글 문文에 아이 자子자예요."

"아……. 저는 어쩐지 사기 사史 자를 쓰실 줄 알았어요."

그녀는 다시 손목시계를 들여다보고는 잰걸음으로 멀어졌다.

3

다음 날 하루 내내 다이고는 여관방에 틀어박혔다. 하코네에 도착한 날은 찌뿌듯한 먹구름이 낮게 끼었지만, 어제부터 날씨가 서서히 회복되는 모양이다. 사흘째에는 푸른 하늘이 펼쳐지고 추위도 조금 누그러졌다.

그런 날에 온종일 좁은 방에 틀어박혀 있으면 여종업원이 미심쩍어 할 것 같아 불안했지만, 갖가지 감정을 억누르는 심정으로 가만히 숨을 죽였다. 만약 후미코가 어젯밤에는 모든 의사표시를 삼갔으나, 자신이 다이고 고헤이라는 확신을 얻고 남몰래 연락할지도 모른다는 기대 때문이었다.

간밤 헤어질 즈음, 그는 '후미코'라는 이름을 말했다. 한자가 상대의 본명과 달랐으니 그것이 결정적인 사인이 되었을 것이다.

그러나 끝내 밤까지 전화도 걸지 않았다.

9시 넘어 엊저녁에 간 에메랄드 뷰의 클럽으로 향했다.

지나가는 길에 다이닝룸을 들여다보았지만 미도리나 후미코 일행의 모습은 보이지 않았다. 대신 어제 피아노가 시작되기 전에 복도에서 미도리와 선 채로 이야기를 나누던 서른이 넘은 남자가 엊저녁과 똑같이 벽 쪽 테이블에서 혼자 식사하고 있었다.

클럽은 어젯밤보다 더 한산했다.

다시 후미코와 만날 기회를 만들더라도 다른 곳을 골라야 했다는 후회가 밀려왔다. 숙박객도 아닌데 그리 자주 호텔에 드나들면 사람 눈에 띄기 쉽다. 이제 와 생각해 보면 차라리 맨 처음부터 여기에 투숙하는 게 현명했는지 모른다.

어젯밤에도 갑자기 다른 적당한 곳이 떠오르지 않았다. 후미코가 다시 이리 와 준다면 어디든 둘만 있을 수 있는 곳으로 꾀어내자고 생각했다.

번번이 자신은 요령 나쁜 행동만 하는 모양이다.

그러나 에메랄드 뷰에 자주 드나드는 것은 크게 신경 쓸 필요가 없으리라. 어떤 까닭인가하면 자신은 아직 무엇을 할지도 마음먹지 않았기 때문이다. 그는 자신을 진정시키듯이 그렇게 고쳐 생각했다.

그저 후미코와 연락하고 싶을 뿐이다.

오늘 밤에도 9시 반부터 불빛이 어두워지고 무대가 시작되었다. 다이고는 10시 반까지 앉아 있었지만 후미코는 나타나지 않았다.

그러는 시간에 다이고는 조금씩 냉정한 판단력을 되찾아 갔다.

그 여자는 역시 그날의 후미코가 아니었던 것이다. 단순한 우연으로 이름이 같았을 뿐이리라. 후미코라는 이름은 그리 드물지 않다.

그런데 자신은 마치 후미코가 마법사처럼 신통력을 발휘해 모든 것을 예측하고서 이 호텔에 모습을 드러냈다고 믿으려 했다. 자신이 정상이 아니었다. 너무 조급했다.

후미코가 예쁜 다리를 꼬았을 때 실루엣만 해도……. 도저히 그것이 바르비종에서 만난 여자의 잔상과 똑같은지는 단박에 확신을 내릴 수 없었다. 자신의 시각 기억 또한 지금까지 믿었던 것보다 훨씬 무력함을 인정해야 했다.

나루세 후미코 같은 부류의 여자는 어떤 순간에도 결코 '후미코'는 될 수 없는 것이 아닐까.

또한 그날 밤의 후미코도……. 다이고는 아직 한 번도 구체적으로 후미코의 용모를 머릿속에 그려 보지 않았지만, 적어도 절대로 저런 부류의 얼굴일 리가 없다!

대강 그런 결론에 이르자 다이고는 복잡한 안도감을 느꼈다.

10시 반이 지나고 무대가 끝났을 때 클럽을 나왔다.

복도를 걷기 시작하자마자 초조감이 고개를 쳐들었다.

오늘 밤이 하코네에서 묵는 세 번째 밤이다. 내일쯤 후쿠오카로 돌아가지 않는다면 아내가 수상쩍게 생각할지도 모른다. 오늘 낮에 집에 전화했을 때에도 내일 중으로 돌아갈 수 있을 거라고 말하기도 했다. 겨울방학도 끝나고 곧 다이고의 수업도 시작되니 대학에서 무슨 연락이 들어올지도 모를 일이다.

그런데 사흘간 나가하라 미도리를 직접 눈으로 보고 그녀의 거주지를 확인했을 뿐, 끝내 후미코의 그림자조차 느끼지 못했다.

역시 미도리의 인간관계에서 캐낼 수밖에 없을까. 후미코가 미도리와 깊은 관계를 지닌 것만은 틀림없을 테니까 말이다.

로비까지 돌아온 다이고는 마침 눈앞을 가로지르는 검은 정장 차림 남자에게 시선을 빼앗겼다. 어제 미도리와 이야기를 나누던 남자, 아까는 혼자 다이닝에 있는 모습을 보았다.

남자는 방이 늘어선 복도에서 나와 반대쪽 통로로 자취를 감추었다.

다이고는 멈추어 섰다.

맨 처음에 미도리와 그를 보았을 때 광경을 떠올렸다. 그때에는 미도리에만 정신이 팔렸었는데……. 그가 농담을 던져 미도리를 웃게 한 느낌이나 그 뒤 둘이 헤어질 때 인상으로 추측건대 그들은 상당히 친밀하고 허물없는 사이처럼 보였다. 그렇다고 서로 푹 빠진 느낌은 아니었다. 남자가 미도리의 등밖에 보이지 않는 자리에서 그녀의 피아노를 듣던 모습에서는 어떤 여유마저 엿보였다. 문득 떠오른 듯 그녀의 뒷모습을 흘끔 보고 작은 실수라도 하면 입가에 냉소적인 쓴웃음을 짓기도 했다.

다이고는 한동안 그 자리에 머물었지만 이윽고 남자를 뒤따라 L자형으로 굽은 복도로 들어갔다. 어두운 모퉁이에서 주머니에서 선글라스를 꺼내 끼었다. 간밤 후미코를 룸까지 쫓아갔을 때부터 거의 끼지 않았던 선글라스다.

휴게실과 잡지며 약 등을 파는 매점, 대각선 맞은편에 'Bar'라고 케케묵은 은박 글씨를 붙인 문이 있었다. 느낌상 다이닝부터 이쪽이 구건물인 듯하다.

슬롯머신과 당구대가 있는 휴게실과 매점에 남자의 모습은 보이지 않았다.

다이고는 바 문을 밀었다.

가늘고 긴 공간에 카운터를 놓은 투박한 바로 푸르스름한 형광등이 내부를 스산한 느낌으로 비추었다.

안쪽 의자에 조금 전 남자가 앉아 수화기를 쥔 채 이야기하고 있었다. 남자 말고 두 남자 손님이 중간쯤 자리에서 떠들며 마시고 있었다.

다이고는 작정하고 두 손님과 통화 중인 남자 사이에 끼어들어 남자 바로 옆에 앉았다. 이 바도 다이닝과 마찬가지로 호수 쪽 정원에 면해 있었다. 남자 등 뒤, 바의 끝 벽에 있는 유리를 끼운 문을 열면 정원으로 나갈 수 있는 모양이다. 지금은 커튼 틈으로 낮은 정원수가 이어지는 비탈과 어두운 호수 수면 일부가 정원등 불빛으로 간신히 분간이 갔다. 이따금 바람에 문이 희미하게 덜컹거렸다.

카운터 안쪽에는 흰 겉옷을 입은 초로의 바텐더 한 명이 있었다. 바텐더는 근엄한 얼굴로 주문을 받으러 왔다. 흘끔 옆을 보니 온더록스 잔과 옆에는 하얀 태그가 붙은 올드파 병도 놓여 있다. 그 느낌으로 보아서 상당히 마시는 남자 같다. 저녁을 먹고서 방에 있다가 다시 마시러 나온 것일까.

다이고는 위스키사워를 주문했다. 술을 싫어하는 건 결코 아니지만 그렇게 세다는 자신은 없다. 지금은 자제하자는 마음도 움직였다.

남자는 일로 전화를 하는지 상대방에게 지시하는 말투로 이야기했다. 전문용어인 듯한 외국어와 달러며 마르크가 나왔지만 그의 직종은 추측하기 어려웠다.

드디어 통화를 마치고서 남자는 퍽이나 목이 탔다는 손놀림으로 잔을 들고 벌컥벌컥 마셨다.

그러고는 바로 옆에 앉은 다이고를 그제야 봤는지 얼굴을 돌렸다. 살짝 곱슬거리는 머리카락, 이마가 넓고 눈이 크다. 이마와 볼 피부가 번들번들 빛났다. 통통한 몸을 감싼 검은 정장 재질이며 연지색에 은색 물방울무늬 넥타이는 고르고 또 고른 것처럼 보였다.

남자와 시선이 맞자 다이고는 실례한다는 듯 미소 지으며 인사했다. 상대방도 호의적인 눈 깜빡임을 보냈다.

다이고의 감대로 남자는 빠르게 마셨다. 순식간에 온 더 록을 석 잔이나 비웠다. 밥보다 술을 좋아하는 사내가 아닐까. 다이고는 간밤 그가 다이닝에서 담배만 피우던 모습을 떠올리며 생각했다.

남자는 다시 바텐더에게 손가락을 세워 신호하고 네 잔째 술을 주문했다.

술을 만들던 바텐더가 올드파 병이 비었다며 바로 새로운 병을 가져왔다. 바텐더는 새로운 병마개를 따고 그의 잔에 붓고는 이전 병목에 걸려 있던 하얀 태그를 새로운 병에 바꿔 걸었다. 다이고의 위치에서는 읽기 어려웠지만 태그에 적힌 로마자는 그의 이름이리라. 그것만으로도 그가 이 호텔의 단골임을 알 수 있었다.

그는 잔을 앞에 둔 채 카운터에 두 팔을 괴고 담배에 불을 붙였다. 기분 좋게 정면에 연기를 내뿜었다.

"저, 실례합니다."

다이고는 타이밍을 재고 말을 걸었다. 상대방은 다이고 쪽 팔꿈치를 내리고 커다란 눈망울을 그에게 돌렸다.

"사실은 엊저녁에 나가하라 미도리 씨와 말씀을 나누시는 모습을 봤습니다. 그 여자 분과는 친하신가요?"

다이고는 선글라스를 살짝 만지며 오사카 쪽 억양의 정중한 말투로 물었다.

"예, 뭐. 오래 알고 지냈죠."

"그런가요. 아, 여자분 피아노는 정말 훌륭했습니다. 오늘 밤에도 듣고 싶었는데……. 사실은 지금 거기서 댁을 보고 이야기를 좀 나누고 싶어 좇아왔어요."

너무 깊이 들어갔나? 다이고는 조마조마했지만 간사이 지방의 끈끈한 말투에 스스로 끌려가듯 계속 떠들었다.

"나를요?"

남자는 가볍게 웃었다. 웃으니 눈매가 뜻밖에 애교 있었다. 어딘지 모르게 오만해 보이는 부류지만 지금은 기분이 좋았고, 단순한 호기심 때문에 다이고의 다음 말을 기다리는 듯했다.

"예. 난 비와 호수 쪽에서 작은 클럽을 경영하는 야마시타란 사람입니다. 실례지만, 당신은……?"

"우메자키입니다. 도쿄에서 왔어요."

다이고는 명함을 꺼내는 척했다. 그래서 상대도 안주머니에 손을 넣고 명함 한 장을 꺼냈다. 명함을 카운터 위에 두었을 때 다이고가 말했다.

"이런, 죄송합니다. 명함첩을 다른 겉옷에 넣어 두었나 보군요."

우메자키의 명함에는 'OS상회 전무이사 우메자키 사다오'라고 인쇄되어 있었다.

"어떤 일을 하십니까? 조금 전 통화를 들으니 꽤 어려운 전문용어를 쓰시는 것 같던데……."

"아뇨, 그냥 그런 무역회사예요. 주로 서독에서 농업기계 같은 다소 특수한 기계를 수입하죠."

"아, 그랬군요. 그럼 다시 아까 하던 이야기인데, 할 수 있다면 미도리 씨가 우리 클럽과 계약하면 어떨까 하는데요."

"비와 호수 쪽이라고요? 글쎄요 어떻게 될지……."

우메자키는 잔을 입으로 옮기며 쓴웃음을 지은 채 고개를 갸웃했다.

"어제도 웨이터를 붙잡고 그녀의 이름을 물었더니 오너의 따님이라더군요. 음대를 나와 내킬 때만 거기서 연주한다고요."

"맞습니다. 돈도 궁하지 않고 자존심이 센 여자예요. 일부러 서쪽 지방까지 가야 하는 일을 수락할 리 없겠죠."

"도쿄라면 형편에 따라서는……?"

"음대를 나와서 한동안 도쿄의 회원제 클럽에서 연주했으니까요. 아버지 반대로 마지못해 이리로 돌아와 지금은 두세 명쯤 되는 어린 제자 개인 레슨이 고작이라 못 견디게 무료한 상태겠죠."

우메자키는 미도리 이야기를 재미있다는 듯이 이야기했다. 다소 거리를 둔 채 내버려두는 듯한 느낌도 든다. 제법 얼근하게 취기가 오른 눈가에는 미도리의 실수를 들었을 때 같은 냉소적인 미소의 그림자가 감돌았다.

"여동생도 있다고요."

"네. 두 살 아래였나. 소문으로는 어머니가 다르다던데 많이 닮았어요."

"대체 두 사람은 몇 살입니까?"

"미도리가 스물일곱 살이었나. 그러니 아카네는 스물다섯쯤이겠죠."

"동생도 음악 쪽을?"

"아뇨, 아카네는 그림을 그리는 것 같더군요."

"두 분 다 독신인가요?"

"그렇죠."

우메자키는 또 쓰게 웃는 표정으로 고개를 끄덕였다.

"하지만 그런 매력적인 여성이라면 당연히 벌써 결혼할 사람이 있겠죠."

자신은 너무 성급하게 묻는다. 이러면 우메자키가 자신을 인상 깊게 보지 않을까? 하지만 초조감이 다이고 안에 꼬리를 물었다. 이 순간을 놓치면 달리 미도리 얘기를 물을 상대도 마땅치 않았다.

다이고는 위스키사워를 다시 한 잔 주문하며 이야기를 이었다.

"실례지만 혹시 우메자키 씨가……?"

"아뇨, 난 이래 봬도 아내가 있는 몸입니다."

우메자키는 통통한 왼손 약손가락에 낀 백금 반지를 가리키며 그 손을 몇 번이나 야단스럽게 저었다.

"솔직히 말해서 그녀는 무슨 이야기든 나눌 수 있는 놀이 친구죠."

다이고가 웃으면서 바라보자 우메자키가 말을 덧붙였다.

"진짜입니다. 그녀에게 물어 보세요."

우메자키는 취기 때문에 조금 원만해진 동작으로 출입구를 돌아보았다. 여기서 미도리와 만날 약속이라도 있는 것일까.

다이고는 마음이 급해졌다. 미도리가 나타나기 전에 될 수 있으면 많은 이야기를 듣고 자취를 감추고 싶다. 그녀와 마주하기는 기묘한 두려움인지 뭔지 모를 경계심이 움직였다. 그녀의 얼굴은 이미 마음 속 깊이 새겼다.

"그럼 미도리 씨에게도 정한 분이 계신가요?

상대의 감각이 느슨해진 상태임을 확인하고는 작정하고 내디뎠다.

"아뇨, 지금은 없을걸요. 추종자들이야 여럿 있을지 모르지만, 아무래도 고생을 모르는 아가씨라 자존심이 세고 기분파에 종잡을 수 없는 여자니까요."

"지금은……?"

"옛날에는 좋아하는 남자가 한 명 있었던 모양입니다. 부인이 있는 남자라 결혼할 수는 없지만, 그 남자에게는 그녀도 진심으로 반했던 것 같아요."

우메자키의 눈가에서 빈정거리는 웃음이 사라지고 마치 자신이 과거의 어둠을 뒤돌아보는 것처럼 조금 침울한 눈빛으로 카운터 안쪽 선반 한 곳을 응시했다.

"······?"

"하지만 그는 죽었습니다. 벌써 이 년이나 지난 사건이지만요."

다이고는 갑자기 심장이 죄어오는 긴장감을 숨기기 위해 숨을 한 번 쉬고서 잔을 들며 물었다.

"사건이라면······. 이상하게 죽기라도 한 건가요?"

"가스중독이었죠. 집에서 일하다······. 남자의 주된 일은 프랑스 문학 번역이지만, 신극 극단에서 연출도 맡아서 일부에는 이름이 알려진 사람이에요."

"어떤 사람인데요?"

"구메 미치야. 죽었을 때 아직 서른네다섯 살쯤이었을 겁니다."

다이고도 어렴풋하게 들은 적이 있는 이름이다. 이 년 전에도 후쿠오카에 살았지만 지방 신문에 사건 기사가 실려 읽은 듯하다.

"아, 생각났어요. 그 일은 결국 사고였던가요?"

"사고인지 자살인지, 당시에는 타살 가능성도 이야기되었나 봅니다. 부인이 저녁에 요쓰야四谷에 있는 공동주택으로 돌아와 보니 그가 작업실에 쓰러져 있었죠. 가스난로 불이 꺼진 채 가스가 가득했어요. 결국 무엇 하나 확실한 증거가 나오지 않아서 사고로 결론을 내리기까지 미도리도 집요하게 조사를 받았죠."

우메자키는 가학적인 쾌감을 동반한 듯 콧소리 섞인 목소리로 말했다.

"그에게는 아내가 있었죠. 다시 말해 두 사람은 사람들 눈을 꺼리는 사이였습니다. 치정에 얽힌 범행이 아닐까 하는 의심도 있었어요."

"아······."

다이고는 저도 모르게 깊은 한숨을 흘렸다. 우메자키는 한숨의 뜻을 상상조차 하지 못하리라.

'──그 여자는 이 년 전 어떤 사람을 죽였습니다……. 경찰이 한차례 조사했지만 타살이라는 확증을 잡지 못했어요. 하지만 저는 압니다.'

후미코의 목소리가 기억의 어둠 밑바닥에서 다시 다이고에게 속삭였다.

'그리고 그날부터 저는 그 여자를 죽여야만 한다고 몇 번이고 다짐했어요.'

조금 뒤 다이고는 어색한 말투로 물었다.

"구메 미치야 씨의 미망인은 지금도 도쿄에 사십니까?"

"글쎄요, 저도 거기까지는 잘…….."

"그녀는 남편의 뒤를 이어 프랑스 문학을 번역할지도 모르겠군요."

4

다이고 고헤이는 하코네에서 세 밤을 묵고 일단 산에서 내려왔다. 되돌아보면 처음 목적은 그럭저럭 달성했다.

목적이란 호텔 에메랄드 뷰의 상황을 살피고, '나가하라 미도리'를 보는 것, 그녀에 대해 될 수 있는 대로 정보를 모으고 그녀가 틀림없이 후미코가 말한 것 같은 여자인지 확인한 뒤, 후미코의 존재를 찾는 것이다.

에메랄드 뷰 내부는 거의 알았고, 좀 더 북쪽에 있는 미도리의 집 위치도 파악했다.

미도리의 얼굴도 관찰할 기회를 잡았다. 호텔 다이닝 입구에서 우메자키와 이야기를 나눌 때와 피아노를 치던 미도리를.

그녀의 인상은 다이고가 후미코에게 들은 얼마 안 되는 말로 연상하고 그렸던 이미지와 얄궂을 정도로 딱 들어맞았다. 겉으로 보이는 화려하고 고혹적인 분위기 안쪽에 숨은 얼음 같은 마음과 교만한 성격은 높은 콧대와 광대뼈 사이에 움푹하게 들어간 회색빛 눈동자가 스스로 이야기하고 있었다.

게다가 그녀와 깊은 관계였던 남자가 이 년 남짓 전에 변사했다 한다.

다이고는 거기까지 듣고서 우메자키와 헤어져 바를 나왔다. 거나하게 취한 상대라고는 하지만 더 물으면 이상하게 생각하리라. 다이고는 자신의 이상한 반응을 들키지 않을 자신감이 없어졌다. 갑자기 미도리가 나타날 것 같은 생각도 강박관념처럼 그를 내몰았다.

아니, 그것만으로도 우메자키는 작은 의심과 함께 다이고를 기억했을지도 모른다. 그러나 언젠가 우메자키가 그에 대해 경찰의 사정 청취를 받을 기회가 있다 하더라도 '오사카 사투리를 쓰고, 비와 호숫가에서 클럽을 경영하는 남자'로 대답할 수밖에 없으리라.

돌아가는 길에는 버스와 오다큐 특급열차를 이용해 오후에 신주쿠에 도착했다.

택시를 잡아 구립도서관으로 향해 오래된 신문 축쇄판을 열람했다.

작년 10월 후미코가 '이 년 전'이라 말한 사건이 가스난로를 쓰는 계절에 일어났다는 점으로 미루어 10월 말부터 11월 정도를 기준으로 사회면을 훑어보았다.

마침내 그 기사를 찾아냈다. 삼 년 전인 197X년 10월 29일 자 조간이었다. 그날은 다른 큰 사건이 없었기 때문인지 생각보다 눈에 띄는 이 단 제목이 붙었고, 번역가 구메 미치야가 가스중독으로 죽었다고 보도되어 있었다.

기사 내용은 비교적 간략해서 10월 28일 오후 7시경 회사에서 요쓰야의 공동주택으로 돌아온 아내 유코(27세)가 가스가 가득한 서재에서 바닥 위에 쓰러진 구메를 발견했다. 가스난로의 뚜껑이 팔 할쯤 열렸고, 불은 붙지 않았다. 유코는 바로 뚜껑을 닫고 구급차를 불렀지만, 구메는 이미 사망한 상태였다. 사인은 가스중독사, 오후 6시쯤 사망한 것으로 보인다.

유코는 구메에게 절박한 자살 이유가 없었다고 증언했으며, 유서도 발견되지 않았다. 난로 위에 주전자가 놓여 있었던 점으로 보아 물이 끓어 넘쳐 불이 꺼진 줄 몰라서 생긴 과실이라는 견해가 우세하지만 원인은 계속 조사 중이다.

대강 위와 같은 내용의 기사 뒤에 구메 미치야의 약력이 소개되어 있었다.

194X년 도쿄에서 태어남(34세). S대 불문학과 대학원 졸업 후 같은 대학 조교수, 강사. 그 뒤 극단 자르댕에 초청되어 연출부원이 되었다. 프랑스 소설과 희곡을 번역하는 한편 자작시도 발표했다.

그 이틀 뒤 조간에는 작게 속보가 실려 있었다. 구메 미치야의 죽음은 자살이나 타살의 근거가 없어 과실로 판정되었다고 간단히 전했다.

"아내 유코, 당시 27세……."

다이고는 입속으로 중얼거려 보았다.

"구메 유코……."

아름다운 이름이라 생각했다. 겔랑 향기가 문득 가까이 되살아나는 듯했다.

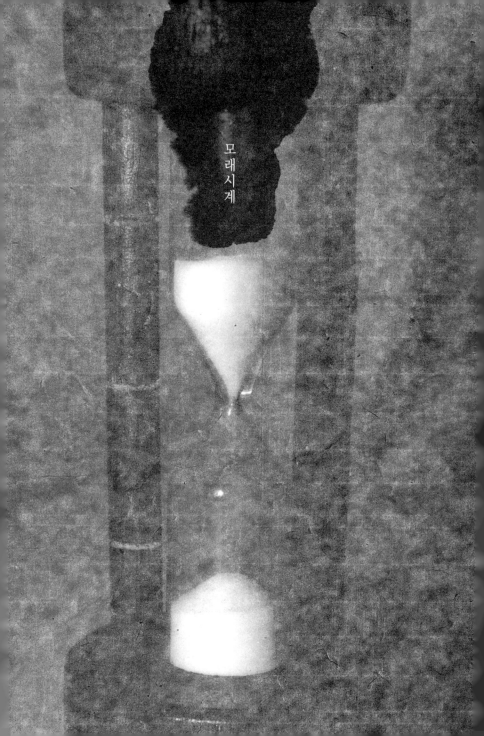

모래시계

1

2월에 접어들자 요시미의 뒤를 이을 차기 교수 선거를 위한 학부
안 획책이 조금씩 활발해지기 시작했다. 특히 약리학 교수가 주체가
되어 가고시마 사립대학에서 위생학 교수를 부르려고 적극적으로
움직였다. 다이고의 가장 유력한 대립후보가 될 듯했다.

난페이푸드 식품공해를 둘러싼 피해자 그룹도 1월 말에는 정식으
로 다이고에게 포피코와 소아암 발생에 관한 재조사를 의뢰했다. 다
이고는 의뢰를 받아들여 이미 예전에 직접 했던 분석 경과를 신중하
게 되짚으며 역시 같은 결론에 이르기 직전이었다. 잇달아 일어난
소아암 원인으로는 포피코의 원료로 쓴 오래된 전분에서 발생한 곰팡
이의 발암 작용이 의심되었다.

그러나 애초에 현 위생부에서 맨 처음 의뢰받은 작년 8월에 다이고
손으로 한 분석조사라, 분석 시기가 늦어져 샘플이 변질되었다는 반
론을 받을 위험도 있다.

언제 조사 결과를 공표할지 타이밍 맞추기가 미묘했다. 물론 피해

자들을 위해서는 하루라도 빨리 발표해야 한다. 하루라도 빨리 소송을 걸어 재판에서 승리해 보상금을 받아야 한다.

그러나 요시미 교수와 정면으로 대립하는 견해를 발표하면 동시에 그것은 요시미가 다이고의 의견을 말소한 행위를 고발하는 결과도 되므로, 그의 입김이 닿는 다른 교수들을 상당히 자극할 각오를 해야 하리라.

그러한 긴장감으로 다이고의 머릿속에서 한동안 '하코네'가 멀어져 있었다.

하지만 후쿠오카 현경 수사 1과의 후루카와 경부가 다시 찾아오자 또다시 그것을 '절박한 문제'로 떠올려야만 했다.

2월 11일 국경일의 느지막한 아침, 두 딸이 하도 조르는 바람에 근처 스포츠용품점에 배드민턴용품을 사러 가기 위해 집 앞뜰로 나왔을 때, 조성지의 인기척 없는 언덕길 도중에 서 있는 후루카와 경부가 눈에 들어왔다. 국경일은 경찰도 휴무인지 점퍼에 칙칙한 체크 바지로 편한 차림을 한 경부는 다이고와 눈길이 맞자마자 혈색 좋은 얼굴에 붙임성 있는 미소를 띠며 멈추었던 다리를 움직여 다가왔다.

"이거 오랜만입니다. 선생님도 산책 나오셨습니까?"

"예, 좀……."

"제 집은 저쪽 산 바로 맞은편이에요. 조금 걷다 보면 자연스레 이 근처를 지나게 됩니다."

경부는 조성지의 계단식 언덕 아래 울창한 산 쪽으로 가볍게 턱짓하고는 또 부드럽게 웃었다.

요시미 독살 사건 직후인 12월의 일요일 아침에도 그는 경찰서 가는 길에 갑자기 생각나서 들렀다고 하며 응접실로 들어와 꽤 오랫동안 사정청취를 했었다.

　오늘 아침에도 다이고를 만날 목적으로 일부러 온 것이 아닐까?
아까부터 멈추어 서서 집을 바라보며 무언가를 캐낼 방책을 궁리한
것만 같다.

　다이고는 아이들을 먼저 스포츠용품점으로 보내고 도리어 정색하
며 후루카와의 얼굴을 똑바로 바라보았다.

　"교수님 사건 수사는 어떻게 진척이 좀 있었나요?"

　"솔직히 말씀드리자면 아주 난처한 상황이에요. 수사본부는 아직
해산되지 않았지만 이 사건에만 전념하는 인원은 상당히 적어졌습니
다. 연말연시는 다른 사건도 많이 일어나는 시기니까 말이죠. 인원을
줄일 수밖에 없었어요."

　"그 후 유력 용의자는 떠오르지 않았습니까?"

　"용의자는 계속 한 사람이에요."

　약한 겨울 해에 비친 계단식 언덕 끝을 멀리 바라보던 경부가 불현
듯 다이고를 보며 대답해서 그는 순간 철렁했다. 용의자는 줄곧 너
한 사람이었다는 말을 들은 기분이다. 온화한 얼굴을 검은 뿔테 안경
으로 다잡은 경부의 렌즈 안쪽 눈동자가 기분 탓인지 예리함을 더
했다.

　"한 사람……?"

　"문제의 여자 말입니다. 사건 전날 결혼식 피로연에서 요시미 교
수에게 접근한 젊은 여자. 사건 당일에는 오후 2시 20분에 교수의
집을 방문한 검은 코트를 입은 여자. 모든 용의자를 한 사람 한 사람
확인한 결과 또한 그 여자 말고 다른 독살범은 떠오르지 않았습니
다."

"아…… 그렇군요."

"그런데 요시미 교수를 둘러싼 인간관계, 교제 범위 안에는 아무리 뒤져도 그럼직한 여자가 보이지 않으니 곤란합니다."

"혹시 문제의 간암 환자 아이들 어머니 중에 그쯤 나이를 먹은 비슷한 여자는 얼마든지 있지 않나요? 교수의 분석이 옳고 그름은 별개로 치더라도 그녀들은 한결같이 교수를 미워했는지도 모를 일이고……."

"그쪽 수사는 우리도 물샐틈없이 했습니다. 결과는 모두 결백했어요. 결론적으로 수수께끼 여자는 교수에게 직접 동기가 있다고 판명되는 사람 안에는 존재하지 않는다고 생각해야만 합니다."

거기서 후루카와가 또 다이고를 빤히 주시하는 통에 말로 표현할 수 없는 압박감이 엄습했다. 될 수 있으면 아무 말도 하지 않는 것이 상책인 줄 알면서도 숨 막힘에서 벗어나기 위해 그만 묻고 말았다.

"그럼 대체 경찰은 사건을 어떻게 해석하고 있죠?"

경부는 아주 친근하게 얼굴을 가까이 대고 자포자기한 듯 웃었다.

"어떻게 해석하면 좋은지 선생님께 지혜를 빌리고 싶은 심정입니다. 그래도 굳이 말하면 한 가지 가능성이 떠오르기는 했습니다."

"가능성?"

"청부살인 말입니다. 요시미 교수의 죽음을 바라고 바라던 어떤 인물이 직접 동기가 없는 여자에게 교수 독살을 의뢰했을 가능성이죠. 하지만 말입니다. 과거 사례를 보더라도 전혀 관계없는 살인청부업자에게 살인을 맡기는 경우는 폭력단 범죄도 아닌 이상 거의 없어요. 하물며 여자에게 부탁했다면 역시 자신의 정부에게 시킨다든가 어떤 연결고리가 있는 인간에게 의뢰하는 게 정상이니, 어딘가에서 여자의 존재가 느껴지게 마련인데 말이죠. 그래서 우리는 궁지에 내몰린 겁니다."

후루카와 경부는 한숨을 쉬며 점퍼 주머니에서 담배를 꺼냈다. 다이고가 집으로 들어가 차라도 한잔하라고 권하자 오히려 당황한 표정으로 거절하고 산책을 방해해서 미안하다며 사과했다.

"그래도 우리는 아직 여자 탐색을 포기하지 않았습니다. 이백 명 남짓한 피로연 참석자 탐문 수사도 완벽하게 끝낸 건 아니고 말이죠. 선생님께서도 뭔가 떠오르는 일이 있다면 아무리 작은 사항이라도 부디 제게 전화 주십시오."

헤어질 때 그리 덧붙이는 사이 안경 너머 눈동자가 다이고의 반응을 관찰하는 듯 보였다.

경찰은 청부살인에 착안했다.

다이고는 충격을 받고 한동안 그 자리에 우뚝 서 있었다.

청부살인 가능성이 받아들여진다면 부동의 알리바이도 더 이상 방어벽 역할을 다하지 못한다. 동기가 강한 사람일수록 의심받으리라.

이제 꾸물거릴 시간이 없다. 점점 머리에 피가 오르는 듯한 초조감에 휩쓸렸다.

사메지마 후미코는 다이고가 나가하라 미도리에게 행동하기를 기대하고 있으리라. 다이고가 그 사실을 애매하게 둔 채 하루하루 미루고 머뭇거리는 사이에 만약 후미코가 그의 실행 의지를 의심하기 시작한다면———?

다음 순간에 그는 구역질나는 자기혐오에 휩쓸려 얼굴을 찌푸리고 격렬하게 고개를 내저었다. 후미코에게조차 왜 자신은 금세 이런 빈곤한 생각밖에 할 수 없는가! 후미코와 보낸 둘도 없는 영혼과 육체의 밀착조차도 스스로 더럽힐 작정일까?

이것도 자신의 염세주의라면 그거야말로 딱한 성향이다.

아니, 후미코는 절대로 한순간도 다이고의 의지를 의심하지 않으리라!

바르비종의 밤, 상냥한 어둠의 감촉이 조용히 피부에 되살아나자 다이고는 그녀에 대한 확고한 신뢰라는 안도감을 되찾았다.

그녀도 지금 다이고를 믿고 있으리라.

그러자 그는 자신이 도저히 넘어설 수 없으리라 믿던 경계선을 이미 반쯤 건넌 감각에 새삼 전율했다. 인간은 꿈도 꾸지 않은 일을 만나 반응하기 전까지 자신에 대해 절반도 모른 채 사는 게 아닐까?

어쨌거나 서두르는 것이 좋지 않을까? 마지막 결단은 미루어 놓은 채 다이고는 사고를 진전시켰다.

후루카와 경부는 '전혀 관계없는 인간에게 의뢰한 살인' 가능성까지는 제아무리 경부도 아직 문제 삼고 있지 않은 말투였다. 조직폭력단의 범죄도 아닌 한 현실성이 적다고 생각하는 눈치다.

상대방이 아직 그런 관념의 틀 안에 머무는 한 후쿠오카와 먼 하코네에서 발생한 관계없는 인간의 죽음이 그들의 레이더에 걸릴 염려는 없으리라.

그렇다면 언제 결행할까? 결행한다는 가정하의 이야기지만.

후미코의 알리바이는 어떻게 하면 될까?

요시미에게 다이고가 그랬듯이 나가하라 미도리가 변사한다면 후미코는 동기가 있는 인간 그룹 안에 반드시 들어갈 것이다.

두 딸이 코빼기도 비추지 않는 아버지를 채근하기 위해서인지 언덕을 돌아왔다.

다이고는 그쪽으로 걸으면서 무언가를 응시하는 표정으로 머리를 굴렸다.

후미코는 다이고에게 미리 콘티를 보내 주었다. 콘티에 따라 움직이면 자연히 견고한 알리바이가 생기도록 짜여 있었다.

그러나 다이고는 같은 콘티를 보낼 주소를 모른다.

"오늘은 쉬는 날이래."

초등학교 1학년인 작은딸이 손가락으로 다이고의 손을 붙들며 실망스럽다는 듯 입술을 삐죽거린다.

"쉬는 날?"

"메이코 스토어는 금요일이 정기휴일이야. 그러고 보니 오늘이 금요일이더라고."

큰딸이 말을 덧붙였다.

"아쉽다. 모처럼 오늘 아빠랑 배드민턴을 칠 수 있나 했더니."

그 말에 그제야 다이고는 알아들었다. 배드민턴용품을 사려고 간 가게가 오늘 문을 닫은 듯하다. 휴일이라 일요일 같은 기분이었는데 그러고 보니 오늘은 금요일이었다.

"미네야까지 가면 팔걸?"

큰딸이 여기서 가장 가까운 백화점 이름을 말하면서 어리광부리며 치켜뜬 눈으로 다이고의 의향을 살폈다.

"거기도 정기 휴무 아닐까?"

"아냐, 미네야는 수요일에 닫아."

"그래. 그럼 갈까."

아이들은 환성을 지르며 외출 준비를 하기 위해 집으로 달려갔다.

중간에 서로 무슨 대화를 나누고 웃었다. 요즘 아빠는 이상하게 잘해 준단 말이야……. 실제로 하코네에서 돌아오고부터 아내와 아이들에게 묘하게 가정적이 된 자신을 느꼈다. 너무 극단적으로 바뀌어도 오히려 의심받는 법이다. 그는 머릿속 한구석에서 그렇게 생각하며 우두커니 아이들을 바라보았다.

나가하라 미도리의 생활 사이클도 파악해야 한다. 우메자키 사다오는 그녀가 지루해 죽으려는 것 같다고 웃었지만, 그래도 무슨 요일에 어디로 나가는지 알아야 한다.

다이고는 다시 걸음을 떼었다가 금세 멈추었다.

무의식중에 자신의 왼손을 오른손으로 드는 시늉을 했다. 왼손을 천천히 눈에 대고 두 번 정도 깊이 고개를 끄덕였다. 그렇구나. 후미코는 무엇 하나 빠뜨리지 않았다!

그날 밤 '나가하라 미도리'의 이름을 듣고 나서 다이고는 후미코에게 '당신에 대해 알려 주세요.' 하고 부탁했다.

'저는……. 사메지마 후미코예요.' 그녀는 그렇게 대답하고 다이고의 왼손을 끌어당겨 손바닥에 '史子'라고 적었다. 그러고는 말했다.

'도쿄에서 혼자 살고 있어요. 대개는 집에서 번역 일을 하지만, 화요일과 금요일 오후부터 6시까지는 사무실에 나가요.'

화요일과 금요일 오후부터 6시까지 후미코의 알리바이는 확보된 것이다!

2

전화만 거는 거라면 경계할 필요도 거의 없었다.

그것은 마침내 계획에 착수하는 첫걸음으로서는 적당한 준비운동이란 생각마저 들었다. 다이고는 드라이브인에서 나루세 후미코에게 전화를 걸 때보다 오히려 침착했다.

에메랄드 뷰에서 약 일 킬로미터 떨어진 북쪽 비탈에 있던 나가하라 미도리의 집 전화번호는 당연히 조사해서 적어 두었다.

그날 저녁을 먹고 나서 아내와 아이들이 거실에서 텔레비전에 빠져들었을 때를 골라 침실로 바꾼 전화로 하코네 고지리 번호를 돌렸다.

신호음 네 번 반 만에 젊은 여자가 받았다.

"나가하라 씨 댁입니까."

"그런데요."

저음에 꾸밈없는 목소리가 대답했다. 미도리인가?

"미도리 씨 계십니까?"

"예, 누구시죠?"

"하코네마치에 사는 오카다라고 합니다. 사실은 처음 전화 드렸어요."

후쿠오카에서 하코네도 직통으로 연결되어 통화에 거리감을 전혀 느끼지 않는 것이 행운이었다.

"피아노 개인 교습으로 미도리 씨께 부탁이 좀 있어서 말입니다."

"아, 잠깐만요."

역시 선선히 대답하고 수화기를 내려놓았다. 미도리가 아니었다는 말이다. 진정하려 해도 다이고는 벌써 등에 땀이 배는 것을 느꼈다.

"여보세요, 나가하라 미도리인데요."

귀에 꽂히는 새된 목소리가 갑자기 귓속에 울렸다. 다이고는 지난번 그녀의 육성을 곁에서 똑똑히 들을 기회가 없었지만 그거야말로 그가 상상한 미도리에 딱 어울리는 목소리였다.

"아, 갑자기 전화해서 죄송합니다. 사실은 저희 딸이 초등학교 5학년이 되는데 피아노 선생님을 찾다 미도리 씨 소문을 들어서요. 개인 교습을 부탁드리고 싶습니다."

미도리는 잠시 침묵하더니 입을 열었다.

"피아노는 처음인가요?"

"아뇨, 바이엘 하권을 마치고 근처 살던 선생님께서 갑자기 도쿄로 이사해 버리셨어요."

"그래요. 무슨 요일을 원하시죠?"

"그건 선생님 편한 날에 맞추겠습니다. 실례지만 선생님께서 지금 몇 사람이나 가르치고 계신가요?"

"두 명이에요."

"학생들이 선생님 댁에 다니나요? 아니면 선생님께서……?"

"대개 학생이 저희 집에 옵니다. 하지만 지금은 한 사람은 수요일에 집으로 오지만, 또 다른 한 아이가 어쩌다 다리를 다쳐 깁스한 상태라서 금요일 오후에 제가 가고 있어요."

금요일 오후……. 다이고의 가슴속에 요동치는 두근거림이 한 번 가로질렀다.

"사실은 제 딸아이도 5학년이 되고 나니 날마다 학교에서 늦게 돌아와서요. 토요일은 다른 레슨이 있고요. 금요일만 비교적 일찍 돌아오니 될 수 있으면……. 선생님께서는 금요일 오후 몇 시쯤 어디로 가르치러 가십니까?"

"아, 집 근처예요. 집 뒷산을 조금 올라간 곳에 있는 집에서 4시부터 5시쯤까지 레슨을 하고 있으니 그 전후로 괜찮다면 금요일도 좋아요. 다만 따님을 한 번 만나고서 결정하고 싶군요."

"알겠습니다. 딸과 의논하고서 다시 전화 드리겠습니다. 선생님은 다른 날은 대부분 댁에 계신가요?"

"음, 화요일은 될 수 있으면 실내연습장에 가기로 정해 놓아서 집을 비우는 날이 많을지도 모르겠네요."

"화요일에는 골프를? 그거 좋군요. 저도 조금 하는데 주로 어느 골프장을 이용하십니까?"

"아뇨, 저는 아직 그 정도는 아니고, 리리힐 컨트리클럽에 부속된 연습장에서 코치를 받고 있어요."

그렇게 대답하다 도중부터 사생활을 침범당해 불쾌한 기분이 말꼬리에 숨어 있었다.

다이고는 얼른 전화를 끊었다.

손수건으로 이마의 땀을 닦으며 사이드보드에서 브랜디를 꺼내 잔에 따랐다. 식은땀에 젖은 속옷을 갈아입고 싶은 마음을 뒤로 미루고 브랜디를 한 모금 홀짝이니, 일단 일 하나를 끝낸 안도와 만족감이 위장의 뜨끈함과 함께 온몸에 퍼지는 것 같았다.

화요일에는 골프 실내연습장, 금요일 저녁이 피아노 출장 레슨이라. 운이 좋다. 다이고는 들끓는 흥분을 느꼈다. 미도리가 주중 두 번 꼭 나가는 요일이 후미코가 '사무실에 가는' 날과 딱 겹치다니!

브랜디를 또 한 모금 머금고 나서 다이고는 침실 옆 서재로 가서 하코네 지도를 꺼냈다.

리리힐 컨트리클럽을 찾았다.

도겐다이보다 조금 안쪽, 아시노코 정북방에 '시라유리다이白百合台'라는 지명이 있고, 옆에 리리힐 컨트리클럽이란 이름의 골프장이 표시되어 있었다.

미도리의 집에서 걷기는 어려운 거리다. 그러면 차를 이용하리라. 그렇다면 금요일이 적당한 기회가 아닐까?

다이고는 지도를 내려다보고 그 지점 부근에 미도리 집을 떠올렸다. 저번에 하코네에 갔을 때 보고 왔다.

호숫가를 따라 에메랄드 뷰 위에 있는 자동차도로를 모모겐다이쪽으로 이 킬로미터쯤 간 동쪽 비탈. 더 앞에는 고지리의 유람선 선착장과 도겐다이의 로프웨이 역, 야영장 등이 있고 하코네 방향으로 돌아가면 또 큰 호텔과 여관이 군데군데 있다. 에메랄드 뷰에서 미도리 집에 걸친 오래된 별장지 일대는 마치 골짜기처럼 고요한 분위기를 간직하고 있었다.

미도리는 '집 뒷산을 조금 올라간 곳에 있는 집'이라고 했다. 매주 금요일 4시부터 5시 사이에 피아노 레슨을 봐 주기 위해 미도리는 그 집을 다닌단다.

틀림없이 걸어갈 것이다. 일대 지형이며 미도리의 말투로도 그것은 확실하다고 보아도 좋으리라.

조용하고 적적한 환경이었다. 문제는 목격자뿐이다. 아래쪽 차도의 목격자만 막는다면……. 그러려면 요전처럼 춥고 비가 오다 말다 하는 날씨를 고르면 조건이 제법 유리해지리라. 마침 한 달 전인 1월

11일 낮, 다이고가 미도리 집을 사전 검사 차 갔을 때에는 주변에 들개조차 다니지 않았었다.

다이고는 남은 브랜디를 단숨에 마시고 침대 위에 똑바로 쓰러졌다. 눈을 감자 머릿속에서 모래시계가 떨어지기 시작한 듯한 감각이 생겨났다. 오늘이 2월 11일 금요일. 봄 방학 성수기로 하코네가 다시 북적이기 시작하기까지 아슬아슬 다섯 번의 금요일이 돌아온다.

지금 그는 시계의 모래가 다 떨어지기 전에 자신이 결단하리라는 것을 담담히 예감했다.

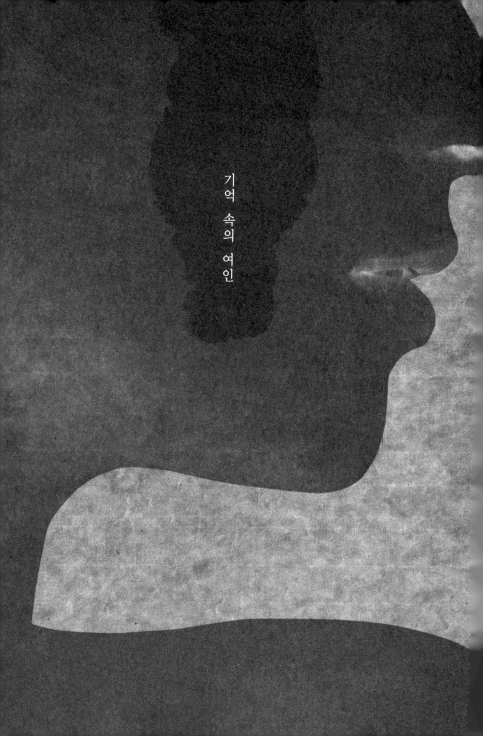

기 억 속 의 여 인

1

기회는 다시없을 정도로 좋은 조건을 갖추고 찾아왔다.

3월 4일 금요일. 이틀 전부터 전국적으로 겨울이 되돌아온 듯한 추위가 엄습했다. 전날 밤 하코네 국번과 177[14]을 누르고 4일 하코네 날씨를 물어보니 '흐리고 때때로 가랑눈이 흩날린다.'고 한다.

게다가 3월 3일부터 5일 사흘간 J대 입학시험 기간이라 수업이 없고, 조수들은 입시와 관련된 자질구레한 일들로 끌려 다닐 터라 연구실도 휴무다.

다이고는 전날부터 예약해 둔 4일 비행기로 몰래 도쿄에 갔다. 아내에게는 단속적으로 손대고 있는 하천 오염물질의 비교조사를 위해 치쿠고筑後 강 유역을 둘러보고 오겠다고 이야기했다.

도쿄에서 신칸센을 타고 오다와라로. 오다와라에서도 지난번과 마찬가지로 가장 눈에 띄지 않는 버스를 이용해 고지리까지 올라갔다.

나가하라 미도리의 집 근처까지 이르렀을 때에는 오후 3시가 지나

---

14) 일본에서 일기예보를 안내해 주는 전화번호.

있었다. 역시 후쿠오카에서 다섯 시간쯤 걸린다. 하지만 이 거리가 자신과 후미코의 안전을 지켜 준다 생각하면 오히려 환영할 만한 조건이다.

오늘 밤에는 하코네에 묵을 생각이 없으니 호텔 걱정도 필요 없었다. 현장에 있는 시간을 될 수 있으면 줄이고 범행이 끝나고 되돌아가서 도쿄로 숨어드는 것이 상책이리라.

넓은 비탈의 별장지는 다이고가 그린 이상으로 음울한 정숙에 싸여 있었다. 묵직한 잿빛 구름에 뒤덮인 하늘에서는 이따금 큰 눈송이가 천천히 떨어졌다. 벌써 일몰이 가까운 어스름 속에서 바람은 거의 없고 산 공기가 뼈에 스밀 듯 매서워 오싹하게 추웠다.

다이고는 다시 한 번 미도리의 집을 확인하고 나서 탱자나무 산울타리 바깥쪽을 돌아 '뒷산'을 미리 봐 두었다.

아니나 다를까 뒤쪽에는 드문드문 잡나무가 자라는 울창한 구릉이 가로놓였고, 미도리의 집 뒷문 옆부터 비탈을 올라가는 엉성한 계단 형태 길이 나 있다.

그 길은 완만하게 돌면서 언덕마루에 이르고, 또 조금 내려간 맞은편에 말쑥한 주택 두 채의 일부분이 보였다.

미도리가 피아노를 가르치러 가는 집이 어디든 그녀는 틀림없이 이 뒷산 길을 다니리라 여겨졌다.

비탈을 뒤덮은 잡목림은 삼나무, 노송나무, 벚나무, 자작나무 등 상록수와 낙엽수가 섞여 있어 본디 그다지 빽빽한 나무숲이 아니긴 해도 나름 차폐막 역할을 다해 주리라. 특히 이런 눈구름으로 뒤덮인 오후에는 나무들 사이에 무거운 액체 같은 그림자가 흐르는 것만 같았다.

아래 도로에서는 잘 보일까?

다이고는 언덕 중간쯤 올라가 보고 주의 깊게 점검했다.

호수를 둘러싼 자동차도로에서는 언덕 중간까지 사각지대인 듯하다. 하지만 그보다 앞쪽에 있는 조금 좁은 또 다른 진입로가 미도리의 집 바로 아래를 지나며 앞쪽에서 다시 넓은 자동차도로와 합류함을 깨달았다.

진입로에서는 다이고가 서 있는 길이 훤히 보이리라.

다만 좀처럼 사람이나 차가 다니는 기척이 나지 않았다. 오늘은 호숫가 자동차도로조차 승용차 숫자가 놀랄 정도로 적었다.

십 분쯤이나 아래 도로를 관찰하는 사이 가나가와 번호판 차 한 대가 지나갔을 뿐, 오가는 사람이 없음을 확인하고는 자신감이 커졌다. 차 안에서 언덕 중턱 사람의 움직임을 깨달을 확률도 낮으리라. 무엇보다 이 길 위에서 직접 행동에 옮기는 것이 아니다.

손목시계를 보니 벌써 3시 40분을 가리켰다.

다이고는 미도리의 집 산울타리 바깥 도로와 반대쪽 그늘에 서 있었다.

거기서는 다이고가 여태 걸은 완만한 계단 형태 길과 언덕 등성이와 그 훨씬 앞에 가로지른 하얗게 얼어붙은 호수가 보였다.

발끝부터 아리게 추웠다. 구두 안의 발가락이 감각을 잃었다. 그와 마찬가지로 마음마저 반쯤 얼어붙어 진공이 된 것만 같았다. 정신이 육체에서 떨어져 나가 공간을 떠도는 듯한 비현실적인 기분에 빠진다. 다이고는 마침내 결행하기 직전의 긴장과 공포보다 점점 혼이 빨려드는 것 같은 고독을 느꼈다.

그러자 바르비종의 밤, 그 어둠의 감촉이 다시 생생하게 피부에 되살아났다.

'아무 말씀 하지 않으셔도 저는 이미 누구보다 당신을 이해하고 있지 않나요?' ……어린 아들을 깨우치듯 속삭이는 후미코의 목소리가 귓가에 들렸다.

아아, 다시 한 번 그녀를 만나고 싶다.

다시 그녀와 만나는 것보다 더 가치 있는 일이 이 세상에 존재할까?

역시 자신은 반드시 해야 한다. 그것 말고는 그녀에게 이르는 길이 없다. 후미코는 놀랄 만한 대담함과 용기로 다이고와 나눈 암묵의 약속을 지켰다.

요시미 교수의 튀어나온 눈이며 두꺼운 입술이 눈앞에 떠올랐다. 권력과 돈을 향한 끝없는 욕망. 욕망을 채우기 위해서는 약자의 생명과 생활도 벌레처럼 짓밟는 잔인한 정신. 포피코 분석에서 다이고를 뺐을 때의 뻔뻔한 표정. 알래스카 전출을 권하던 엷은 웃음. 쉴 새 없이 신음하던 어린 환자의 목소리며 다이고의 손목을 잡고 진실을 묻던 어머니의 눈빛이 차례차례 눈앞에 어른거렸다.

절대로 용서할 수 없는 사람은 존재하는 법이다.

후미코에게는 그것이 나가하라 미도리이리라. 후미코가 요시미를 말살했을 때, 그녀의 마음에는 요시미가 미도리로 비춘 것은 아닐까.

자신도 요시미를 떠올리면 된다.

그러나 자신이 이제부터 미도리를 죽이는 것은 그렇지 않으면 후미코에게 청부살인을 고발당하리라는 공포 때문이 아니다. 그런 비열한 보신을 위해서가 아니라고 애써 생각했다.

하지만 사회를 위해 요시미와 자폭도 마다치 않겠다는 영웅적인 정의감으로 움직이는 행동과도 정확하게는 조금 달랐다.

가장 깊숙한 밑바닥에 있는 또 한 사람의 진정한 자신, 세속과 일상성을 전부 뛰어넘어 참된 순수함으로 영원한 것을 갈구하는 시인 같은 영혼이 그를 지배하고 행동하도록 내모는 것이 아닐까.

인간은 평생을 살며 단 몇 번만 반짝반짝 빛나는 영원을 만날 기회를 잡는다. 그 기회에 용감하게 결단하지 않으면 죽을 때까지 빈곤하게 퇴색된 일상성의 먼지 속에 묻혀 생을 마쳐야 한다. 일생 선택받은 인간이 될 수 없다.

후미코야말로 다이고의 '영원'이었다.

언젠가 그것을 내 손에 넣기 전까지는 어떤 고독이든 견뎌야 하는가.

후미코의 모습, 정확히 말하면 다이고의 지각이 만들어 낸 그녀의 이미지가 가슴을 에워쌌을 때, 고독은 눈물겨운 적막함으로 바뀌었다.

순간 다이고의 온몸이 갑자기 긴장을 되찾았다.

산울타리 앞 하얀 철책 문이 열리고 검은 후드가 달린 코트를 입은 여자 모습이 나타난 것이다.

제법 키가 크고 날씬한 체구. 코드 아래에는 장밋빛 바지와 검은 부츠를 신었다. 바지와 같은 색 털장갑을 낀 손으로 드러난 악보 책자를 가슴에 안고 있다.

여자가 뒷문을 닫았을 때 후드 안쪽에 광대뼈가 조금 튀어나오고, 움푹하게 눈동자가 들어간 미도리의 옆모습이 흘끔 보였다.

미도리는 하늘을 한번 올려다보고서 추운지 악보로 옷깃을 여미며 걸음을 뗐다.

다이고는 무의식중에 손목시계를 보았다. 4시 2분.

주변에는 한층 어둑한 저녁 어스름이 깔리기 시작했다. 갑자기 생각난 것처럼 눈발이 미도리의 검은 후드와 등에 떨어진다.

다이고는 발소리를 죽이고 세 걸음쯤 내딛고는 아래 도로를 살폈다. 스산한 아스팔트 띠가 뻗어 있을 뿐이었다. 오늘은 내내 더는 차와 사람이 지나지 않을 것처럼 생각될 정도다.

미도리는 부츠를 신은 다리로 걸음을 큼직큼직하게 떼며 엉성한 계단 길을 올라간다. 곧 언덕 비탈 3분의 1쯤 되리라. 중턱을 넘지 않을 때 다가가 말을 붙여야 한다. 더 앞으로 가면 호숫가의 자동차도로에서도 보이고 만다. 조금이라도 안전한 조건에서 접근해 미도리의 집 뒤쪽 덤불로 불러들인다. '죄송한데, 지금 저쪽에 잔뜩 버려져 있는 우편물을 발견했습니다. 혹시 댁의 것도 섞여 있지 않을까요? 남의 집 우체통을 뒤지는 악질 장난이 활개를 치는 모양이더라고요.'

이것은 오늘 신칸센 안에서 읽은 신문에 실린 비슷한 사건에서 착안한 구실이다. 미도리가 별생각 없이 덤불로 시선을 떨어뜨리면, 다이고는 재빨리 걸어가 손짓한다. 열이면 여덟에 아홉, 미도리는 따라오리라. 오늘 다이고는 청결한 짙은 남색 외투를 입고, 선글라스도 벗은 채 얌전해 보이는 귀갑테[15]의 도수 없는 안경을 끼었다.

미도리가 아래 차도에서도 보이지 않는 언덕의 움푹한 곳으로 들어가면 다이고는 바로 아무렇지도 않게 뒤돌아 '아, 저런 곳에도 떨어져 있군요.', '네?' 하고 몸을 살짝 구부린 미도리의 목에 등 뒤에서 나일론 스타킹을 걸고 단숨에 죈다. 상대가 소리 지를 틈은 없으리라.

---

15) 거북이 등껍질로 만든 고급 안경테.

다이고는 실제로 미도리 뒤로 첫 계단에 발을 걸쳤다. 그녀는 아직 눈치채지 못했다. 달려 올라가서 따라잡는 것이다.

하나…… 둘…… 셋까지 세기 직전에 갑자기 아래 도로에서 경쾌한 경적이 울렸다.

미도리가 걸음을 멈추고 그쪽을 돌아보았다.

도로 중간에 선 노란 소형 스포츠카의 운전석에서 젊은 여자가 얼굴과 팔을 내밀었다.

다이고는 숨을 삼켰다. 허둥지둥 몸을 물리려 했지만 한 호흡 늦고 말았다. 운전석 여자는 미도리와 다이고의 모습을 이미 동시에 시야에 담았으리라. 지금은 자연스럽게 멈추는 것이 오히려 눈에 띄지 않는다.

"언니."

차 속 여자는 어둑한 나무 사이를 꿰뚫을 것처럼 불렀다. 살짝 갈라진 나직한 목소리다.

"응?"

미도리가 되묻는다.

"방금 게이코네 어머니께서 전화하셨어. 감기에 걸려 열이 나서 오늘 레슨은 쉬어야겠다고. 조금 전에 열을 재 보고야 알아서 연락이 늦어졌다고 죄송하대."

여자는 조금 빠르고 시원스런 말투였다. 지난번 후쿠오카에서 전화를 걸었을 때 들은 목소리다. 아랫길은 아직 희붐해서 연갈색 피부에 미도리보다 뼈대가 있고, 이목구비가 또렷한 이국적인 얼굴이 원시인 다이고에게는 제법 또렷하게 보였다. 우메자키가 이야기한 미도리의 동생 아카네이리라 직감했다.

"어머, 그래?"

미도리가 어깨를 살짝 으쓱했다. 레슨을 쉬는 것보다 연락이 늦은 것에 기분이 상한 눈치다.

하지만 그녀의 중얼거림이 차까지 닿을 리가 없었다. 아카네는 여전히 창틀에 팔을 얹은 채 이쪽을 바라보았다. 미도리는 그쪽으로 알았다는 듯 가볍게 손을 흔들고 발걸음을 휙 돌렸다. 다이고와 얼굴이 마주쳤다.

미도리의 눈동자 안에 그 순간 어떤 반응이 나타났는지 다이고를 수상히 여기지는 않았는지. 그런 것들은 전혀 읽을 수 없었다. 시선이 마주치기 바로 전에 다이고는 거의 본능적으로 고개를 돌렸다. 자신의 발치에 시선을 떨어뜨리고 지나가던 사람처럼 걸음을 옮겼다.

스쳐 지나간 미도리가 이윽고 철책 문을 움직이는 소리가 들리는 것과 동시에 차창을 닫은 아카네의 차가 출발했다.

다이고는 별안간 현기증처럼 탈력감에 휩싸인 채 비탈길 중간에 홀로 우두커니 서 있었다.

미도리가 뿌린 치자나무를 닮은 향수의 잔향이 해 저무는 저녁 공기 밑바닥에 줄곧 남아 있었다.

2

다이고는 저녁 7시 넘어서 도쿄로 돌아가 이전 학회에서 출장 갔을 때 묵은 적 있는 신바시新橋의 비즈니스호텔에 투숙했다.

도쿄도 꽃샘추위가 몰려와 오후부터 이따금 내린 듯한 눈발이 길 위 여기저기 쌓여 얼어 있었다.

호텔 방 창문으로는 옆 빌딩 뒤쪽 어두운 벽과 별 없는 밤하늘이 아주 조금 보였다. 어디에선가 깜빡이는 네온에 따라 하늘은 규칙적으로 불그레하게 물든다.

아직 다이고는 평형을 잃은 기분으로 음울한 그림 같은 창틀 풍경을 바라보았다.

드디어 미도리에게 접근하기 직전에 아카네가 차를 끌고 나타난 것은 어쩔 수 없는 불운한 우연이었다. 아마도 아카네는 원래부터 차를 몰고 외출하려다 미도리에게 피아노 수업을 받는 학생 집에서 전화가 오는 바람에 그 소식을 전하기 위해 서둘러 미도리를 쫓아 나온 것이리라. 그러니 엄밀하게는 모든 것이 우연이라고만 할 수 없었지만, 어떻게 생각해도 어쩔 수 없는 사태였다.

게다가 미도리가 뒷문 안쪽으로 들어가 버릴 때까지 아카네는 차를 세우고 이쪽을 지켜보았다. 다이고의 존재에 직관적으로 수상함을 느꼈는지도 모른다. 그러므로 다이고가 그 시점에서 미도리에게 말을 걸기를 포기한 것 또한 타당한 판단이었다.

오늘은 좋은 조건이 모두 갖추어졌다 믿었건만……. 유감이지만 다음 기회를 노리는 수밖에 없겠다.

산을 내려가는 택시와 열차 안에서 몇 번이나 되짚어 보아도 그 점은 그걸로 납득할 수 있었다. 납득하는 수밖에 없었다.

그러나 그의 마음은 살인현장이 될 예정이었던 언덕 비탈에서 줄곧 떠나지 못한 채 누가 뒷머리를 잡아끌 듯 흔들렸다. 어째서인지…… 아니, 그는 이유를 깨닫기 시작했다. 그것은 미도리를 쫓아 행동을 개시하기 전에 탱자나무 산울타리에 홀로 우두커니 있는 사이, 그를 억눌러 싼 고독과 적막함과 후미코의 모습이 각인되어 버린 문자처럼 마음을 떠나지 않기 때문 아닐까?

그 여자를 다시 만나고 싶다.

그 이상으로 이 세상에 자신에게 가치가 있는 일이 달리 있기라도 한가?

다시 위험한 유혹이 고개를 쳐들기 시작했다. 유혹 이상으로 그것은 이미 뼈에 사무치게 절실한 바람, 타오르는 정념으로 바뀌어 있었다. 얄궂은 일이다. 후미코와의 '약속'은 오늘도 완수하지 못했건만.

모든 것이 끝나고도 충분한 냉각기간을 두지 않고서는 그녀를 만날 수 없게 된다면…….

다이고의 이성은 이전처럼 유혹을 억누르려 했지만 정념은 여태껏 없던 격렬함으로 그를 떠나보내려 했다. 갈등이 그를 균형 잃은 심리 상태로 빠뜨렸다.

얼마쯤 단조로운 싱글룸 침대에 앉아 있던 다이고는 몹시 배가 고프다는 사실을 그제야 깨달았다. 가는 길에 신칸센의 간이식당에서 간단한 점심을 먹고는 돌아오는 길에 오다와라 승강장에서 서서 커피를 마신 게 전부였다.

그는 화장실에서 입을 헹구고서 7층 레스토랑으로 갔다.

기능을 우선한 비즈니스호텔치고는 진저로 풍미를 낸 스테이크가 생각보다 맛있었다. 스테이크와 함께 독일산 레드와인 병을 반쯤 마시니 제정신이 드는 것 같았다.

서서히 충전되듯 행동적인 용기가 마음 저변에 끓어올라 고임을 자각했다.

이 한파는 엄청나게 큰 데다 뒤를 잇는 한파가 또 있어서 올봄은 늦게 찾아오겠다는 보도가 있었다. 앞으로도 오늘 같은 날씨의 날은 얼마든지 있으리라. 이제부터는 금요일뿐 아니라 화요일에 미도리가 실내 골프연습장을 오가는 길도 기회로 검토해 보자. 아니면 자신이 직접 구실을 만들어 불러내는 방법은 없을까?

바로는 좋은 생각이 떠오르지 않았지만, 얼어붙어 인적이 끊긴 듯한 미도리의 집 근처나 호젓한 호숫가 도로 등을 생각하면 기회는 얼마든지 있으리라 믿었다. 안전하고 확실하게 일을 수행할 수 있을 듯한 예감이 답답한 마음을 한번에 가볍게 해 주었다.

그러자 곧이어 후미코를 생각해도 된다고 허락이라도 받은 것처럼 또다시 의식이 저절로 그쪽으로 끌려갔다.

다이고는 품에서 면허증과 수첩을 넣은 포켓북을 꺼냈다. 안쪽에 끼워 둔 한 신문기사의 작은 복사본을 빼내 슬쩍 손바닥 위에 놓았다. 지난번 신주쿠 구립도서관에서 축쇄판 일부를 복사해 온 것이다.

약 이 년 사 개월 전인 10월 말, 프랑스문학자이자 신극 연출가이기도 한 구메 미치야가 집 서재에서 가스 중독사한 사건을 보도한 기사는 아내 '유코'의 이름과 당시 두 사람의 주택 주소가 적혀 있었다. '요쓰야 1번가' 민영 주택에는 기사를 읽자마자 전화를 걸어 보았다. 그러나 우려대로 구메 유코는 사건이 나고 한 달 후에 그곳을 나갔다고 한다. 건물주이자 전화 중개업을 한다는 주부는 어디로 갔는지는 모른다고 쌀쌀맞게 대답했다. 자신의 아파트에서 생긴 사망 사고는 떠올리기 싫은 기억이리라.

하지만 전화 뒤에 유코가 이미 그곳에 없음을 알자 다이고는 오히려 주저 없이 주소를 의지해 공동주택을 찾았다. 시가지의 작은 절과 새로 지은 고층 아파트 사이에 못 보고 지나쳐 버릴 것처럼 눈에 띄지 않는 느낌으로 서 있는 콘크리트 이층집.

다이고는 절의 뒤뜰에 한동안 우두커니 서서 거무스름한 바깥벽이며 계단 모습 등을 바라보다 그대로 걸음을 돌렸다. 결코 그렇게 유복하지 않을 구메 부부의 지적이고 금욕적인 애정으로 엮인 생활이 그려지는 듯했다.

다이고는 복사한 스크랩을 조금 성급한 손놀림으로 원래대로 돌려놓고는 냅킨을 벗고 일어났다. 돌발적으로 솟구친 충동을 이번에야말로 억누를 수가 없었다.

레스토랑 대각선 맞은편에 유리판을 끼운 전화박스가 늘어서 있었다.

그중 하나에 들어가 전화부에서 '자르댕'의 번호를 찾았다. 생전에 구메 미치야가 연출부에 속했던 신극 극단이다.

같은 이름의 바와 카페 들 속에서 간신히 극단 사무소 번호를 찾아냈다.

전화를 걸자 바로 젊은 남자가 받았다. 벌써 저녁 9시가 다 되었는데 등 뒤에서 활기찬 분위기가 느껴졌다.

다이고는 구메 미치야 미망인의 현재 주소를 알 수 없느냐고 물었다.

"글쎄요."

상대방은 갑작스러운 질문에 당황했는지 말문을 잃었다가 겨우 대답했다.

"요쓰야 아파트에서 친정 근처로 옮겼다는 이야기를 들었지만, 저희도 이제 연락하지 않아서요. 잠깐만요."

주변 사람에게 묻는 낌새였다. 이윽고 대답이 돌아왔다.

"구메 씨의 부인과 친한 여자애가 의상 팀에 있다니까 지금 불러 오겠습니다."

또 잠시 기다리고서 노래하는 듯한 목소리의 여자가 받았다.

"유코는 지금 기타가마쿠라北鎌倉에 살아요. 친정이 그쪽이거든 요. 부모님이랑 함께 사는 게 아니라 다른 집 별채를 빌려 혼자 산다고 하지만요. 음, 그러니까 주소는 말이죠."

쉴 새 없이 떠들며 주소와 전화번호를 가르쳐 주었다. 요코스카센 역에서 가는 법도 물으니 자세히 설명해 주었다. 나아가 '구메 유 코'의 상황을 살짝 캐고 싶었지만 이어서 상대방이 물었다.

"실례지만 선생님은 돌아가신 구메 선생님 친구 분이신가요?"

"예. 하지만 외국에 오래 있어서 사건을 몰랐습니다. 한 번쯤 제수 씨를 만나 뵙고 싶어서요."

횡설수설 대답하고 서둘러 고맙다는 말을 남기고는 끊었다.

테이블로 돌아가 갈겨 쓴 기타가마쿠라의 주소를 수첩 일부에 옮겨 적은 뒤 그 페이지를 찢어내 복사한 신문과 겹쳐 포켓북 안쪽에 끼워 넣었다. 양복 주머니에 넣고 잠시 겉에서 손바닥으로 눌렀다. 자신의 심장박동이 전해지는 듯했다.

3

다음 날도 도쿄는 추위가 이어졌지만 눈구름 사이로 때때로 놀랄 정도로 눈이 부신 햇살이 비쳤다. 3월다운 햇살에 봄기운이 감돌았다.

다이고는 10시에 호텔을 체크아웃하고 신바시에서 전철 요코스카 센을 탔다.

토요일인 데다 반대 코스라 열차는 한산했다. 다이고는 뜻밖에 느긋한 기분으로 차창에 스쳐 지나는 게이힌京浜 지구의 공업지대를 바라보았다.

11시 반에 기타가마쿠라 역에 내렸다.

성긴 울짱으로만 둘러친 시골처럼 소박한 승강장. 양쪽에는 두꺼운 정원수를 거느린 전통 일본식 집들이 조용한 분위기를 띠고 있었다.

선로 대각선 앞에는 엔가쿠지 절 참배길의 키 큰 삼나무들이 뒤쪽 산기슭까지 이어졌다.

다이고는 드문드문 있는 한 무리 사람들에 섞여 개찰구를 빠져나와 엊저녁에 들은 순서를 따라 길을 걸었다. 도쿄보다 훨씬 공기가 맑았고, 그만큼 한층 춥게 느껴졌다. 신바시 근처에서는 완전히 녹은 어제 내린 눈이 여기서는 아직 처마 밑에 거무스름하게 쌓여 있곤 했다.

자동차가 많이 오가는 가마쿠라 가도를 한동안 동쪽으로 돌아가, 표식이 되는 목재가게 모퉁이를 돌자 한적한 주택가로 들어갔다.

이끼가 낀 돌담이며 오래된 기와지붕 담을 따라 작은 돌을 깐 길을 규칙적인 발걸음으로 걸어갔다. 일대에는 물론 현대적인 주택도 섞여 있기는 했지만 중후한 양반 저택 같은 집이며 향수를 돋우는 소박한 일본 가옥이 잇달아 눈에 비쳤다. 등 뒤 눈 덮인 산들 덕에 풍경은 한층 평화롭게 느껴졌다.

다이고는 전차 안에서 유지된 평정한 기분을 계속 유지하려고 노력했다.

간밤에 구메 유코에게 직접 전화하려고도 생각했지만 고심한 끝에 그만두었다. 본명과 주소도 밝히지 않은 후미코가 다이고의 물음에 쉽게 그렇다고 대답하리라고 믿기는 어려웠다. 게다가 아직 계획 중도에 말이다. 그리고 그럴 때 정말로 후미코가 구메 유코인지 목소리로 판가름할 수도 없으리라. 그날 밤 후미코는 '감기에 걸려 완전히 목이 가 버리는 바람에'라고 했고, 실제로 때때로 괴로워 보이는 잠긴 목소리로 이야기했다.

후미코와 유코가 동일인물인지 아닌지…… 섣불리 판단하지 말아야 한다.

나루세 후미코 때의 실패가 씁쓸히 떠올랐다.

그러나 지금까지 다이고가 몰래 알아본 바로는 미도리를 둘러싼 인간 모양 안에 후미코와 겹치는 여자는 유코를 빼고 눈에 띄지 않았다.

만약 진짜 후미코라면 틀림없이 한눈에 알아볼 수 있겠지. 나루세 후미코일 때 망설인 까닭은 그녀가 진짜 후미코가 아니었기 때문이다.

바르비종에서 보낸 다음 날 아침, 폭풍이 지나간 마을길을 후미코의 모습을 찾아 산책하던 때부터 마음속에서는 본능적인 자신감이 흔들린 적이 없었다.

멀리서 한번 보기만 해도 된다.

닿을 필요는 없다.

아무리 애써도 오늘 그녀의 모습을 얼핏 볼 기회조차 없다면, 구메 유코의 거주지를 확인하는 것만으로 만족하자.

이윽고 모든 일을 마치고 나서 다시 방문을 기다리는 날까지. 후미코와의 경험이 그를 신중하게 했다.

하지만 화요일과 금요일 오후 출근하는 것 말고는 거의 집에서 번역 일을 한다던 그녀의 말이 기대를 부풀리기도 했다.

극단 여자가 지나치다 싶을 정도로 속속들이 설명했던 터라 인적이 드문 얽히고설킨 길을 한 번도 헤매지 않고 목적지로 생각되는 집 앞에 도착할 수 있었다.

구메 유코는 '이타야' 라는 집 별채를 빌려 혼자 산다고 했다. 이타야란 문패는 띄엄띄엄 대울타리가 이어진 뒤 지붕 없는 예스러운 문기둥 위에서 발견했다.

대문은 조용히 닫혀 있다. 상당히 낡은 듯하지만 넓은 저택 같다.

대문을 지나쳐 다시 한동안 대울타리를 따라 나아가니 곧 울타리가 사라지고 낮은 사립문이 붙은 출입구에 이르렀다.

주위에 인기척이 없음을 확인하고 나서 사립문을 밀고 들어갔다.

안쪽은 이 집 부지 내이기는 하겠지만 마당이 아니라 공터를 그대로 둔 들판 같은 느낌이었다.

들판 한쪽에 방 두 개쯤 있을 듯한 일본식 별채가 고즈넉하게 서 있었다.

그 맞은편 나무들 앞에는 안채임 직한 잿빛 기와지붕이 들여다보였다.

또다시 구름 사이로 엷은 햇살이 들기 시작했지만 처음에 시야가 흐릿하게 느껴진 까닭은 별채와 안채 사이에 불을 지피고 있어 희미하게 하얀 연기가 피어오른 탓이었다.

다이고는 갑자기 긴장감에 사로잡혀 천천히 별채 쪽으로 다가갔다. 집 안 사람에게 들킬 위험도 생각해야 하지만 이쪽은 건물 뒤쪽에 면한 저택 북쪽 구석이다. 다행히 대울타리가 끊겨 사립문 옆에는 경계를 나타내는 울타리 없이 낮은 정원수가 어지럽게 심어져 있을 뿐이라, 어쩌다 잘못 들어왔다는 변명도 통하기는 할 것이다.

갑자기 다이고는 걸음을 딱 멈추었다. 감전된 것처럼 온몸이 굳었다. 시원한 감빛 기모노를 입은 자그마한 여자가 모닥불 쪽에서 나타나 다이고의 눈앞에서 별채 현관으로 들어갔다.

상대방은 다이고를 알아채지 못한 모양이다.

다이고가 심장 고동을 들으며 꼼짝 않고 서 있는 사이에 여자는 다시 문으로 나왔다. 커다란 쓰레기통과 종이봉투를 양손에 들고 발치에 시선을 떨어뜨린 채 그의 앞을 지나쳤다. 고개 숙인 하얀 얼굴. 콧대가 오뚝하고 오동통한 궁중인형16)과 닮은 고상한 용모가 한순간에 다이고의 망막에 자리를 잡았다.

여자는 손에 든 것을 모닥불에 태우고는 불길에 홀린 듯 우두커니 서 있었다. 작은 체구지만 균형이 잡혔고, 기모노 허리에는 부드러운 살집을 갖추었다. 등이 곧았다. 그것이 그녀의 정신, 내면의 강인함을 이야기하는 듯했다.

---

16) 흰 피부에 머리가 크고 몸이 오동통한 어린이 모양 인형. 주로 궁중에서 하사하던 인형이라 궁중인형이라 이름이 붙음.

다이고는 꿈쩍도 하지 못한 채 여자가 서 있는 모습에 빠져들었다. 그녀는 그가 상상한 후미코와 완전히 겹치지는 않았다. 굳이 따지자면 조금 더 서구적인 모습을 머릿속에 떠올렸었다. 그러나 지금 엷은 연기를 뒤로하고 서 있는 구메 유코는 그 안의 후미코에 어울리는 기품과 정숙함을 띠고 있었다. 정말로 어울리는 아름다움이다.

후미코는 저런 여성이기도 했었다고 본능이 받아들이고 이성이 인식하기 시작했다. 아마도…… 틀림없이……?

'후미코…….'

가슴속으로 부르자 기묘한 감동의 파도가 몸속에 번졌다.

그러나 현실에서 말을 거는 건 참아야 한다. 모든 것이 무사히 완수될 때까지는. 유코는 그의 물음에 대답해 주지 않을 테고, 그런 부주의한 형태로 다시 만난다면 그날 밤 후미코가 말한 둘도 없는 '순수함과 용기'가 손상되어 버릴지도 모른다.

실질적인 문제로 다이고는 이미 범행에 착수한 현재, 만에 하나 두 사람의 접촉을 누군가에게 들킨다면 두 사람 다 파멸할 것이다.

그렇지만 자신도 후미코에게 메시지를 보내고 싶은 욕구까지는 억누를 수 없었다.

외투 주머니에 손을 넣어 자연스럽게 잡지 한 권을 꺼냈다. 《식과 학회食科学会》라는 전문지로 이번 달은 소아 식품 공해가 특집이었다. 여행용 짐은 역 코인 로커에 맡기고 왔지만 잡지만 주머니에 넣어 왔다.

다이고는 재빨리 별채 현관에 다가갔다. 격자문이 열려 있었다. 마루 끝에 잡지 표지를 위로 해서 얹어 놓았다. 잡지를 발견한 유코가 후미코라면, 다이고의 은밀한 방문과 암묵의 의지를 정확하게 이해하리라. 또한 설령 유코가 다른 인물이라 해도 우연히 섞여 든 잡지 정도로 생각하고 처분하면 그만이리라. 마침 지금 그녀는 종이류 정리를 하는 듯하니 말이다. 잡지에는 다이고의 이름이 실려 있지도 않았고, 어찌 되었든 위험은 거의 없다고 그는 판단했다.

떠나기 전에 한 번 더 돌아보았다.

줄곧 우두커니 서 있는 여자의 목덜미에 희미한 봄 햇살이 쏟아졌다.

사
파
이
어

밍
크

1

꽁꽁 얼어붙은 콘크리트 벽에 어깨와 허리를 밀착시키자 뼛속까지 스미는 냉기가 느껴졌다. 좁은 공간에서 오랫동안 웅크리고 있던 탓에 무릎과 발끝에 부자연스럽게 힘이 들어가 다리 전체가 저릿저릿 감각이 둔해졌다. 그것도 반쯤은 추위 탓인지도 모른다.

다리가 너무 저리면 막상 때가 왔을 때 행동에 지장이 있기 때문에 다이고는 무릎을 조금 떼어 상하운동을 했다. 하지만 하반신을 조금 뻗은 것만으로 금세 눈앞에 튀어나온 포르쉐 914의 휠 아치 밑에 허벅지가 걸리고 만다.

한숨을 쉬니 입김이 하얗다.

차고의 콘크리트 벽과 자동차 옆면 사이의 좁고 긴 공간 끝에 차고 비스듬히 위쪽에 달린 외등의 푸르스름한 빛이 비쳤다. 그 빛에 작은 돌이 굴러다니는 길바닥과 비탈땅 아래서 자란 나무의 시커먼 그림자를 어렴풋이 비추었다. 그것밖에 보이지 않는 시야를 응시하며 벌써 이십 분 가까이 이렇게 차고 구석에 웅크리고 있었던 걸까.

다이고는 불편한 자세로 손목시계를 찬 손목을 눈앞에 내밀고 바깥 빛에 비추어 보았다. 글자판을 반사해서 간신히 앞으로 오 분만 지나면 6시 20분이 된다는 것을 읽었다.

에메랄드 뷰까지 차에서 타고 내리는 것을 합해 오 분이라 치면, 6시 반부터 그곳 다이닝에서 피아노를 칠 예정인 미도리는 앞으로 십 분 안에 이 차고로 내려올 것이다.

만에 하나 외출한 곳에서 직접 호텔로 향해서 지금 여기에 주차된 노란 포르쉐를 쓰지 않더라도 돌아올 때는 반드시 집으로 오리라. 그때에도 기회는 있다.

그러나 몇 시에 귀가할지 몰랐고 누가 바래다줄 가능성도 있다. 한편 사메지마 후미코가 사무실을 나오는 시각은 화요일과 금요일 오후 6시였을 것이다. 사무실을 도쿄 어디로 가정하면 거기서 하코네 고지리까지 걸리는 시간도 오후 6시에 더해 그녀의 알리바이가 인정될 시간대에 포함되겠지만, 너무 늦으면 그 시간대에서마저 벗어나 후미코가 알리바이를 잃을 위험이 있다. 고생해서 화요일이나 금요일을 범행 날로 고른 보람도 없어져 버린다. 아니, 후미코의 알리바이를 확보하지 못한다면 요시미 사건을 포함한 범행 계획 모든 것이 의미를 잃고 만다.

될 수 있으면 미도리가 에메랄드 뷰로 가기 전에 기회를 노리고 싶다.

그리고 만약 또 오늘 밤을 도망치면 과연 자신이 계획을 해낼 수 있을지…… 자신감이 흔들렸다.

오늘이 3월 8일 화요일. 하코네가 봄 방학 행락철로 북적일 때까지는 아직 세 번 정도 화요일과 금요일이 돌아오지만, 그리 자주 집을 비우고 외박하면 아내나 연구실 사람들이 수상해할지 모른다.

지난번 3월 4일 금요일 저녁, 미도리 집 뒷산 길에서 그녀에게 접근하려던 때에는 결정적인 순간에 동생 아카네가 아래 도로에 나타나 포기해야 했다.

그다음 날 기타가마쿠라의 구메 유코 집을 찾아 그녀의 기품 있는 기모노 차림을 몰래 지켜보고 나서는, 제 마음이 흥분되고 조급해지는 걸 억누르느라 애써야 했다. 하루라도 빨리 '약속'을 끝마치고 두 사건에 관심이 가시기를 기다렸다, 그녀와 다시 만나고 싶다는 욕망이 솟구치는 것을 느꼈다. 어느새 그의 마음속에서 요시미 아키오미와 나가하라 미도리, 두 사람의 살인 계획은 운명적인 밤 사메지마 후미코와 주고받은 암묵적이지만 확실한 약속으로 받아들여졌다.

기타가마쿠라에서 다시 도쿄로 돌아온 다이고는 후쿠오카로 돌아오는 비행기에 타기 전에 에메랄드 뷰에 전화했다.

나가하라 미도리가 앞으로 호텔에서 피아노를 칠 예정은 모르느냐고 물었다. 자신은 우연히 그쪽에 묵었을 때 미도리의 피아노를 듣고 흠뻑 빠졌다. 조만간 또 한 번 하코네에 갈 기회가 있는데 그녀의 피아노를 들을 수 있는 날에 맞추고 싶다고 덧붙였다. 전화를 받은 나이 든 프런트 매니저가 휴양지의 오래된 호텔답게 느긋하게 서두를 떼고서 대답했다.

"아시는지 모르겠지만 미도리 씨는 저희 호텔 사장님의 따님이라 피아니스트로 계약한 게 아니라서, 조금 변덕스럽다고 할까요. 예정은 늘 확실치 않습니다.

하지만 다음 주 화요일 밤에는 꼭 오실 겁니다. 축하연이 있지만, 손님께서 피아노를 듣는 정도는 지장 없을 겁니다."

3월 8일 화요일 오후 5시부터 호텔 사장과도 친분이 깊은 지방 정치가의 희수 축하연이 에메랄드 뷰 메인 다이닝에서 열려, 6시 반부터 미도리가 피아노를 칠 예정이라는 것이다. 연륜 있는 매니저는 그쯤이면 이미 파티 분위기도 제법 편해져 있을 테니, 피아노만 들을 수 있도록 사정을 이야기해 드리겠다고 친절하게 말했다.

다이고는 잠시 고민하는 척하고는 대답했다.

"그러면 그녀는 축하연을 처음부터 참석합니까?"

"아뇨, 아마 연주 시간에 맞춰 호텔에 오실 겁니다."

듣고 보니 노인네 모임에 어울릴 만한 미도리가 아니었다.

집에서 차로 오냐고 묻고 싶었지만, 그렇게까지 하면 의심받을 것 같아 단념하고, 숙박 예약은 나중에 하겠다고 하고는 전화를 끊었다.

하지만 미도리가 직접 집에서 자신의 차로 호텔에 올 가능성은 물을 것 없이 커 보였다. 지난번 연주했을 때, 그녀는 녹색 이브닝드 레스를 입었다. 그런 복장은 다른 곳에 볼일을 보러 가기에는 어울리지 않는다. 또한 그녀의 집과 호텔은 추운 저녁에 드레스를 입고 걷기에는 너무 먼 거리다. 주마다 실내 골프 연습장을 다니는 그녀라면 직접 자동차 운전도 할 수 있으리라.

조건들을 합쳐 3월 8일 저녁 6시 조금 넘어 미도리가 홀로 집을 나서는 모습을 상상했을 때, 다이고는 마음을 굳혔다.

이번에야말로 성공을 예감했다.

오늘은 오전 비행기로 후쿠오카를 출발했다. 대학 연구실과 아내에게는 오사카에서 혼자 사는 외숙모가 고령인 데다 병으로 고생하는 모양이라 필요하면 입원이든 뭐든 보살펴 드리고 오겠다는 구실을 마련했다. 요전 하코네에 갈 때에는 입학시험으로 대학이 쉬었기 때문에 아내에게만 치쿠고 강 유역에 수질조사를 하러 간다고 양해를 구했으나, 연구실 조수에게는 직접적으로 일에 관련된 사항은 피하는 편이 안전했다. 어디서 모순이 생길지 모른다. 더구나 특히 요시미 교수의 총애를 받던 조수 야마다는 아직 다이고를 경계하는 듯한 태도를 나타내고 있었다.

오사카에 외숙모가 사는 건 사실이다. 어머니 남동생의 부인으로 남편이 먼저 가고 자식도 없어서 홀로 산다는 것도 거짓은 아니지만, 아직 예순을 조금 넘긴 나이라 고령이라 할 정도는 아니다. 어머니나 외삼촌이 돌아가시고서는 연하장 정도만 주고받았다. 벌써 십 년 가까이 만나지 않았다.

그러나 외숙모 이야기를 꺼내는 건 아내에게는 유리한 구실이다. 시호코는 평소 그녀에게 조금은 도움을 드려야 하지 않나 하는 마음의 부담을 느꼈던 터라 남편이 혼자 가서 적당한 처치를 하고 온다는 이야기를 듣고는 마음을 놓으며 오히려 미안하다는 눈빛으로 그를 배웅했다.

도쿄에 도착한 다이고는 공항 전화로 외숙모에게 연락했다.

전화도 몇 년 만이라 그녀는 크게 놀란 모양이지만 건강한 목소리였다. 철강회사에 다닌 외삼촌의 유산으로 먹고사는 데 불편함은 없을 것이다.

다이고는 일로 오사카에 온 김에 어떻게 지내는지 궁금해서 걸었다고 했다. 들를 시간이 없어서 죄송하다고 사과했다.

옛날부터 보통내기가 아닌 외숙모였지만, 나이를 먹어 마음이 약해졌는지 기쁜 듯이 목소리에 물기가 묻어났다.

다이고는 이걸로 만에 하나 문제가 생기더라도 자신의 알리바이가 반쯤은 보장되었다 생각했다.

4시 넘어 미도리의 집 근처에 몰래 다가갔다.

초봄의 연한 저녁놀이 일대를 감싸기 시작했다. 마른 겨울나무로 뒤덮였던 먼 산들의 비탈에 엷지만 연분홍빛 막이 씐 것처럼 느껴지는 까닭은 새싹이 움트는 기적 때문일까. 3월 들어 제법 해가 길어졌다. 하지만 다행히 오늘도 비가 내렸다 그쳤다 해서 그만큼 해가 빨리 지는 듯하다.

미도리의 집 차고는 정문 아래쯤에 있는 둑을 뚫어 콘크리트로 굳힌 것이다. 두 대는 들어갈 법한 공간에 정면을 향해 주차된 노란 포르쉐 914 한 대를 발견하고 저도 모르게 안도의 한숨을 쉬었다. 그건 지난번 아래쪽 도로에 아카네가 몰고 나타난 차와 같았다. 돌아가는 길에 차고를 들여다보았을 때에는 텅 비어 있었다. 그렇다면 아마도 다른 한 대 공간에는 그녀들의 아버지 차가 들어가고, 포르쉐는 자매가 같이 모는 것이 아닐까.

오늘 밤에는 미도리가 포르쉐를 타고 에메랄드 뷰로 갈 것이다.

5시 40분쯤까지 다이고는 차고와 나가하라 일가의 집 정문이 잘 보이는 길가에 서성거리며 시간을 때웠다. 오래된 고급주택지라 날이 저물면 몸을 숨길 어둠은 더욱 충분했다. 여느 때처럼 오가는 사람은 거의 없었다. 나가하라 일가의 집을 드나드는 이도 없었다. 6시 5분 전에 다이고는 차고의 어스름 속에 숨어들었다. 포르쉐 뒷부분과 벽 구석 사이 틈새에 웅크려 앉았다.

그로부터 삼십오 분이 흘렀다.

이미 문밖은 완연한 어둠의 빛깔을 덧썼다.

벌써 미도리가 나와야 하는 시간이다.

설마 다른 곳에서 호텔로 바로 가지는 않았으리라 생각하지만.

만에 하나 그렇다면 돌아오는 길목에 숨어서 기다리는 수밖에 없겠지.

하지만 만약 누가 바래다준다면……?

그리고 만약 오늘 밤을 놓치면……. 다음 주에는 후쿠오카를 떠나기 더욱 어려워진다. 아무리 태평한 아내 시호코라도 너무 자주 외박하면 수상히 여길 것이다. 다음 주 화요일에는 교수회의가 있는데, 요시미가 죽고 나서는 다이고가 출석해야 한다. 조건은 점점 나빠지기만 하는 것 같았다.

손목시계 바늘이 6시 20분에서 멀어짐에 따라 다이고는 온몸에 땀이 배어나고 안절부절못하겠는 초조감에 휩싸이기 시작했다. 주변은 쥐 죽은 듯 고요한 밤의 어둠에 감싸였다. 길 맞은편 나무에서 이따금 바람 소리가 들리는 것 말고는 너무 고요했다. 전부 얼빠진 헛수고였던 것은 아닐까. 미도리는 벌써 호텔에 도착했고 피아노 앞에 앉아 있는 건 아닐까.

하지만 이윽고 발소리가 들렸다. 다이고 바로 위보다 좀 더 도로 쪽에 가까운 돌계단을 내려오는 하이힐 소리다.

소리가 잠시 사라지더니 얼마 안 있어 시원스레 키가 큰 여자 그림자가 차고 벽과 포르쉐 사이 공간 앞에 나타났다. 이마 옆으로 나눠 풀어 내려뜨린 컬이 굵은 웨이브 머리카락. 광대뼈가 살짝 나오고 턱이 뾰족한 옆얼굴의 윤곽……. 나가하라 미도리가 틀림없었다. 오늘 밤에도 발끝까지 오는 롱드레스를 입고 그 위에 은백색 모피 반코트를 걸쳤다. 악보로 보이는 다발과 파티용 작은 백을 양손에 들었다.

미도리는 몸을 옆으로 돌려 좁은 틈으로 이쪽에 들어왔다. 옷이 스치지 않도록 시선을 떨어뜨리고 털을 끌어당긴 자세라 다이고가 있는 줄 전혀 눈치채지 못했다. 설령 이쪽으로 눈길을 주었더라도 가로등의 옅은 빛은 그녀의 몸으로 다 가로막혀서 다이고의 모습은 어둠에 묻혀 보이지 않을 것이다. 다이고는 여전히 트렁크 옆에 웅크린 채 곱은 손바닥으로 입을 막고 숨죽였다.

미도리는 손에 든 열쇠를 꽂고 왼쪽 운전석 문을 열었다. 먼저 안고 있던 악보를 조수석에 놓았다.

다이고는 그 틈에 일어났다. 주머니에서 나일론 스타킹을 꺼냈다. 역시 다리가 반쯤 감각을 잃어 불안했다. 정말로 할 수 있을까? 그것밖에 길은 없나? 갑자기 압도적인 공포가 온몸을 움켜쥐어 다이고는 얼어붙었다. 귓속에서 피가 쿵쾅거린다.

미도리는 코트 앞을 가볍게 정리하며 운전석에 앉으려다 문득 기척을 느끼고 이쪽을 돌아보았다. 숨을 삼킨 채 응시한다.

곧 그녀는 다이고를 발견하리라. 그리고 소리를 지른다. 이 정숙을 찢는 듯한 비명……. 이제 뒤로 물러날 수 없다!

다이고도 옆쪽으로 두세 걸음 나아갔다. 순간적으로 얼굴을 돌리고 도망치려는 미도리의 목에 양손에 든 나일론 스타킹을 걸었다. 하마터면 다리가 꼬일 뻔했지만 간신히 뒤에서 스타킹을 목에 감았다. 스타킹을 교차시키며 있는 힘껏 조였다.

천장을 보며 몸을 뒤로 젖힌 미도리의 두 손이 목으로 뻗었지만 순식간에 파고든 스타킹까지 닿지는 못했다. 진주색으로 빛나는 손톱이 모피 옷깃을 움켜쥐었다.

그녀가 소리를 질렀는지는 분명치 않았다. 다이고의 귓속에는 자신의 피가 소용돌이치며 역류하는 듯한 소리가 또렷이 울렸고 정신없이 조르고는 정신을 차려 보니 발치에 쓰러진 미도리의 머리를 스타킹으로 매단 것 같은 상태였다.

뜻밖에 저항이 적었다. 처음에는 그렇게 느꼈다.

아니 그것도 자신이 정신이 없어서 몰랐는지도 모른다.

눈꺼풀을 감은 미도리의 하얀 얼굴에 가로등 푸른빛이 쏟아졌다. 이제 숨을 쉬는 기척은 없다. 그렇게 눈을 감은 얼굴에서는 냉정함이나 교만의 그림자는 엷어져, 오히려 죽은 이의 얼굴이 조용하고 부드러워 보이기까지 했다.

미도리가 뿌린 치자나무와 비슷한 향수 향기가 은은하게 감돌았다.

끝내 얼굴을 마주하고 말을 주고받을 기회조차 없었던 이 여자에게 비로소 연민이 끓어올랐다.

에메랄드 뷰 복도에서 처음으로 미도리를 보았을 때에 느낀 신비한 두려움과 운명적인 감각이 다이고의 의식에 되살아났다.

대체 자신은 이 여자와 어떤 운명으로 묶였던 것일까?

서로 어떤 이해도 나누지 못한 채 살인자와 피해자가 되다니——
—.

사람 사이에 이리 슬픈 관계가 또 있을까.

다이고는 불현듯 발작처럼 오열이 엄습하는 예감이 들어 입술을 깨물었다.

자신의 온몸이 흐르는 땀에 범벅이 되어 양손과 두 다리가 경련처럼 떨리는 것은 또 한참 뒤에야 깨달았다.

2

마른 풀빛의 참억새며 잔디가 한 면 가득 우거진 들판 안쪽 삼나무 숲 안에 머리를 처박은 꼴로 노란 포르쉐는 세워져 있었다.

나가하라 미도리의 집에서 비탈길을 내려와 아래 도로로 나오는 부근 산 쪽에 펼쳐진 들판이라, 뒤로는 하코네 특유의 울창한 삼나무 숲이 가까이 있다.

포르쉐는 나무 사이에 숨기듯 주차했지만, 낮이라면 초록빛을 살짝 띤 밝은 노란색 차체가 음울한 겨울 풍경 속에 선명한 빛깔로 멀리서도 사람 눈을 끌리라. 하지만 밤에는 짙은 어둠에 묻히고, 도로를 지나는 차의 불빛이 닿는 위치도 아니다.

그래서 발견되기까지 시간이 걸린 모양이다.

오다와라 경찰서 형사과 계장 가라스다 가즈오 경부보는 늦은 밤 바람 속에서 투광기의 하야스름한 빛에 비춘 차체를 주시하면서 떠올렸다. 2인승 포르쉐 914의 운전석 문은 열려 있었고, 더없이 편안해 보이는 갈색 가죽 시트가 그의 눈앞에 드러났다. 그대로 진열장에 진열되어도 좋을 법한 말쑥한 새 차였지만, 시트와 계기판에 남은 지문 채취의 흔적인 은빛 가루와 조금 전까지 운전석에 쓰러져 있던 젊은 여자의 처참한 모습이 싫어도 눈에 선했다.

나가하라 미도리 교살 시체는 하코네 초 파출소의 연락을 받은 오다와라 경찰서 형사과와 감식반 일행이 도착할 때까지 발견된 상태 그대로 보존되었다. 지금은 9시 반에 현장에 도착한 가라스다 일행이 한 차례 현장 검증을 마치고, 미도리의 유체를 우선 오다와라 서로 옮긴 후였다.

"7시 15분경에 에메랄드 뷰에서 수색을 의뢰했다고 했지."

가라스다는 옆에서 추운지 어깨를 움츠린 자신보다 더 나이를 먹은 듯한 파출소 순사에게 물었다.

"대충 그쯤입니다. 에메랄드 뷰의 사장이 나가하라 미도리의 아버지인데, 그녀는 오늘 저녁 6시 반부터 호텔 파티에서 피아노를 치기로 했다고 합니다. 그런데 시간이 되어도 코빼기도 비추지 않아 집으로 전화하니까, 벌써 나갔다고 하고 차고에는 차도 없었죠. 어디를 들르나 싶어 아무리 기다려 보아도 나타나지를 않아요. 여기저기 짚이는 곳에 물어보았지만 오지 않았다고 하고, 혹시 오는 길에 사고라도 만났나 하고 저희 쪽에 연락한 모양이었습니다."

그 후 파출소 순사 두 사람이 호텔로 가 그곳 종업원까지 동원해 일대를 뒤졌지만 사고 흔적도 발견되지 않아, 한때는 유괴를 의심하기도 했다. 하지만 8시 반쯤 다시 한 번 투광기를 비추며 꼼꼼히 수색한 끝에 도로에서 한참 후미진 산기슭에 버려진 포르쉐를 발견한 경위를 나이 든 순사는 대충 되풀이했다. 본서에서 급히 온 수사원의 지휘관이 서장이나 형사과장이 아니라, 어째 칠칠치 않아 보이는 분위기를 풍기는 삼십 대 계장 가라스다인 것이 불만인지도 모른다. 하필이면 서장은 통풍으로 입원했고, 형사과장은 오후부터 현경본부로 출장을 가서 내일 아침 본부 특수반과 함께 돌아오게 생겼으니 그때까지는 좋든 싫든 가라스다가 진두에 서서 초동수사를 진행해야 했다.

"발견 당시 미도리는 운전석에 앉아 있었고, 대각선 뒤쪽에서 나이론 스타킹을 감은 형태로 목 졸라 죽어 있었습니다. 차 키는 꽂혀 있었지만 엔진은 꺼져 있었죠."

가라스다는 입속으로 혼잣말처럼 되풀이하고서 다시 순사를 돌아보았다.

"미도리가 집을 나온 건 몇 시였지?"

"여동생 말로는 6시 20분이나 25분쯤이었다고 하더군요."

"흠."

조금 전 여기서 시신을 검분하던 베테랑 감식반장이 미도리의 사망은 오늘 저녁 7시보다 늦지는 않으리라 얘기한 걸 떠올렸다. 그러면 범인은 집에서 호텔로 향하던 미도리의 차에 올라타 일단 들판 한쪽에 차를 세우고 갑자기 목을 조른 건가?

만약 그렇다면 그럴 수 있는 범인의 입장은 스스로 한정된다. 내일 아침 현경 본부의 추가인원이 도착하면 목격자를 찾아 일대에 탐문 수사가 시작되겠지만, 좁은 지역사회에서 일어난 일이니 피해자를 둘러싼 인간관계는 오래 시간 끌 것 없이 떠오르지 않을까.

가라스다는 쉽게 풀리겠다 생각하며 더스터 코트 주머니에 양손을 찔러 넣고 머플러 안에 턱을 묻은 채 자신의 차로 돌아갔다.

밤 11시가 넘었다.

감식반원들이 아직 차 주위에서 발자국과 유류품을 꼼꼼하게 뒤지고 있는 현장을 뒤로하고 나가하라의 집으로 향했다. 운전은 젊은 이구사 형사에게 맡겼다.

나가하라 일가가 사는 집의 차고에는 맞은편 왼쪽에 집주인의 승용차로 보이는 검은 오펠이 주차되어 있고, 오른쪽에는 한 대가 들어갈 공간이 비어 있었다. 평소라면 포르쉐가 들어 있을 곳이리라.

가라스다는 그곳에 자신들의 차를 세웠다.

옛 정취가 느껴지는 벽지를 바른 응접실에는 지나치게 따뜻할 정도로 난방이 돌았고, 벽난로 안에는 장작 모양 가스난로가 붉게 타올랐다.

그래도 그곳에 있던 두 사람, 미도리의 아버지 나가하라 마코토와 여동생인 듯한 아가씨의 얼굴은 불꽃의 빛조차 비치지 않을 정도로 창백하고 파리해 보였다. 두 사람 다 같이 미도리의 수색을 도왔고, 특히 나가하라 마코토는 포르쉐와 시신이 발견되고부터 가라스다외 본서 수사원이 도착할 때까지 현장인 들판에 있다가, 현장검증이 시작되고 나서야 겨우 집으로 돌아갔다. 가라스다와는 아까 한 번 만났다.

나가하라는 가라스다와 동행인 이구사 형사를 난로 곁으로 맞으며 "수고를 끼쳤습니다." 하고 정중하게 인사했다. 예순 살 전후에 풍성한 은발의 영국신사 같은 인물이다.

"아내는 충격으로 2층에서 쉬고 있습니다. 주치의 선생님을 부른 상태라 이 자리에는 나오지 못했습니다."

그렇게 사과했다. 호텔맨의 몸에 밴 습성 때문인지 이런 때에도 사람을 대하는 태도가 놀랍도록 부드러웠다.

이어서 그는 오렌지색 스웨터에 바지를 입은 키가 큰 딸을 미도리의 동생 아카네라고 소개했다. 아카네는 앉은 채로 고개를 살짝 숙였다. 미도리도 시원시원하게 생긴 서구형 얼굴 같았지만, 아카네는 훨씬 이목구비가 뚜렷하고 활발한 타입으로 보였다. 지금은 눈가가 붉고 생기를 잃은 낯빛이었지만 평소에는 연한 갈색 피부가 싱그럽게 빛날 것 같았다.

가라스다는 간단히 조의를 표하고 나서 나가하라에게 미도리에 대한 기초적인 사항을 물었다.

"작년 11월 27일로 되어 있더군요. 도쿄의 음대 피아노과를 졸업하고 삼 년 정도는 유럽에 공부하러 가거나 아카사카의 회원제 클럽에서 피아니스트를 하며 좋을 대로 살다가, 스물다섯 살이 되어 집으로 되불렀습니다. 슬슬 결혼을 진지하게 생각할 시기라 보았죠."

나가하라는 이따금 목이 막히는지 말을 끊으며 가라스다의 질문에 대답했다.

"그렇다면 이미 정해진 약혼자가 계십니까?"

"아뇨. 혼담은 몇 번 있었지만 아직 그럴 마음이 없다는 둥 제 고집만 부려서……."

"애인은 있었나요?"

"아뇨, 딱히 애인도……."

"친구로 사귀는 남자는요?"

"그런 사람이라면 있었을지도 모르겠지만, 따로 소개받은 적은 없습니다."

이때 문 바깥에서 전화벨이 울렸다. 이윽고 조금 전 가라스다를 응접실로 안내한 중년의 가사 도우미가 나가하라에게 호텔에서 전화가 왔다고 알렸다.

나가하라는 실례하겠다고 양해를 구하고 자리를 일어났다.

복도에서 하는 통화 내용까지는 알 수 없지만 오래 걸릴 듯한 분위기였다.

가라스다는 난로 불꽃을 바라보는 아카네의 옆모습으로 시선을 보냈다.

"아버님은 저렇게 말씀하셨지만, 미도리 씨의 교우관계라면 동생인 아카네 씨가 더 잘 알지 않겠습니까?"

아카네는 똑 부러진 성격이 느껴지는 갈색 눈동자를 굴려 가라스다를 돌아보았다.

"어떤가요? 언니에게는 애인이나 친한 남자 친구가 없었나요? 물론 이런 걸 굳이 묻는 이유는 언니가 우연히 강도나 치한을 만나 살해당했다고 생각하긴 어렵기 때문입니다. 현금, 보석, 밍크코트도 하나도 손대지 않았고 폭력의 흔적도 없었어요. 동시에 그 범행은 언니와 아는 사이고 그녀의 차에 탈 기회가 있는 인간이 아니면 불가능하지 않을까 싶으니까요. 그렇다면 더욱더 그녀의 교제 범위를 철저하게 캘 필요가 있죠."

가라스다는 서서히 허물없는 말투로 바뀌었다. 딱히 계산한 건 아니고, 그는 어떤 상류계급이나 사회적 지위가 높은 인물을 상대할 때에도 자연히 조금 건방지게 들리기도 하는 독특한 말투가 되어 버리고는 했다. 대신 그의 조사 상대나 경찰관 동료가 뚜렷한 근거도 없이 반발과 경멸을 드러내는 일에도 익숙해지고 말았다.

그러나 아카네는 침울하지만 솔직한 말투로 대답했다.

"그런 사람은 몇 명 있었어요."

"애인이라고 부를 만한 남자도?"

"글쎄요, 그건 나도 몰라요."

"남자 친구 이름을 알려 주겠어요?"

"내가 아는 범위라면요."

재촉하자 아카네는 하코네마치와 센다이하라仙台原에 집을 가진 프로 골퍼, 화가, 학생 등의 이름을 말했다.

"도쿄에도 친구가 있었겠죠?"

"그야 있었겠죠. 하지만 도쿄에서 일은 그다지 듣지 못했어요."

처음으로 괴로운 듯 살며시 눈살을 찡그리고 난로에 손을 쬐었다.

"아카네 씨도 도쿄에 계시지 않았습니까?"

"학생 때는요. 하지만 언니랑 따로 살았어요."

그러고는 갑자기 긴 속눈썹을 깜빡였다.

"언니가 도쿄에서 누구랑 친하게 지냈는지는 우메자키 씨가 더 잘 알겠군요."

"우메자키……?"

"도쿄의 무역회사 전무예요. 언니가 아카사카 클럽에서 피아노를 치던 무렵 지인인 모양인데, 가끔 에메랄드 뷰에 와서 자연스레 가족처럼 지내는 분이죠. ……솔직히 언니랑 어떤 깊은 관계가 있었는지 전 잘 모르지만요."

이야기하면서 미도리의 죽음이란 현실이 새삼 가슴을 찌른 것처럼 아카네는 큰 눈망울에 희미하게 눈물이 어렸다.

"우메자키라는 사람의 도쿄 연락처는 압니까?"

"네. 하지만 오늘 밤에는 에메랄드 뷰에서 머무실 텐데요."

"뭐요? 하코네에 와 있습니까?"

"아마도요. 오늘 밤 호텔에서 희수 축하연을 하는 분과도 다소 인연이 있어서 초대받았다는 이야기를 언니가 했던 것 같은데 ……."

이구사 형사가 '우메자키 사다오'란 이름과 'OS상회 전무'라는 직함을 메모했다.

통화를 마친 나가하라가 돌아오고 가정부가 커피를 가져오자 가라스다는 질문을 바꾸었다. 6시 25분 전후로 호텔에 가기 위해 집을 나갈 때 미도리가 어땠는지 아카네에게 물어보았지만, 이렇다 할 이상한 점은 없었다고 대답했다.

"어머니는 오늘 감기 기운이 있어 2층에서 쉬고 계셨어요. 저 혼자 거실에 있었죠."

근처에서 출퇴근하는 가정부는 저녁 6시에는 돌아가는 터라 그때에는 없었다고 한다. 지금은 비상사태라 부른 모양이다.

"언니는 자신의 방에서 준비하고 거실을 살짝 들여다보고는 바로 나갔어요. 저도 책을 읽느라 별로 신경 써서 보지 않았고요."

미도리가 현관을 나가고 얼마 안 있어 아래 차고에서 포르쉐의 시동 소리가 어렴풋이 들린 것 같지만 확실한 기억은 아니라고 한다.

"그럼 최근에 미도리 씨 주변에 무슨 심상치 않은 공기나 원한을 사거나 누가 노리는 기척은 느끼지 못했습니까?"

나가하라는 고뇌의 표정으로 고개를 갸웃거리기만 했다.

아카네는 한동안 생각하더니 입을 열었다.

"그게 지난주 금요일이었나. 내가 아래 도로에서 저기 뒷산 길을 걷는 언니를 부른 적이 있어요. 피아노 레슨 때문에 전할 말이 있어서. 그때 언니 바로 뒤에 남자가 있어서 살짝 놀랐었죠. 그쪽 길은 평소에 거의 지나는 사람이 없으니까요."

"어떤 남자였죠?"

"멀어서 잘 보이지 않았지만 안경을 쓰고 깔끔한 차림이었어요."

그것만으로는 현재로서 사건과 관련을 판단할 길이 없었다.

새벽 1시경 가라스다와 이구사는 한차례 사정청취를 끝내고 물러났다. 오늘 밤은 이 이상의 실마리도 기대하기 어려웠고, 가족들의 상심과 피로도 배려해 주어야 한다.

내일은 에메랄드 뷰를 찾아가 우메자키 사다오를 만나 보자.

가라스다도 갑자기 밀려온 피로를 느끼며 나가하라 일가의 집 돌계단을 내려갔다. 실내가 너무 따뜻했던 탓에 하코네의 깊은 밤 냉기에 순식간에 온몸이 얼어붙는 것 같았다.

차고 안에 주차한 차 조수석 문으로 다가가던 가라스다는 불쑥 걸음을 멈추고 발치로 시선을 떨어뜨렸다. 맞은편 위에 설치된 외등의 푸르스름한 빛이 경찰차인 어두운 크라운 앞부분을 옅게 내리쬐었다.

조수석 문 조금 아래에 은회색으로 빛나는 어떤 털이 열 가닥 넘게 뭉쳐 떨어져 있었다. 주워 보니 부드러운 감촉에 독특하고 우아한 빛을 띠었다.

"이봐, 이거 밍크일까?"

가라스다는 운전석에 들어가려던 이구사 형사에게 털을 내밀었다.

"그렇군요, 아마도요. 시신이 입은 모피 코트도 이런 털이었죠. 누가 그게 밍크라고 했습니다."

이구사가 바짝 다가와 내려다보며 생각에 잠긴 투로 대답했다.

"음……."

크라운의 조수석은 포르쉐라면 운전석 쪽에 해당하리라.

"밍크는 털이 많이 빠지는 물건인가."

가라스다는 혼잣말처럼 중얼거리며 당혹감과도 같은 긴장감에 사로잡혔다.

추적조사

1

지난밤 나가하라 저택 차고에 떨어져 있던 빠진 밍크 털을 발견했을 때, 비로소 사건에 대한 생각을 조금 바꿔야 할지 모르겠다는 동요가 일었다.

가라스다 가즈오 경부보는 수면 부족인 눈으로 차창을 스치는 도쿄 근교의 밀집한 주택 풍경을 바라보며 별 뜻 없이 되새겼다.

그건 역시 미도리가 입었던 사피이어 밍크의 하프코트 털이었다. 차고에서 집 안으로 돌아가 다른 가족들에게 다시 확인해 본 바로 나가하라와 아카네는 틀림없다고 확신했다. 그리고 밍크코트에서 이유도 없이 털이 열 개 넘게 빠지지는 않는다고 했다. '설마 언니는 아래 차고에서 차에 타기 직전에 공격당한 걸까요?' 아카네는 그렇게 되물었다.

'범인은 차고 안에 잠복하다 포르쉐에 타려는 미도리를 뒤에서 목 조르고 나서 차에 태워 들판 구석까지 옮겼는지도 몰라요. 그곳이라면 발견하기 어렵고, 그만큼 시간을 벌 수 있으리라 생각해서

…….'

나가하라도 흥분한 목소리로 떠들었다.

'그렇다면 범인은 아까 형사님께서 말씀한 언니와 친한 남자라고 한정 지으면 안 되죠. 여자도 어둠 속 뒤에서 목을 조를 수 있으니까요.'

나가하라 아카네의 예민해 보이는 눈동자가 응시했을 때 가라스다는 육친의 날렵한 직감에 감탄하면서 두 사람 의견을 인정할 수밖에 없다고 생각했다. 피해자의 남자관계를 뒤지면 당장 유력용의자가 떠오리라고 쉽게 봤던 사건이 뜻밖에 난항을 겪을지도 모르겠다는 즐겁지 않은 예감이 마음속을 스친 순간 또한 그때였다.

오늘 아침 신칸센 첫차로 형사과장이 요코하마에서 돌아왔다. 이어서 가나가와 현경 본부의 특수반이 출동해 드디어 본격적인 수사 태세로 들어갔다. 당장은 백 명 정도의 수사원이 투입되어 현장 일대와 미도리의 교제관계를 캐고 있다.

가라스다는 아침 수사회의를 끝내고 에메랄드 뷰로 향해 호텔 로비에서 우메자키 사다오를 만났다. 전화로 미리 잡아 둔 것이다. 하코네는 어젯밤의 매서운 추위가 거짓말처럼 따뜻하고 화창했다.

살짝 비만 기미가 있는 몸에 고르고 고른 옷차림을 하고 사람을 내려다보는 듯한 눈빛으로 말하는 우메자키는 가라스다의 반감을 부르는 부류였다. 하지만 그는 트집을 잡으려야 잡을 수 없는 알리바이가 성립했다. 우메자키는 엊저녁 5시부터 호텔 다이닝에서 열린 지역 정치가의 희수연에 참석했다.

'꽤 오래전에 처분했지만, 옛날에 고라強羅에 우리 별장이 있었어요. 아버지는 그때부터 그 선생님과 막역한 사이였습니다. 아버지께

서 돌아가시고 나서도 제가 계속 연락하며 지낸 터라 엊저녁 연회에
도 초대를 받았습니다. 그러니까 설령 미도리와 아무런 관계가 없더
라도 어젯밤에는 여기서 묵었겠죠.'

호텔 프런트 담당 직원들도 우메자키가 5시부터 7시 반까지 다이
닝을 할 걸음도 나가지 않았다고 인정했으니, 파고들 여지도 없었다.
미도리의 행방이 걱정되기 시작하면서 그도 수색에 협력했던 듯하다.

그리고 그가 이어서 한 이야기는 가라스다가 어젯밤 품은 사건이
복잡하리라는 전망에 한층 힘을 싣는 효과를 불렀다.

'———미도리의 도쿄에서 교우관계를 물으셔도 제가 그녀와 도
쿄에서 알고 지낸 기간은 그리 길지 않아요. 그끄러께 말에 미도리가
이쪽으로 돌아오기 전까지 대략 일 년쯤일까요. 전 그녀가 피아노를
치던 아카사카 클럽의 회원이었으니까요.'

'아뇨, 일 년쯤 사귀었으면 대강은 알지 않나요. 미도리 씨는 당신
말고도 남자 친구가 많았습니까?'

'가볍게 만나는 정도라면 있었죠. 하지만 당시 그녀는 다른 무엇
도 눈에 들어오지 않는 눈치였어요.'

'그렇게 일을 열심히 했다는 뜻인가요?'

'아뇨……'

우메자키는 잠시 가라스다의 표정을 살피는 눈빛으로 바라보았다.

'아카네에게 못 들었습니까?'

'아카네 씨는 도쿄의 생활은 우메자키 씨가 더 잘 알 거라고 하더
군요.'

'그랬군요. 가족으로서는 이야기하기 어려웠는지도 모르겠군
요.'

우메자키는 혼자서 이해했다는 듯이 고개를 끄덕였다.

'무슨 복잡한 사정이 있었던 모양이군요.'

'그렇습니다.'

그는 담배에 불을 붙이고 잠시 연기 너머 옅은 안개가 낀 호수를 바라보았다. 하지만 이야기해야 할지 말지 망설이는 게 아니라 어쩌재미있어하는 것처럼 느껴졌다.

'당시 그녀는 열렬한 연애에 빠져 있었죠. 상대는 아내가 있는 프랑스 문학자로, 신진 연출가로도 이름이 알려지기 시작한 남자였습니다. 제가 그녀와 가까워졌을 무렵에는 그 남자와도 우연한 친구 소개로 막 알게 된 시기였던 모양이에요. 하지만 그녀는 순식간에 그에게 빠져들었죠. 몸과 마음을 정념의 불꽃에 던지고 영혼 밑바닥부터 불타는 듯한 느낌이었습니다. 저는 어느 정도 거리를 두고 그녀를 지켜보았는데, 그 시절 그녀는 정말로 내면에서 빛나는 것처럼 아름다웠어요.'

'그래서 결국 어떻게 되었습니까?'

'당연히 파탄을 맞이했죠. 상대에게는 아내가 있었고, 미도리는 자존심이 센 만큼 독점욕이 강한 여성이었으니, 조만간 갖가지 문제와 부딪힐 건 뻔했어요. 정확하게 말하면 결정적인 파탄이 찾아오기 전에 두 사람의 연애는 물리적으로 끝났죠.'

'물리적으로……?'

'남자가 죽었습니다. 미도리가 그렇게 쉽게 아버지의 충고에 따라 하코네에 틀어박혀 버린 가장 큰 원인도 충격 때문이지 않겠습니까.'

그 남자, 구메 미치야가 죽을 때 상황은 수사관으로서의 의욕을 오랜만에 강렬하게 자극하는 그림자 같은 부분을 내포하고 있었다.

'그러고 보니 최근에 누군가에게도 이 이야기를 한 것 같은데 ……'

우메자키는 경위를 한 차례 가라스다에게 전하고 나서 불현듯 망막한 표정을 띠었다.

가라스다는 오후부터 도쿄로 출장을 갔다. 초동 수사 단계에서 움직일 사람이 얼마든지 필요한 시기이므로, 동행 없이 홀로 상경했다. 아무래도 그는 홀로 행동하는 것이 성격에 맞아서, 늘 무슨 구실을 붙여 단독으로 움직일 때가 많았다. 딱히 혼자 움직여서 공을 홀로 독차지하려는 생각은 아니다. 그저 자신의 제6감이 호소하는 선 하나를 고독하고 묵묵히 쫓아다니는 와중에만 그는 희미한 만족감 비슷한 안식을 실감할 수 있었다. 사실은 경찰이라는 거대한 조직에는 맞지 않는 인간인지도 모른다.

1시 넘어 도쿄에 도착해서 요쓰야 경찰서로 가, 약 이 년 반 전인 그끄러께 10월에 일어난 구메 미치야의 가스중독 사건 기록을 열람했다.

결국 사고로 처리된 사건인 만큼 간단한 기록밖에 남아 있지 않았다.

197X년 10월 28일 오후 7시경, 구메 미치야의 아내 유코가 근무처인 출판사에서 요쓰야 1번가 공동주택으로 돌아와, 서재로 쓰는 다다미 여섯 장짜리 방 위에 쓰러진 구메를 발견했다. 가스난로의 뚜껑이 팔 할쯤 열려 있고 불꽃은 꺼졌으며 실내에 가스가 가득했고 구메는 이미 숨을 거둔 상태였다.

검시 결과 사망은 같은 날 오후 6시경, 사인은 가스 중독사로 판명되었다. 유체에서 수면제나 독약은 나오지 않았다.

아내나 친한 친구 등의 이야기에 따르며 구메에게는 절박한 자살 이유를 생각하기 어렵고, 유서도 발견되지 않았다.

그래서 일단 사고, 타살 양쪽으로 수사를 진행해 관계자를 사정 청취했지만, 타살이라 단정할 만한 결정적인 증거는 얻을 수 없었다. 한편 난로 위에 주전자가 놓여 있었고, 구메가 급한 번역 원고를 들고 전날 밤부터 쉼 없이 일하고 있었던 점으로 미루어, 그가 일하다 깜빡 조는 바람에 주전자의 물이 넘쳐 난롯불이 꺼진 걸 눈치채지 못해 생긴 사고라는 결론에 이른 모양이었다.

또한 당시 사정 청취를 받은 관계자는 아내 유코를 비롯해 구메가 소속한 극단 연출부원, 그가 대학에 다닐 무렵 친구, 그리고 나가하라 미도리의 이름이 기록되어 있었다.

그중에서도 미도리에 대한 의혹이 상당히 짙었던 정황은 기록상으로도 알 수 있었다. 미도리는 사건 일 년 전부터 구메와 '애인 관계' 였고, 최근에는 '삼각관계 때문에 생기는 말썽'에 고민했던 듯하다. 구메가 가스중독으로 죽은 오후 6시 전후 알리바이도 뚜렷하지 않았다. 그러나 그녀가 구메를 중독으로 죽인 증거 또한 아무것도 발견되지 않았다.

가라스다는 화창한 햇살이 비치는 요코스카센 창틀에 팔을 괴고 한동안 깜빡 졸았다. 어젯밤 새벽 3시에 오다와라의 자택으로 돌아가서 오늘 아침 7시 반에 집을 나왔다.

눈을 떴을 때에는 승강장 뒤로 멀어져 가는 오후나大船 역 앞 석관음 상이 보였다. 다음은 기타가마쿠라다.

가라스다는 자리에서 일어나 전차 앞쪽으로 걸어가면서 더스터 코트 주머니 안쪽에서 구깃해진 광고 전단을 꺼내 펼쳤다. 오늘 아침 집을 나오며 조간과 함께 주머니에 집어넣은 전단으로, 아까 전화로 구메 유코의 현주소를 물을 때 메모지 대신 썼다.

2

"제 주소를 어디서 들으셨죠?"

별채와 두 방을 튼 안쪽 객실로 가라스다를 들인 구메 유코는 방석을 권하며 고개를 숙인 채 쓴웃음을 띠고 물었다.

"극단 자르댕 사무소에 전화로 물었습니다. 그쪽이 모르면 구청에서 당신이 어디로 이사했는지 조사하려고 했는데, 다행히 의상부에 당신과 친하다는 여자 분이 친절하게 가르쳐 주더군요."

"아, 사에키군요. 고교 동창인데, 남편 제사에도 거르지 않고 와주죠."

하지만 자신의 주소를 다른 사람에게 막 떠드는 건 민폐라는 속마음이 입을 다문 도톰한 입가에 드러났다.

구메 유코는 현재 스물아홉 살일 테지만, 의젓하게 반듯한 얼굴

피부나 기모노의 목덜미 등에는 아직 꽃다운 나이의 싱그러움이 감돌았다. 아이를 낳은 적이 없기 때문인지도 모른다. 작은 체구의 기모노 차림이 전체적으로 엷은 우수의 베일로 쌓인 듯 느껴지는 까닭에는 젊어서 남편과 사별한 운명을 의식해서 본 탓도 있으리라.

"실례지만 왜 이런 곳에 틀어박혀 지내세요? 남편분이 돌아가시고 그다음 달에 요쓰야의 공동주택을 나가셨다고 들었는데요. 여기는 너무 쓸쓸하지 않으십니까?"

가라스다는 회양목, 철쭉, 서향 같은 작은 정원수가 산울타리 대신 늘어선 정원 구석을 바라보며 실제 느낌을 담아 물었다. 새싹이 움트기에는 아직 시간이 걸릴 듯한 정원수와 작은 사립문 위에 붉은빛을 띤 저무는 해가 조용히 머물러 있다.

"친정이 근처라서. 부모님께서 권하기도 했고요. 친정에는 오빠 가족도 함께 살아서 저는 이 집을 빌려 혼자 살고 있지만요."

유코는 얼굴에 어울리는 의젓하고 조용한 말투로 이야기했다.

"그럼 도쿄에서 다니던 회사는 그만두셨겠군요."

"네."

아마도 남편이 살아 있던 무렵에는 그의 번역이나 연극 일만으로는 살기 팍팍해 그녀도 일하러 다니지 않았을까, 오히려 혼자가 되면 생활에 부족함 없는 정도의 원조를 집에서 받을 수 있지 않을까. 귀하게 자란 느낌의 그녀 분위기를 보고 가라스다는 그렇게 상상했다.

유코가 녹차를 우려 가라스다 앞에 놓고서 형사의 방문을 의심하는 눈빛으로 바라보기에, 그는 조금 더 유코의 개인적인 일을 물어보고 싶은 충동을 일단 옆으로 치웠다.

"아, 아까 어떤 사건 조사 때문에 찾아뵙겠다고 했는데 말이죠."

가라스다의 신분은 맨 처음에 경찰수첩을 내밀며 직접 이야기했다.

"어제 하코네 고지리에서 나가하라 미도리 씨가 목 졸라 숨졌습니다."

아니나 다를까 유코는 표정이 굳으며 속눈썹을 내리깔았다. 하지만 어느 정도 예상했던 것도 같다.

"사건을 아셨습니까?"

"네. 텔레비전과 신문으로…….."

눈을 내리뜬 채 나직하게 대답했다.

"그래서 말이죠. 음, 피해자를 여러모로 조사하다 이 년 반쯤 전에 남편 분 사망 사건이 떠올랐습니다. 끝내 사고로 처리되었지만, 미도리 씨는 한때 용의선상에 올라 상당히 호된 사정청취를 받은 모양이더군요. 그래서 우리도 이번 사건이 어쩌면 이전 사건과 무슨 관련을 지닌 게 아닐까 의심을 품게 된 겁니다."

"무슨 관련이라니요?"

유코는 진심으로 의아해하며 되물었다.

"그러니까……. 있는 그대로 말씀드리면, 이번 사건은 나가하라 미도리가 당신 남편을 사고로 조작해 살해했다고 믿는 사람의 복수가 아닐까 보고 있습니다."

"네?"

유코는 순간적으로 숨을 삼켰지만 차츰 눈살을 찌푸리고 다시 고개를 숙였다.

"실례지만 사모님은 남편이 돌아가셨을 때, 남편과 나가하라 미도리의 관계를 알고 계셨습니까?"

"네."

조금 늦게 작은 목소리로 대답했다.

"나가하라 미도리를 직접 아셨습니까?"

"두 번쯤 우연히 만난 적은 있지만……."

유코는 정말로 고개를 푹 숙이고는 가녀린 소리로 간신히 대답했다. 그러고는 입술을 앙다물고 눈살을 찡그린 채 당장에라도 울음을 터뜨릴 것처럼 표정을 일그러뜨렸다. 가장 괴로운 과거를 갑자기 건드린 거부 반응처럼도 보였다.

가라스다는 뜰로 눈길을 돌리고 잠시 생각에 잠겨 있더니, 돌아보며 오히려 사무적인 말투로 물었다.

"이것도 참고로 여쭙지만, 사모님은 어제 오후 6시 반 전후에 역시 이 집에 계셨습니까?"

유코는 천천히 고개를 들었다. 간신히 감정의 파도를 지나 보낸 눈빛으로 가라스다를 바라보았다.

"어제는 전차로 한 정거장 떨어진 가마쿠라까지 갔다 왔어요. 6시까지 그쪽에 있었고, 7시 조금 전쯤에 집으로 돌아왔죠."

"그쪽이오?"

"아……. 전 화요일과 금요일만 가마쿠라로 출근해요. 친구 남편이 주로 미술관계 인쇄물을 다루는 작은 출판사를 하는데, 도와달라고 해서요."

"그러면 어제도 그 회사에 가셨다고요?"

"네. 오전부터 6시까지요."

가라스다는 당연히 출판사의 이름과 주소를 물어 메모했지만, 유코의 말투에서 그녀의 이야기에 신뢰감을 느꼈다. 6시까지 가마쿠라에 있던 것이 사실이라면 6시 반에 미도리의 집 차고에서 그녀를 목 졸라 죽이기는 절대로 불가능하리라.

가라스다는 맥이 빠졌지만, 슬픔을 띠었으면서 어쩐지 앳되어 보이는 젊은 과부에게 계속 흥미를 느꼈다.

"화요일과 금요일 말고는 뭘 하십니까?"

별채 안을 둘러보며 물어보았다. 툇마루와는 반대 벽면은 대부분 서적으로 채워져 있었다. 프랑스 고전 비극 전집, 근대 희곡집, 시집……. 원서도 많은 게 죽은 남편의 장서라 여겨지는 책뿐이었다.

"최근 들어서야 남편의 책이며 노트 쓰다 만 원고를 정리할 마음의 여유가 생겼어요."

유코도 그쪽으로 눈길을 돌리며 되찾은 조용한 목소리로 대답했다.

가라스다는 빼곡하게 늘어선 책등을 별생각 없이 훑다가 문득 시선이 멈추었다. 불쑥 이질적인 문자를 발견한 것이다. 비용과 베를렌 시집 옆에 《식과학회》라는 책이 꽂혀 있었다. 얇은 잡지라 우연히 그곳에 틈이 있어 꽂아 둔 모양이지만, 낡은 프랑스 문학 책들에 섞여 홀로 하얗게 눈에 띄는 잡지 등표지가 기이하게 그의 감각을 자극했다.

유코가 멈춘 가라스다의 눈길을 좇아 그걸 깨달은 모양이다.

"아, 그 잡지는 얼마 전에 갑자기 나왔어요. 남편의 유품을 정리할 때, 무척 이상한 형태로요."

고개를 살짝 갸웃하는 유코는 우아한 입가에 어딘지 어려 보이기도 하고 아리송한 것 같기도 한 미소가 떠올랐다.

아마도 유코는 책을 정리하다 구메의 유류품 안에 섞인 전문 외

잡지를 발견하고 뜻밖이라 느꼈으리라.

그렇게 생각하고 가라스다가 다시 별 뜻 없이 잡지를 보니, 책 제목 아래에 올 4월호를 표시한 숫자가 인쇄되어 있었다.

그림엽서

1

전화벨이 울렸을 때, 그것이 자신에게 걸려온 것인지 아니면 다른 사람의 전화인지 이상하게 뚜렷이 알 수 있을 때가 있다.

다이고 고헤이는 등 뒤에서 또 울리기 시작한 전화벨을 들으며 이번에도 자신을 찾는 전화라고 성가신 기분으로 생각했다. 그것도 아마 어제 신문에 발표된 난페이푸드의 포피코 분석보고를 둘러싼 전화이리라.

조수 야마다가 받아서는 아니나 다를까 "선생님, 도쿄에서 전화가 왔습니다."라며 수화기를 내밀었다.

"여보세요."

다이고가 입을 열자 듣기 좋은 여자 목소리가 들렸다.

"다이고 선생님이신가요. 《식과학회》 편집부입니다."

순간 불길한 충격이 파도처럼 다이고의 가슴을 스쳤다. 반사적으로 기타가마쿠라의 구메 유코 집 마루 끝에 두고 온 잡지를 떠올렸다. 거기서 꼬리가 잡혀 나가하라 미도리를 살해로 추적당하는 게 아닐까?

하지만 여성이 바꿔 준 남자는 잡지 편집 차장이라고 했다. 그는 어제 신문마다 발표된 다이고의 포피코 분석보고와 간암 발생의 인과 관계에 관한 견해를 흥미롭게 읽었다며 조심스레 찬사를 담아 이야기 했다.

"――그러니까 선생님께 원고를 부탁드리고 싶은데요. 아시겠지만 저희가 4월호에 소아식품 공해 문제를 특집으로 다루었어요. 그 내용에 연장선으로 선생님께 꼭 원고를 부탁드리고 싶습니다."

이번 보고를 발표하기까지의 과정, 특히 같은 연구실의 분석이면서 고 요시미 교수와 정반대 결론에 이른 이유 등을 사백 자 원고지 삼십 장 정도로…….

다이고는 중간부터 자신의 빗나간 공포심이 우습게 느껴졌다. 여유를 되찾은 기세로 원고 의뢰를 받아들였다.

수화기를 내려놓고 자리로 돌아와, 눈길은 자연스레 어제 아침부터 놓여 있는 신문 위로 쏠렸다.

다이고가 작년 8월에 거의 완성한 분석 보고서를 신중히 재검토한 끝에 그저께 현 위생부에 제출했고, 어제 조간에 그 내용이 발표되었다.

보도된 뉴스는 그가 어느 정도 했던 예상보다 훨씬 대대적이고 충격적으로 다루어졌다.

생각해 보면 그럴 만한 이유는 얼마든지 있었다.

난페이푸드의 포피코를 먹은 아이들 사이의 간암 발생은 작년 9월부터 잠잠해졌지만, 여전히 이어졌고 드디어 전국적인 주목을 모으기 시작했다.

고 요시미 교수의 의견과 정면으로 대립한 다이고의 보고서가 간암 원인을 포피코의 원료로 쓰인 오래된 전분에서 발생한 곰팡이균 A톡신의 발암 작용 때문이라고 단정하고, 사태 책임을 전면적으로 기업으로 돌린 것이 매스컴에 가장 큰 반향을 불렀으리라.

게다가 그 발표는 요시미가 한번 분석을 맡은 조교수 보고를 무시하고 완전히 다른 견해를 밝힌 사실을 직접 암시하는 결과이기도 했다.

그런 이유로 어제 오후부터 다이고 연구실 전화는 끊임없이 울렸다. 보도관계자 취재며 일반인들의 문의, 피해자 쪽의 감사 전화, 때로는 '이름을 팔기 위한 행위'로 단정 짓는 악의 담긴 전화도 섞여 있었다.

"꼭 스타 같네요."

다이고 뒤에서 조수 야마다가 웃으며 중얼거렸다. 야유와 아첨이 반반 섞인 듯한 말투다. 그건 그대로 다이고를 둘러싼 J대 출신 조수들이며 다른 조교수들의 자세를 상징했다. 이번 다이고의 행동이 그를 차기 교수로 밀어 올릴 원동력이 될지, 아니면 고 요시미 교수의 입김이 닿은 교수들의 반발을 불러 이 대학에서 쫓겨나게 하는 결과를 부를지, 그들은 어느 쪽으로든 돌아설 자세로 흐름을 지켜보고 있으리라.

다이고는 손목시계를 들여다보았다. 11시 40분이다.

점심시간으로는 조금 일렀지만 하천 수질조사 자료에서 눈을 떼고 일어났다. 여기에 있으면 또 당장에라도 전화벨이 울릴 것 같아 넌더리가 났다.

"전화가 오면 저녁까지 돌아오지 않는다고 해 줘. 물론 난 1시에는 돌아오겠지만."

"알겠습니다."

야마다는 얇은 입술에 다시 복잡한 미소를 띠며 고개를 끄덕였다.

은행나무며 플라타너스가 새싹을 틔우기 시작한 대학 교내에는 요 이삼일 갑자기 봄다운 햇살이 쏟아졌다.

지난주까지 한겨울처럼 추웠던 게 거짓말 같다.

그러나 하코네 고지리의 미도리 집 차고에 웅크리고 있던 사이 등골에 사무칠 듯한 추위는 아직 때때로 똑똑히 다이고의 감각에 되살아났다. 뒤이어 정신과 육체의 사나운 폭풍 같은 기록이 밀려왔다.

사메지마 후미코는 나가하라 미도리가 죽은 뉴스를 어디서 들었을 까?

아마도 기타가마쿠라의 한적한 별채 안에서 홀로 그 사실을 곱씹은 게 아닐까.

아니면 그 뒤 형사가 그녀를 찾아왔는지도 모른다. 이 년 반 전 남편의 죽음을 둘러싸고 그녀가 미도리를 미워할 이유를 경찰은 금세 밝혀냈을 테니까.

그들에게는 딱한 일이지만, 구메 유코의 알리바이는 완벽했을 것이다. 나가하라 미도리가 집 차고에서 3월 8일 화요일 저녁 6시 20분쯤 누군가에게 목 졸라 살해당함을 확인했다고 사건 뉴스는 보도했다. 다이고가 도주 시간을 벌고 용의자 범위를 미도리 지인으로 좁히기 위해 아래 들판 외곽에 포르쉐를 처박아 둔 공작은 손쉽게 간파당해 버린 모양이지만, 범행 현장이 차고 안이라고 특정되었기 때문에 범행 시각도 미도리가 집을 나온 직후 약 십 분간으로 명확하게 좁혀졌다.

따라서 화요일과 금요일마다 저녁 6시까지 사무실에서 일한다고 한 후미코의 알리바이는 의문의 여지없이 입증된 것이다.

어제 분석 보고 발표도 그녀는 분명히 보아 주었으리라. 그 뉴스는 전국적으로 보도되었다. 그렇게 생각하자 가슴속에서 끌어 오르는 말로 표현하기 어려울 만한 만족감을 느꼈다.

'소아암만은 참을 수 없어요.' 라던 후미코의 울먹이는 목소리는 다이고의 귓가에서 떠난 적이 없다.

바르비종에서 보낸 운명의 밤, 후미코는 다이고만큼이나 간암에 걸린 가여운 아이들에게 동정하고 기업과 손잡은 요시미 교수를 미워했을 것이다.

생각하면 그것이 모든 발단이 아니었던가. 두 사람이 급속도로 가까워진 이유도 그런 인간적인 공감 때문이었다. 절대로 용서할 수 없는 인간도 존재한다고 다이고가 말했을 때, 후미코는 '옳은 말씀이에요. 다만 용서하지 않는 것에는 큰 용기가 필요하지 않나요?' 하고 대답했다.

분명히 그 뒤에는 후미코가 조금 더 용감하고 행동적이었다. 그러나 다이고 또한 멋지게 약속을 지켰다. 그 결과 그가 누구의 방해도 받지 않고 진짜 분석 보고를 공표할 수 있게 된 시점에서 두 사람의 암묵적 계획은 완수되었다 할 수 있지 않겠는가!

그래서 당분간 주변이 시끄러울 테고, 머지않아 피해자가 기업을 상대로 소송을 일으키면 그는 더욱 중요한 입장으로 몰리고, 정신적 부담은 무거워지겠지. 게다가 그게 자신을 바람직한 지위로 밀어 올려 줄지도 낙관적이지만은 않았다.

하지만 설령 모든 것을 잃는 결과가 되더라도 그 충족감은 지워지지 않으리라!

다이고의 성격 일부를 형성한 일종의 영웅주의가 점점 활기차게 마음을 북돋았다. 죄도 없는 불행한 아이들이며 그 부모들의 괴로움을 조금이라도 덜어 주기 위해 자신의 장래를 희생하더라도 후회 없다고 생각할 수 있다는 것에 진심으로 만족했다. 동시에 정의감에 가득한 우수한 학자로서 사회의 주목을 받는 현재 처지는 역시 유쾌하고 자극적이다.

주기적으로 덮쳐 오는 무시무시한 기억의 공포에서 어떻게든 자신을 지킬 수만 있다면, 다른 일들은 다 바람직하게 진행되고 있다.

이름 모를 꽃향기를 품은 부드러운 바람이 목 언저리를 스쳤을 때, 후미코를 만나고 싶다고 그는 근심 걱정 없는 마음으로 생각했다.

어제 다이고의 견해가 발표된 조간을 경계로 나가하라 미도리 사건 속보가 신문에 실리지 않게 된 것도 그에게는 통쾌하고 얄궂게 느껴졌다.

하코네의 수사는 오도 가도 못하는 상태인 듯하다. 어차피 후쿠오카 신문으로는 자세한 보도를 기대할 수 없다. 하지만 미도리가 목 졸라 죽은 곳과 시각을 정확하게 특정한 오다와라 서 수사본부에서도 구체적인 용의자를 도무지 종잡지 못한 상태가 아닐까.

후미코와 다시 만나려면 얼마나 냉각기간을 두면 될까. 다이고는 그런 생각을 하기 시작했다.

미도리의 사건이 있고 벌써 여드레가 지났다. 살인 사건 수사는 발생에서 이 주간이 고비고 한 달을 목표로 삼는다. 그 기간을 지나면 미궁으로 들어갈 가능성이 짙어진다고 전 수사관 수필인지 뭔지에서 읽은 적이 있다.

다음 주 화요일이면 딱 이주일이 된다.

대학은 봄방학에 들어간다.

이미 휴강이 많아 조용한 교내를 빠져나가 바닷가 국도로 나갔다.

교통량이 많은 도로의 보도를 천천히 걸었다. 화창한 햇볕을 쬔 길바닥의 온기가 구두 바닥으로 전해지는 것 같았다. 조금 더 앞에 있는 볼링장에 딸린 쾌적한 바에서 우선 커피를 마실 생각이었다.

후미코와 재회……. 다이고의 생각 속에서는 마치 위험한 밤의 계곡을 빠져나와 장밋빛 서광에 감싸인 평원에 이른 듯한 자연스럽고 평온한 결말로 받아들여졌다. 하지만 막상 구체적으로 방법을 생각해 보면 늘 외풍 같은 불안이 마음속에 숨어들었다.

그건 말할 필요도 없이 그가 엄밀한 뜻으로 아직 한 번도 후미코를 만난 적이 없기 때문이 틀림없었다.

샤토 샹탈의 살롱에서 그의 망막에 새긴 모습은 짙은 황갈색 긴 머리카락을 내려뜨린 여자의 어깨와 하얀 이마 일부. 검은 스타킹에 싸인 조각 같은 가는 다리. 조젯 드레스 아래의 젊은 탄력을 감춘 육체와 그녀의 전신을 감싼 겔랑 향기, 어쩐지 고귀한 숨결.

이어서는 목소리다. 그러나 이건 그녀의 진짜 목소리를 들었다고 할 수는 없으리라. 그녀는 '어제부터 감기에 걸려 완전히 목이 가버리는 바람에 아무 데도 돌아다니지 못하고 여기서 한동안 쉴 생각이었어요.' 라고 말했고, 실제로 이따금 아프게 갈라지는 목소리로 이야기했다.

하지만 후미코를 찾을 단서는 다이고의 기억밖에 없다.

먼저 그녀는 작년 11월 중순에 일주일 이상 파리로 여행했을 것이다.

둘째로 12월 3일 금요일 밤과 4일 오후에는 후쿠오카에 있었을 것이다. 3일 밤 중심부 호텔에서 요시미를 주빈으로 한 결혼 피로연이 열렸고, 4일 오후 2시에서 4시 사이에 그는 집에서 독살 당했다.

그리고……. 무엇보다 그녀는 나가하라 미도리를 깊게 증오하고 있을 것이다!

역시 구메 유코가 가장 후미코에 가깝다. 유코가 작년 가을 파리로 여행했는지 알 방법이 있다면 좋겠지만, 이것도 은밀히 조사하기는 몹시 어렵다.

기타가마쿠라의 별채 정원에서 종이를 태우는 하얀 연기를 향해 우두커니 선 유코의 세련되고 기품 있는 기모노 차림이 눈에 아른거렸다.

다이고가 슬쩍 마루 끝에 둔 잡지 《식과학회》를 그녀는 그의 메시지로 받아들여 주었을까?

그러자 불현듯 유동적이고 어두운 감각이 마음 한편에 일었다. 조금 전 잡지 편집부에서 전화를 받은 순간 불길한 충격이 되살아났기 때문인지도 모른다.

다이고는 걸음을 멈추었다.

자신의 기분에 그림자가 드리운 까닭은 시각을 스친 자극 탓이었나. 도로 끝을 바라보며 깨달았다.

2

십 미터쯤 앞쪽 길에 이쪽으로 다가오는 검은 차가 멈추고 덩치 큰 남자가 홀로 내렸다.

남자가 문을 닫고 한 손을 들자 차는 출발하며 다이고와 엇갈려 사라졌다. 제복을 입은 경찰관이 운전하고 있었다.

다이고는 다시 걷기 시작했다. 설령 그가 멈추어 서더라도 이내 후루카와 경부는 그에게 다가와 또 여느 때처럼 우연히 이곳을 지나다 다이고를 만났다며 사람 좋은 미소를 띠겠지.

"오랜만에 뵙는군요."

후루카와 경부는 혈색 좋은 얼굴로 다이고가 예상한 대로 침착한 표정을 지은 채 다가왔다. 온화한 얼굴이 검은 뿔테 안경으로 조금 엄격해 보였다. 안경 너머 눈동자는 예리하고 끈질긴 탐구심과 인간에 대한 통찰로 가득한 흥미로 언제나 독특하고 풍부한 빛을 띤 것처럼 보였다.

"선생님은 벌써 점심을 드시나요?"

후루카와는 손목시계를 들여다보았다. 11시 50분이다.

"아뇨, 좀 이르지만 끊임없이 오는 전화 때문에 일이 손에 잡히지 않아서요."

그 말만으로 경부는 현재 다이고의 상황을 거의 짐작한 듯하다.

"그랬군요."

고개를 크게 끄덕이며 맞장구친다.

"뭐, 저야 전문적인 일은 모르지만, 이번 선생님 견해에는 진심으로 박수를 보내고 싶군요."

"난페이푸드 문제 말입니까?"

"당연하죠. 그 회사는 과자뿐 아니라 빵과 인스턴트식품으로도 엄청 벌고 있으니까요. 보상금을 내지 못할 리가 없어요. 회사 쪽은 오히려 기업 이미지가 다치는 것과 기업 내 책임을 어떻게 물을지가 걱정돼서 일단 끝까지 시치미를 떼려 했던 거 아닙니까. 하지만 그걸 위해 약한 피해자가 우는 모습을 봐야 한다면, 절대로 용서할 수 없죠."

"저로서는 아무것도 없는 데서 일에 착수해 저런 결론에 이르렀을 뿐입니다."

다이고는 조심스레 대답했다.

"그런데 지금 잠깐 시간 되십니까?"

후루카와가 물었다.

"형사님는 절 찾아오신 겁니까?"

"네. 미리 전화를 드리려고 했는데 통화가 연결되지 않아서요."

얼버무리는 듯한 느낌이었다. 대체 무슨 용건으로?

두 사람은 우선 근처 카페로 들어갔다. 넓은 국도에 면해 무시당하고 잊힌 채 내버려진 듯한 좁고 낡은 가게다. 한낮의 햇살도 안쪽까지 닿지 않았다.

"요전에 댁 앞에서 우연히 맞닥뜨린 날이 2월 11일 국경일이었던가요."

여종업원이 커피 주문을 받고 물러가자 후루카와는 담배에 불을 붙이고 연기 너머로 실눈을 지으며 다이고를 바라보았다.

"그 후로도 부지런히 수사를 진행하고 있는데, 드디어 문제의 여자에 대해 작은 단서를 잡았습니다."

"여자요?"

다이고는 갑자기 빨라지는 고동을 느끼면서 태연한 척 되물었다.

"네. 사건 전날 결혼식 피로연 때 테라스에서 요시미 교수와 이야기하던 여자요. 그 여자가 다음 날 낮 2시에 교수 집을 방문한 여자와 같은 인물일 가능성은 매우 짙고, 사건의 중대한 열쇠를 쥐고 있다고 보입니다."

"……."

"우리는 어떻게든 그 여자의 신원을 알고 싶어요. 그러려면 결국 파티에서 알아낼 수밖에 없는데, 주최 측에 문의한 바로 초대 손님 명단 안에 아무래도 그럴듯한 여자가 보이지 않아요."

"여자는 멋대로 숨어든 초대받지 않은 손님이었다고, 요전에 말씀하셨죠."

"맞습니다. 그래서 우리가 더욱 그녀에게 흥미를 안게 되었죠. 그럼 이어서 요시미 교수의 신변에서 비슷한 여자를 찾는 것과 파티에 출석한 이백 명 남짓이나 되는 손님에게 일제히 탐문 수사를 펼쳐 여자를 기억하는 사람을 찾아내는 것 정도밖에 방법이 없었습니다."

그 결과 요시미 교수를 둘러싼 인간관계, 교제 범위 안에서는 해당되는 여자를 끝내 찾아내지 못했다고 지난번 후루카와가 이야기했었다.

"파티 출석자 중에서 그녀를 기억하는 사람이 나타났습니까?"

후루카와는 짐짓 아무렇지도 않게 묻는 다이고의 얼굴을 신중한 눈빛으로 되받아 보았다.

써 보이는 커피가 나오고 종업원이 테이블 위에 잔을 놓는 사이에
도 경부의 야릇한 미소를 머금은 눈이 자신을 주시하는 듯해서 아무
리 애써도 얼굴이 경직되었다.

"아뇨, 어렴풋이 기억한다는 사람은 처음부터 몇 명인가 있었어
요. 선생님 연구실의 야마다 씨도 그렇고요. 그러니 그녀의 존재가
우리의 귀로 들어온 거죠. 하지만 그 뒤가 예상보다 훨씬 난항이었어
요."

주최자를 포함해 모두 이백십일 명인 파티 참석자 한 사람 한 사람
에게 수사원이 물어보았지만 그중에는 도쿄나 가고시마에서 초대된
사람도 있거니와 다음 날부터 외국 여행을 떠나 버린 그룹도 있었다.

그런 까닭으로 생각지도 못하게 오랜 시간이 걸렸는데, 가까스로
전원에게 청취를 끝낸 단계에서는 여자 이름과 신원을 알거나 기억에
남을 만한 대화를 나눈 이가 한 명도 없었다.

다만 여자가 환상이 아니란 증거로 스무 명 가까운 사람이 어렴풋
이 여자 모습을 기억했다. 목격한 사람들 이야기를 다 모으면 여자는
스물다섯 살에서 서른 살쯤. 머리가 길고 보통 키에 보통 체격 아니면
조금 큰 편. 어두운 파란색인지 회색인지 수수하지만 세련된 긴 드레
스를 입고, 푸른빛이 감도는 선글라스를 계속 쓰고 있던 듯하다.

그렇게 뽑아낸 여자의 이미지는 파티 다음 날 이웃 주부가 요시미
교수 집 문을 들어가는 모습을 목격했다는 여자의 뒷모습 인상과
어긋나지 않았다.

"어쨌든 파티 손님에게서는 그 이상 정보를 얻을 수는 없었으니
말이죠."

후루카와는 그 사이의 고생을 되돌아보듯 커피에 설탕을 넣고 한동

안 말없이 휘저었다.

2월에 만났을 때 헤어지면서 여자 탐색은 아직 끝나지 않았다고 말하던 그의 표정을 다이고는 떠올렸다. 이 남자라면 어떤 비밀도 끝내는 밝혀내 버리는 것이 아닐까?

"그러면 아까 단서를 잡았다는 말씀은 대체……?"

다이고는 참을 수 없어 재촉했다.

"예, 그래서 이번에는 파티가 있던 밤 같은 호텔에 묵거나 드나든 다른 손님에게도 될 수 있는 대로 협력을 요청했어요. 문제의 여자가 호텔에 묵었을 가능성은 별로 없다고 보았지만, 다른 손님이 호텔 안 어디서 그녀와 접촉했을지도 모르니까 말입니다."

"그럴듯하군요. 그래서 뭔가 알아내셨습니까?"

다이고는 식은 커피로 손을 뻗으며 물었다. 그러자 후루카와는 포용력이 느껴지는 더없이 여유로운 미소를 지었다.

"드디어 찾아냈어요. 파티 홀과 로비 사이 화장실에서 문제의 여자와 부딪쳤다는 부인을 말이죠."

"부딪쳐요?"

"네, 그 부인은 도쿄 사람인데 회사 중역인 남편과 함께 그날 후쿠오카에 왔어요. 9월에 아들 부부가 이쪽으로 전근해서 어떻게 사는지 보러 왔는데, 아들 집이 좁아서 호텔에 묵었다고 합니다."

"숙박객 명부로 조사하신 건가요?"

"당연히 그렇죠. 호텔에 요청해서 당일 숙박객 명부를 보며 모조리 문의했습니다. 진짜 주소와 이름을 쓴 사람 중에 조금이라도 이야기를 들을 수 있을 법한 상대는 도쿄든 오사카든 형사가 찾아갔어요."

다이고는 새삼스레 아주 작은 가능성도 철저하게 추적해 가는 경찰의 조직력에 위협을 느꼈다.

"그래서 부인이 문제의 여자와 부딪힌 건 언제입니까?"

"그날 밤 7시 40분쯤, 외출하려던 그녀가 남편과 떠들면서 복도를 걸어와 화장실에 들어가려던 차에 갑자기 안에서 나온 여자와 만나 머리를 부딪쳤다고 합니다. 상대 여성은 가방 안에 화장도구를 정리하며 나오고 있었는지 부딪혔을 때 백이 바닥에 떨어져 안에 든 물건이 흩어졌어요. 부인은 사과하고 같이 내용물을 주웠죠. 상대는 별달리 화가 난 것 같지 않았지만, 줄곧 말이 없고 고개를 숙이고 있었습니다. 그리고 그 여자는 푸른빛이 감도는 회색 긴 드레스, 파란 선글라스에 겔랑 향기를 풍겼다고 하더군요."

깊은 둔통 같은 감각이 다이고의 몸속을 통과했다.

무의식적인 동작으로 아직 설탕을 넣지 않은 커피를 들고 들이켰다.

잠시 시간이 흐르고서 되물었다.

"그러니까 형사님께서 말씀한 단서가 그 여자가 겔랑 향수를 뿌렸다는 겁니까?"

"아뇨, 그뿐이 아닙니다."

후루카와의 어쩐지 후련해 보이는 눈은 다이고의 말을 예상한 듯이 보였다.

"카펫 위에 흐트러진 백 안은 콤팩트며 손수건 등 여러 가지가 있었는데, 그중에는 그림엽서도 한 장 섞여 있었답니다. 주워서 건넸을 때 별생각 없이 보니 후지산을 배경으로 산과 호수가 그려졌고, 흰 유람선이 호수 중간까지 남긴 하얀 흔적이 인상에 남았다고 합니다. 그건 하코네나 후지 5호[17])의 그림엽서가 아니었을까 하는 것이 부인의 증언이었습니다."

다이고는 에메랄드 뷰의 그림엽서가 틀림없다고 절망적인 예감 같은 싸늘한 기분 속에서 깨달았다. 올해 정월 연하장에 섞여 그의 곁에 도착한 그림엽서와 같은 종류이리라. 아마도 후미코는 일을 마치고서 다시 그에게 보낼 생각으로 엽서를 들고 왔다 무슨 사정으로 그만둔 것이 아닐까.

"요시미 교수가 생전에 하코네나 후지 5호 주위에 사는 사람과 교류가 없었는지, 또 그쪽 토지와 무슨 특별한 연관이 없었는지 아신다면 가르쳐 주십사 해서, 오늘 선생님을 찾아온 겁니다."

아직 상대방은 에메랄드 뷰까지 파악한 것은 아니다. 다이고는 경부의 이상하게 흡인력을 띤 눈동자를 열심히 지켜보며 생각했다.

어쩌면 자신들은 모든 것을 조금 서둘러야 할지도 모른다.

---

17) 후지산 북쪽 기슭에 있는 다섯 개의 폐색호와 그 일대.

재회

1

"지금까지 밝혀진 바로는 올해 1월 10일에 처음으로 미도리 주변에 남자가 모습을 드러냈습니다. 고지리보다 조금 남쪽인 후모토칸이라는 여관에 나흘을 묵고 첫날 담당 여종업원을 붙들고 에메랄드 뷰의 딸 이야기를 꼬치꼬치 캐물었다고 하더군요."

오다와라 경찰서 형사과 계장 가라스다 가즈오 경부보는 구깃한 광고전단과 메모지 조각 등을 양복 주머니 여기저기에서 꺼내 책상 위에 늘어놓고, 그곳에 적힌 암호 같은 글자를 눈으로 더듬으며 이야기하기 시작했다. 탐문해서 알아낸 일을 순서대로 수첩에 적어도 정보를 비교하거나 종합적으로 내려다보고 싶을 때에는 수첩 페이지를 찢어 나열해 보는 수밖에 없으니, 그럴 바에야 처음부터 다른 종이에 적는 게 낫다는 것이 그의 지론이다. 아무리 그래도 주변에 있는 종이에 닥치는 대로 갈겨써서 주머니에 넣어 두는 방법은 무슨 일이든 야무지지 못한 그의 성격을 분명히 이야기했다.

하지만 지금은 그 수상한 메모를 더듬어 가는 그의 보고를 맞은편에 앉은 형사과장 사사키가 진지한 얼굴로 귀 기울였다. 그는 아무튼 단독 행동을 좋아하고 조직의 팀플레이에 어울리지 못하는 부하가 한번 무슨 냄새를 쫓기 시작하면 놀랄 만한 세심함과 끈기를 발휘함을 알고 있었다. 3월 17일 아침, 현경 본부 특수반장이 나오기를 기다려 전체 수사회의가 열리기 전, 긴장된 시간이었다.

"후모토칸은 지금은 눈에 띄지 않는 전통 여관이지만 고지리 근처에서는 가장 오래된 여관으로, 오랫동안 근무해 주위 사정에 밝은 종업원도 많습니다. 게다가 우연인지 모르지만, 그 손님은 창문으로 에메랄드 뷰 건물이 보이는 2층 방에 묵었고, 틈만 있으면 호텔을 관찰했던 모양입니다. 추운데 창문을 활짝 열어 두고 말이죠."

"사십 대에 오사카 사투리를 썼다고?"

사사키는 먼저 대강 들은 이야기를 복습했다. 살집이 있고 포동포동 둥근 얼굴에 튀어나온 눈과 커다란 귀, 그는 날렵함이 없는 대신 사람됨에서 자연히 우러나오는 통솔력을 지닌 형사과장이다.

"네, 숙박부에 쓴 이름은 이케가미 고마오. 주소는 오사카고 직업은 저술업이라는데 뭘 쓰는지 들은 적 없는 이름이군요. 어차피 이건 믿을 수 없는 정보겠죠."

"음. 그래서 그 남자가 다음 날인 1월 11일 저녁, 에메랄드 뷰의 다이닝에서 나가하라 미도리의 피아노를 듣고, 12일 밤에는 바에서 우메자키 사다오에 접근한 남자와 동일인물일 가능성이 높다는 거로 군."

"저는 틀림없다고 봅니다. 나이, 선글라스를 쓴 모습, 오사카 사투리 등 공통점이 많아요. 우메자키에게는 비와 호수 근처에서 클럽을 경영하고 있다며 이름도 말했는데, 기억나지 않는다더군요. 하지만 나중에 다시 한 번 물었을 때 이케가미라는 성은 아니었다고 딱 잘라 말했습니다."

어떤 그림자 같은 남자가 나가하라 미도리와 구메 유코 신변에 살며시 다가왔다?

가라스다는 처음 사건 다음 날 아침 에메랄드 뷰에 발을 묶어 둔 우메자키 사다오에게 사정 청취를 했을 때, 그 기척을 감지했다. 우메자키는 이 년 반 전의 구메 미치야 가스중독사건과 나가하라 미도리가 일시적이긴 해도 용의선상에 올라 조사받은 사정을 이야기 하고 나서 '그러고 보니 최근에 누군가에게도 이 이야기를 한 것 같은데…….'라고 중얼거렸다.

가라스다는 놓치지 않았다. 어렴풋하게 밖에 기억하지 못하는 우 메자키에게 거듭 질문해 기억의 끈을 더듬은 결과, 우메자키는 요전 에 하코네로 놀러 왔을 때, 아마도 1월 12일 밤 같은 호텔 바에서 오사카 사투리를 쓰는 묘하게 친한 척하는 남자가 미도리에 대해 상당히 집요하게 캐물은 걸 기억해 냈다. 그때 우메자키는 제법 취했 던 터라 엉겁결에 구메 미치야의 죽음이며 미도리의 과거까지 입에 올리고 말았다.

그 이야기를 듣고 비로소 가라스다는 사건 발생 직후에 나가하라 미도리의 집 응접실에서 미도리의 동생 아카네가 흘리듯 한 이야기가 다시 의식에 떠올랐다. 그 시점에서는 아직 사건과 관련을 판단할 만한 게 없었다. 아카네는 한동안 생각하더니 가라스다의 질문에 대 답했다. '그게 지난주 금요일이었나(그렇다면 사건 나흘 전 3월 4일 금요일이다)……. 내가 아래 도로에서 저기 뒷산 길을 걷는 언니를 부른 적이 있어요. ……그때 언니 바로 뒤에 남자가 있어서 살짝 놀랐

었죠. ……그쪽 길은 평소에 거의 지나는 사람이 없으니까요. ……안경을 쓰고 깔끔한 차림이었어요.'

가라스다는 그 직후에 젊은 수사원을 지휘해 1월 10일 전후부터 사건까지 고지리를 중심으로 일대 여관과 호텔에 묵은 남자 손님을 세밀하게 탐문 수사했다.

"후모토칸 손님과 우메자키 사다오가 말한 남자가 같은 사람이라고 가정했을 때……."

사사키가 이중 턱의 처진 살을 손끝으로 잡고 튀어나온 눈은 수상쩍은 듯 가라스다의 메모지를 바라보았다.

"놈은 여관과 우메자키에게 자신의 신분을 가짜로 꾸민 걸까. 비와 호수 근처 클럽 경영자 중에 의심 가는 남자가 없는지 일단 조사할 필요가 있지 않나."

"당연히 했습니다."

가라스다는 상사의 말을 일축하는 말투로 대답했다.

"하지만 해당하는 남자는 보이지 않았습니다. 누군가 자신의 정체를 숨기고 미도리 뒤를 캐고 다닌 건 분명합니다."

가라스다는 우메자키를 만난 날 오후에 상경해 먼저 요쓰야 서에 가서 그끄러께 10월에 일어난 구메 미치야 사망 사고에 대해 자세히 들었다. 확실히 사고로 처리되었지만, 구메의 숨겨 둔 애인인 미도리가 한때 상당히 엄중한 취조를 받았으리라는 상황이 추측되었다.

이어서 가라스다는 구메가 소속된 신극 극단 자르댕에 전화해 미망인 구메 유코의 현주소를 알아냈다.

"구메 유코 주위에 어슬렁거리던 남자가 우메자키를 만난 남자와 같은 인물인지는 아직 단정 지을 수 없습니다. 유코 신변에 느껴진 그림자의 기적은 미도리처럼 또렷하지도 않고요."

"잡지 《식과학회》가 모르는 사이 별채 마루 위에 놓여 있었던 일 말인가?"

사사키는 의심스러운지 아랫입술을 내밀었다.

"저도 처음에는 신경 쓰지 않고 흘려들었습니다. 그녀가 구메의 유품 정리하다 안에 섞여 들어간 전문 외 잡지가 나왔을 뿐이라고요. 그런데 자세히 보니 올 4월호인 데다 실질적으로 2월 하순에서 3월 하순에 걸쳐 발매된 잡지였습니다. 이 년도 전에 죽은 구메의 유품 안에 섞여 들어갈 리가 없습니다."

가라스다의 제6감이 흥미를 느껴 물어보니 유코는 어렴풋이 눈물마저 어리며 대답했다.

'3월 5일 저녁이었나. 제가 뜰에서 종이를 태우고 돌아오니 잡지가 현관 마루 위에 놓여 있었어요. 하지만 누가 들른 것 같지는 않았죠. 어쩐지 남편이 이끌어준 것만 같아서 소중히 두었습니다.'

"이번에는 제가 의아해했죠. 미망인이 왜 그런 이야기를 제게 했을까요."

하지만 조금 생각해 보면 동기는 두 가지밖에 없었다. 하나는 유코가 하는 이야기가 사실이고, 정말로 기묘한 기분이 든 그녀가 무심결에 입에 올렸을 뿐인가. 아니면 어떤 의도와 계산으로 그런 이야기를 만들어 형사에게 들려주었나?

후자를 가정하면 얼핏 얌전하고 조용하며 애수의 베일에 싸인 유코의 정체를 헤아릴 수 없어지는 기분도 들었다.

"어쨌거나 유코의 알리바이는 흠잡을 구석이 없습니다. 그 길로 그녀가 화요일과 금요일에 출근한다는 가마쿠라의 미술관계 한정본

등을 다루는 작은 출판사를 들렀는데, 사장을 포함한 세 명의 증언으로는 3월 8일 화요일에도 유코는 평소대로 6시까지 일했고 6시 15분 쯤 사무실을 나섰다고 하더군요. 부자연스러운 태도도 보이지 않았고, 믿어도 좋을 것 같더군요. 따라서 구메 유코가 직접 나가하라 미도리 살해에 관여했다는 의심은 버릴 수밖에 없습니다."

"음……."

"하지만 돌아오는 길에 깨달았죠."

가라스다는 책상 위 메모지를 한 손으로 한 번에 뭉쳐서 다시 주머니에 쑤셔 넣으며 느긋한 말투로 이야기를 이었다. 아주 가끔 본능적으로 사건에 강한 흥미를 품을 때만 짓는 기분 좋아 보이는 엷은 미소마저 감돌았다. 그가 의리상 하는 조사 보고뿐 아니라 자신의 사고 경로를 터놓고 이야기하고 들려줄 상대는 늘 이상하게 사사키 한 사람이었다.

"저는 우메자키의 이야기를 듣고 나서 요쓰야 서로 가서 이 년 반 전 사건을 자세히 알고, 다음에 구메 미망인의 현주소를 조사해 그녀를 만나러 갔습니다. 그러면 1월 12일에 호텔 바에서 우메자키에게 접촉한 남자도 역시 우메자키에게서 구메 미치야의 죽음을 듣고 그 나름의 방법으로 사건을 자세히 알아내고서 결국 같은 요코스카센 전차에 타고 기타가마쿠라에 내리지 않았을까…… 그런 생각이 들기 시작했습니다. 왜냐……. 적어도 한 가지 이유는 그 남자가 미도리의 과거나 과거 사건에 얽힌 유코의 존재를 처음부터 알았다면 뻔히 단서를 남길 위험을 무릅쓰고까지 우메자키에게 물고 늘어져 꼬치꼬치 물을 리가 없기 때문이죠."

"하지만 그 남자가 자네와 같은 코스를 더듬어 구메 유코에게 접근했다고 단정 지을 증거는 없지 않나."

"물론 증거는 없습니다. 아니, 처음에는 없었습니다. 우선 남자가 요쓰야 경찰서로 가서 오래된 사고 기록을 보여 달라고 할 수는 없죠. 구메 미치야의 죽음에 관해서는 다른 방법으로 좀 더 조사했거나 우메자키 사다오의 이야기만으로 일단 만족했을지도 모릅니다. 하지만 만약 그가 구메 유코를 만나고 싶다고 바란다면……. 그렇게 가정해 보면 어떤 방법을 골랐을까요?"

"역시 자네와 비슷한 생각을 하지 않았을까. 먼저 이전 아파트에 물어보고, 이사한 이야기를 듣고는 이어서 구청에 가서 주민등록상 이사한 곳을 조사하려 하거나, 그녀의 오랜 지인이라도 찾아내서 묻겠지."

사사키는 스스로 생각하기보다 가라스다의 이야기를 재촉하는 말투였다.

"그렇습니다. 그래서 대충 반반이나 그 이하의 기대만 가지고 다시 전화로 물어보았는데 말입니다."

"누구한테?"

"극단 자르댕의 의상부 사에키라는 여자입니다. 유코는 고교 동창이라고 했죠. 제가 극단 사무소에 전화를 걸어 구메 미망인의 현재 사는 곳을 알고 싶다고 부탁하니 그녀가 전화를 바꿔 깍듯하고 자세히 가르쳐 주었습니다. 예쁜 소프라노로 노래하듯 잘 떠드는 여자로, 목소리만 들으면 얼마나 미인일까 생각하겠지만……."

"그녀에게 다시 뭘 물었나?"

"최근에 저랑 똑같이 구메 유코의 현재 사는 곳을 물은 사람이 없었는지 물었죠."

"뭐라고 대답했지?"

"뭐라고 대답했을 것 같습니까? '네, 또 한 분 계셨어요. 아마 3월 4일 금요일 밤 9시쯤일 거예요.' 날짜를 정확히 기억하는 이유도 자세히 설명해 주었습니다. 어떤 남자가 구메 미망인의 거처를 알고 싶다고 했다더군요."

사에키의 설명에 따르면 차분하고 예의 바른 중년 느낌의 남자라고 했다. 하지만 사에키가 당신은 돌아가신 구메 선생님의 친구냐고 묻자 그렇기는 한데, 오랫동안 외국에 가 있어서 그의 죽음을 알지 못했다고, 갑자기 당황한 말투로 대답하고는 금세 끊었다. 허둥지둥 대답할 때에 살짝 규슈 지방 사투리가 느껴졌다고 한다.

"이번에는 규슈 사투리인가."

사사키가 다시 이중 턱을 잡았다.

"오사카와 규슈 사투리 흉내쯤이야 일반인이나 다름없는 연예인도 하지 않습니까. 그보다 3월 4일이라는 날짜가 문제입니다."

"나가하라 아카네가 미도리의 시신이 발견된 직후에 뭔가 말했었지."

"3월 4일 저녁, 아카네가 뒷집으로 피아노 개인 교습을 가려던 미도리를 아래 도로에서 불렀을 때, 미도리 등 뒤에 안경 쓴 낯선 남자가 걸어오고 있었다고요."

"그래 그거야."

"3월 5일 오전에 구메 유코가 모르는 사이에 별채 마루에 놓여 있던 잡지가 발견되었습니다. 덧붙여 에메랄드 뷰 프런트에 나가하라 미도리가 또 언제 호텔에서 피아노를 칠 예정인지 묻는 전화가 같은 날 오후 3시쯤 걸려왔습니다. 이건 프런트 매니저의 증언입니다.”

"그래. 그렇게 나열해 보니 1월 10일부터 12일 다음에는 3월 4일
부터 5일에 걸쳐 한 명 내지는 두 명의 중년 남자가 미도리와 유코
양쪽 신변을 캐고 다녔다는 인상이 떠오르는군.”

"아마 남자는 한 명이겠죠.”

"음, 미도리는 살해당했는데, 유코는······.”

"정체불명의 남자는 다시 유코에게 접근할 것 같은데 말이죠.”

"뭘 위해서?”

"잘 모릅니다. 애초에 유코의 청탁을 받고 미도리를 죽인 거라면,
굳이 우메자키에게 미도리나 유코에 대해 물을 리가 없을 테고
······.”

"설마 유코까지 살해할 작정은 아니겠지.”

사사키는 깊은 근거도 없이 말한 모양이지만, 가라스다는 저도 모
르게 가슴이 철렁했다.

"하지만······. 두 여자를 죽일 공통 동기는 알 수 없습니다. 목적이
뭐든지 정체불명의 남자는 반드시 다시 유코에게 접근하겠죠. 아무
리 해도 그 생각을 떨칠 수가 없어요.”

"유코를 감시해.”

사사키가 처음으로 똑 부러진 목소리로 말하며 결연한 의지를 나타
내듯 일어났다.

2

멀리 바람 소리만 들리는 살롱에서 후미코는 농익은 상냥함을 담은
목소리로 속삭였다.

'어쩐지 지금은 벌써 우리가 분신 같은 느낌도 들어요. 당신도
진심으로 그리 생각한다면 기쁠 것 같아요.'

'물론 나는 진심으로……'

'고마워요. ───그런 우리가 오늘 밤 같이 겪은 일을 입 밖에
꺼내지 않은 채 나중에 둘 만의 시간을 가질 수 있다면 참 멋지겠지
요.'

그녀는 다이고의 뺨을 손가락으로 가볍게 만지고는 카펫을 스치는
희미한 발소리를 남기고 사라졌다.

후미코는 그 순간부터 둘이 같이 겪은 일을 두 번 다시 입 밖에
꺼내지 않겠다고 맹세했을까?

다이고가 규칙을 따르지 않는 한, 다시 말해 후미코에게 후미코인
증거를 말로 요구하기를 그만두지 않는 한 그녀는 절대로 그의 사인
에 응답하지 않을 작정일까.

왜? 그날 밤부터 이미 두 사람의 암묵적인 범죄계획을 믿은 그녀는
그렇게까지 세심하게 서로 통제할 결심이었나?

그러나 지금 두 사람 사이에 말 말고 어떻게 소통해야 한단 말인가.
어둑하기는 해도 많은 사람이 모인 레스토랑 한쪽에서……?

아니, 아니면 구메 유코의 이런 조심스러운 태도는 누군가 제삼자
의 감시를 경계하는 탓이 아닐까?

그 점에 생각이 미치자 다이고는 갑자기 불안을 느끼며 고풍스러운 샹들리에 불빛에 부드럽게 비친 레스토랑 내부를 치뜬 눈으로 둘러보았다.

테이블마다 켜진 작은 램프 불빛의 복잡한 작용 때문에 그다지 넓지 않은 레스토랑 자리 대부분을 차지한 사람들 얼굴은 잘 구분할 수 없었다. 어느 그룹도 적당한 목소리로 담소하면서 부르고뉴 요리 저녁을 즐기고 있는 것처럼 보였다. 굳이 말하면 세 테이블쯤 떨어진 중년 남자 2인조가 조금 전부터 흘끔흘끔 이쪽으로 시선을 던지는 것 같지만, 그것도 그저 위치와 각도 때문일지도 모른다.

하얀 웃옷을 입은 웨이터가 유코 앞에서 거의 손대지 않은 코코뱅과 생햄 접시를 물렸다. 다른 웨이터가 작은 솔로 재빨리 빵 부스러기를 치우고 식탁보를 정돈하고는 애플타르트와 데미타스18)에 담은 에스프레소를 늘어놓았다.

유코는 여전히 반쯤 고개를 숙인 채 조심스럽고 난처한 마음이 뒤섞인 듯한 굳은 표정으로 다이고 앞에 앉아 있다. 위에 바른 살구잼이 반드르르 빛나고, 럼주 향이 나는 타르트를 눈앞에 두고도 유코의 짙은 속눈썹 아래 눈동자에는 이렇다 할 움직임이 보이지 않았다.

이 가녀린 몸 안에 숨은 무시무시한 대담함과 강인한 의지―――?

다이고는 슬슬 초조감을 느끼기 시작했다. 디저트도 그렇고, 조금 전 레드와인으로 닭고기를 찐 풍미 있는 메인디시도 신경 써서 주문한 요리였건만.

프랑스 요리가 입에 맞지 않으십니까? 답답함을 얼버무리듯 물으려다 말을 삼켰다. 프랑스 요리를 좋아하지 않는다면 왜 샤토 샹탈

---

18) 작은 커피 잔.

레스토랑에 홀로 들렀을까? 코코뱅은 대표적인 부르고뉴 요리고, 애플타르트도 그 가게 명물이었다. 특히 생햄은 후미코가 좋아한다고 한 말을 똑똑히 기억한다.

"솔직히 말하면 당신에게 전화하기 전부터 이 가게를 찾는데 고생 좀 했습니다. 아까 말씀드렸듯이 전 규슈 사람이라, 원래 도쿄는 잘 알지 못하는 데다 본고장 부르고뉴 요리를 먹을 수 있는 가게는 그리 흔치 않은 모양이더군요. 하지만 무리해서 부인을 초대한 이상 조금이라도 남편분과 제가 함께한 추억을 떠올릴 만한 장소가 좋겠다 싶었습니다."

말을 고르며 이야기하는 탓에 아무래도 딱딱한 말투가 되었다. 유코의 경계심 깊은 자세가 예상보다 더 길게 이어져서 다이고는 어디까지나 '남편의 프랑스 유학 시절 친구' 라는 태도를 유지하면서도 말 구석구석에 '사메지마 후미코' 를 향한 사인을 숨길 수 없었다. 그래서 복잡한 곡예를 해야만 했다.

"아마도 신세를 많이 졌겠죠."

유코는 얌전히 고개를 숙였다.

다이고는 커피 잔을 곁으로 끌어당기며 얼핏 땀이 밴 얼굴을 레스토랑의 정원 쪽으로 돌렸다.

중세풍의 뾰족한 철책으로 둘러싸인 정원에는 조금 무성한 정원수가 푸르스름한 정원등 아래에서 따뜻한 밤바람에 술렁였다. 저 앞에 있는 아파트 탑 같은 부분 실루엣이 보기에 따라서는 벽돌로 만든 와인 저장고처럼 느껴지기도 했다.

사흘 전인 3월 18일 밤, 다이고는 후쿠오카 자택에서 기타카마쿠라의 구네 유코에게 전화를 걸었다.

그 이틀 전에 대학 뒷문 옆 길가에서 후쿠오카 현경 후루카 경부를 마주쳤다.

경부가 파티에 나타난 수수께끼 여자가 후지 5호나 하코네 그림엽서를 가진 것 같다는 사실을 내민 순간부터 다이고는 성급한 갈망에 쫓기기 시작했다.

후미코와 해후를 서둘러야 한다. 적이 에메랄드 뷰까지 도착하기 전에. 그들이 아직 호텔 이름을 특정하지 못했고, 요시미의 죽음과 미도리 사건이 결부되기 전이라면 다이고와 후미코의 은밀한 재회도 그렇게 위험을 동반하지 않을 것이다. 한번 다시 만나 후미코의 모습을 정말로 확실한 존재로서 가슴 깊이 새기고 나면 또 한동안 떨어져 지내는 것도 견딜 자신이 있다.

다이고의 의식 안에는 바람직하고 자연스럽게 구메 유코와 후미코가 완전히 겹쳐졌다.

문제는 어디서 다시 만나느냐였다. 상당히 중대한 일이었다. 다이고는 유코가 그리 쉽게 그에게 자신을 드러내지 않으리라는 예감을 떨칠 수 없었기 때문이었다. 경계심도 있을 테고, 조심성이나 수치, 어쩌면 남자의 애를 태우는 장난도 얼굴을 내밀지 모른다. 하지만 환경에 따라서는 그 시간을 제법 단축할 가망이 있다. 여자는 분위기에 흔들리기 쉬운 생물이다.

다이고는 꼬박 하루를 궁리한 끝에 도쿄 쪽 대학 조교수인 친구에게 전화를 걸어 샤토 샹탈 분위기를 대강 전하고 될 수 있으면 그와 비슷한 프랑스 요리점을 찾아 달라고 부탁했다. 또 한 가지 까다로운 조건으로 레스토랑이 호텔에 딸려 있거나 가까이에 호텔이 반드시 있기를 바랐다.

곧 상대방이 다시 전화해 아자부 마미아나초麻布狸穴町 소련 대사관 뒤쪽 조용한 구역에 있는 그럴듯한 가게를 가르쳐 주었다.

원래는 격식 있는 호텔 안에 전통적인 부르고뉴 요리점이 들어온 형태였지만, 호텔은 시대의 파도에 밀려 기울기 시작하고 지금은 손님 발길이 끊이지 않는 레스토랑만 왕년의 번창한 모습을 간직하고 있다고 한다.

다이고는 마음속 흥분을 억누르고 그날 밤 드디어 유코에게 접촉을 시도했다.

별채를 빌려 준 안채 주부임 직한 여자가 연결해 준 덕에 마침내 전화를 바꾼 유코의 목소리는 다이고가 상상한 대로 차분하고 조용했다.

'갑자기 전화해서 죄송합니다……. 저는 오토모라고, 옛날에 남편분이 파리 대학에 유학했을 때 그쪽에서 신세 진 사람입니다……. 아뇨, 전 같은 유학이라도 전공이 전혀 달랐죠. 위생학을 공부했습니다……. 들으신 적이 없습니까?'

구메 미치야가 모교인 대학 전임 강사 시절에 일 년간 파리 대학 연극학과로 유학 갔다는 건 그의 경력을 읽고 알았다. 당시, 그러니까 지금보다 십 년쯤 전에 파리에 위생학 전공 유학생이 있었을지 의심스럽지만, 지금 그런 모순을 신경 쓸 필요는 없으리라. 오히려 모순되는 부분이 있어야 '위생학' 이라는 키워드가 틀림없이 유코의 귀를 자극할 것이다.

유코는 이윽고 침착한 목소리로 대답했다.

'아뇨, 저희는 남편이 유학에서 돌아온 이듬해에 결혼한 터라…….'

'그랬군요. 저도 그 뒤 일본으로 돌아가긴 했는데, 다시 바로 프랑스에 가서요. 얼마 전에야 파리 생활을 완전히 정리하고 돌아온 터라 구메의 안 좋은 소식도 몰랐습니다. 죄송합니다. 사실은······.'

구메 미치야가 파리에 있을 때, 그가 아파트에 다 두지 못한 책이며 일상용품을 계속 맡고 있다 이번에 드디어 들고 돌아왔다. 구메가 죽었다면 이건 귀중한 물건일 테니 미망인에게 돌려주고 싶다고 이야기를 꺼냈다.

유코는 명백히 마음이 움직인 모양이었다.

'부탁드려요. 어디로든 받으러 가겠습니다.'

들뜬 심정이 담긴 목소리로 대답했다.

'그럼 죄송하지만 아자부의 신시아 호텔까지 와 주실 수 있습니까? 저는 곧 고향으로 돌아갈 예정이라 일단 그곳에 묵고 있습니다.'

연휴 이틀째인 21일 저녁으로 시간까지 정하자 다이고는 그때 꼭 저녁을 대접하고 싶다고 덧붙였다.

'그 호텔 안에 유서 있는 레스토랑이 있어요. 그곳이 마침 예전에 구메와 같이 한 어느 가게와 분위기가 판박이라서, 괜찮으시다면 부인께 그날 밤의 추억을 말씀드리고 싶군요.'

샹탈의 분위기라고 말하고 싶었지만 다이고는 자제했다.

유코는 처음에는 거절했지만 계속 권하자 순순히 따랐다.

그 고분고분함이 모든 것을 암묵적으로 받아들인 것처럼 여겨졌다.

다이고는 호텔 방과 레스토랑 자리를 예약했다.

21일 오후 6시에 구메 유코는 약속대로 나타났다.

서로 인사 한 번 나눈 적 없다는 전제라(실제로 크게 틀리지 않았지만) 다이고가 표시로 그의 전문 관계 서적을 테이블 위에 두기로 했다.

다이고는 5시 40분쯤부터 정원에 면한 자리를 차지하고 기다렸다. 봄다운 푸른색 농담으로 꽃 모양을 물들인 기모노 차림의 유코가 들어오자 조금 머뭇거리며 손을 들어 그녀를 테이블로 인도했다.

새카맣고 긴 머리카락을 미용실에서 이제 막 세팅한 것처럼 윤기 있게 묶어 올리고, 외출할 때 입는 기모노로 차려입은 그녀는 새색시처럼 싱그러움이 넘쳤다.

다이고와 유코는 처음 인사를 나누었다.

다이고는 가까이서 보는 유코의 기품 있는 미모에 끌리면서 또다시 미묘한 오산을 깨달았다.

그는 여전히 후미코를 만나기만 하면, 그게 정말로 후미코인 이상 번뜩이는 영감처럼 알 수 있으리라 믿었다.

그러나 현실에서 유코가 눈앞에 서 있으니 그곳에는 구메 유코라고 자신을 소개한 아름다운 여자가 존재했고, 그에게는 그게 후미코든 그렇지 않든 그 자리에서 바로 판단을 내릴 수가 없었다.

하지만 그의 마음은 유코를 받아들였다. 이성이 그녀가 후미코라고 인식하려 했다.

정말이지 그 기품과 정숙함, 상냥한 여자다움은 그의 '후미코'에 합당하다!

이렇게 어울린다는 느낌을 주는 여자야말로 후미코가 아니고 뭐란 말인가?

샹탈의 암흑 속에서는 아마도 그의 직감이 후미코의 모든 것을 통찰하고 그녀를 향한 정열을 불태웠던 것이 아닐까. 그리고 지금은 냉정한 이성이 그녀가 갖춘 하나하나를 새롭게 감동으로 인식하기 시작했다.

이거야말로 진실로 축복받은 사랑의 성취라 할 수 있지 않겠는가?

유코가 줄곧 단단한 껍데기에 틀어박힌 태도를 유지하는 이유는 역시 외부 시선을 경계하기 때문이 틀림없다. 여기서 세 번째 테이블에 있는 중년 남자 2인조를 형사로 보는지도 모르겠다.

표면적인 모습만 말하면 그녀는 죽은 남편의 옛 파리 친구라 밝히며 아무런 구체적인 얘기도 꺼내지 않는 상대방에게 점점 실망과 불만을 안기 시작한 듯이 보였다. 그녀의 자세가 두 사람의 테이블에 서먹한 공기를 감돌게 했다.

이 자리를 빨리 접는 게 현명할 듯하다.

다이고는 마음먹었다.

"구메와 공부하는 학문도 달랐고, 나이도 제가 네 살쯤 위라 평소에는 서로 미묘한 거리가 있었죠. 그런데 우연히 이야기가 나와서 바르비종 마을에 같이 갔을 때 갑자기 그때까지의 담이 허물어진 듯한 느낌이었습니다."

다이고는 이번에야말로 똑바로 유코의 눈을 응시하면서 열의를 담아 이야기했다.

"10월 중순이었는데, 파리는 이상 기상으로 저녁부터 때아닌 폭풍이 덮쳐 왔습니다. 천둥이 울리고 갑자기 온 마을이 정전되어 버린 것 같았죠. 우리는 아마 한 시간쯤 캄캄한 살롱 안에서 실로 많은 이야기를 나누었습니다. 아니, 서로 마음속에 있던 단 한 가지 진실한 이야기였어요. 두 사람은 그때 틀림없이 둘도 없는 운명을 만났으니 말이죠."

　다이고의 눈동자는 중간부터 초점을 잃었다. 샤토 샹탈의 살롱 밖에 사납게 불던 바람 소리가 똑똑하게 귓속에 들렸다. 후미코의 신비롭게 고귀하던 숨결까지 생생하게 되살아나는 것 같았다.

　"당신도 작년 가을 파리로 혼자 여행하지 않으셨습니까?"

　다이고의 속삭임에 유코는 대답하지 않았다.

　다시 그녀의 얼굴로 시선을 맞추었을 때, 그 길고 가는 눈 속에 처음으로 이상한 긴장의 빛이 감돌기 시작한 것을 다이고는 발견했다. 그녀는 눈을 동그랗게 뜨고 다이고의 팔꿈치 주변을 응시했다. 그곳에는 아까 유코가 테이블에 도착했을 때 그가 무의식중에 옆에 둔 잡지 《식과학회》가 놓여 있었다.

　유코가 속눈썹을 들고 두 사람의 시선이 공중에서 마주쳤다. 유코는 살짝 눈썹을 모으고 입술을 떨었다. 뭔가를 호소하고, 요청하고 있음을 다이고는 절실히 느꼈다. 미칠 듯한 연모의 마음이 그를 덮쳤다.

　"남편분이 맡긴 책은 방에 두었습니다. 보여 드리죠."

　다이고는 온화하게 미소 지으며 일어났다.

　뒷일은 부드러운 어둠이 두 사람의 영혼을 해방시켜 주리라.

3

1층 복도 안쪽 깊숙한 곳에 있는 다이고의 방은 호텔 안뜰에 접해 있었다.

다이고는 일부러 가벼운 동작으로 빠르게 걸어갔다. 유코의 조리가 카펫을 스치는 은밀한 소리가 뒤따라왔다.

열쇠를 따고 문을 열고는 먼저 불을 켜고 유코에게 안으로 들어가라 몸짓했다.

"들어가시죠. 보다시피 오래된 호텔이라 그다지 깨끗한 방은 아니지만요."

그러나 그곳은 근래 거대 호텔의 기능을 중요시한 방과 비교하면 훨씬 아늑한 분위기를 띠고 있었다. 양쪽으로 여닫을 수 있는 유리문이 정원 쪽으로 나 있고, 빛바랜 벨벳 커튼이 느슨하게 묶여 있다. 유리문 바깥쪽 테라스와 역시 조금 울창한 느낌의 정원이다. 다만 조금 전 레스토랑 앞뜰과 달리 여기는 좀처럼 손님이 들어오지 않기 때문인지 옛날 가스등 같은 디자인의 정원등이 유리가 깨진 채 방치되어 빛이 밝혀 있지 않았다. 그것도 생각지 못할 행운처럼 다이고를 만족시켰다.

실내에는 갖가지 색실로 무늬를 엮은 커버를 씌운 더블침대, 무늬 있는 타일을 깐 맨틀피스, 커튼과 비슷하게 빛바래 끝이 하야스름해진 황갈색의 푹신해 보이는 소파와 의자…….

굳이 엮자면 샤토 샹탈 2층 살롱과 비슷한 분위기도 조금은 느껴졌다.

유코는 입구에 멈추어 서서 잠시 망설이는 듯하더니 작은 목소리로 실례하겠다고 인사하고는 발을 내디뎠다.

다이고가 손짓한 소파에 살짝 앉았다. 그는 출입구로 돌아가 열쇠만 최근에 다시 달았는지 오토락으로 되어 있는 나무문을 조용히 닫았다.

유코는 아직 희미하게 불안해 보이는 얼굴로 실내를 둘러보았다. 테이블 위에 두세 권 쌓아 놓은 책을 보았지만 그것들이 전부 다이고의 전문서임을 깨닫고는 물었다.

"남편은 어떤 책을 선생님께 맡기셨나요?"

다이고는 대답하지 않고 어두운 정원을 향해 섰다.

"이제 여기에는 누구의 눈이나 귀가 없어요. 우리 두 사람 말고는. 무엇을 떠올리고 이야기를 나누든 자유롭죠. 우리는 이제 그래도 된다고, 분명 부인도 생각하고 계시겠죠."

"……."

"나는 샹탈의 살롱에서 당신이 남기고 간 말을 이상할 정도로 한 마디도 잊지 않았어요. '오늘 밤 이 살롱에서 갑자기 우리 위에 찾아온 일……. 아마 이런 기적적인 운명은 앞으로 두 번 다시 찾아오지 않을 것 같아요. 아뇨, 또 어딘가에서 파리나 도쿄 같은 데서 만날 수 있다면 정말 좋겠지만, 그랬다가는 모처럼 오늘 밤 하늘이 제게 주신 순수함과 용기가 제 빛을 잃어버릴 것 같아 두려워요. ……그런 우리가 오늘 밤 같이 겪은 일을 입 밖에 꺼내지 않은 채 나중에 둘만의 시간을 가질 수 있다면 참 멋지겠지요.' 그러나 왜 우리가 함께 한 일을 입 밖에 꺼내면 안 되나요? 하늘이 우리에게 준 순수와 용기라고 당신은 말했죠. 그러나 우리는 이제 충분히 순수함과 용기를 구현하지 않았습니까? 아, 당신이 그 가녀린 몸으로 그런 일을 해냈다고 생각하니 나는 감동으로 가슴이 죄어드는 것 같습니다."

유코는 말이 없었다. 그저 점점 흥분하는 듯한 숨소리가 다이고의 등 뒤에서 들렸다.

"우리가 서로 실행한 약속……. 그리고 내가 문제의 식품공해 사건에 제시한 회답은 당신도 보셨을 테죠?"

다시 잠시 침묵이 흐르고서 갑자기 숨을 삼키는 기척이 났다.

"역시…… 당신이었군요. 저희 집 툇마루에 잡지 《식과학회》를 두고 간 사람이……?"

"당연하지요. 그날 나는 당신 뒷모습을 지켜보기만 하고 돌아갔어요. 당신이 남긴 말을 떠올렸기 때문에요. 하지만 이제 충분하지 않습니까? 우리는 이미 십 년, 이십 년은 기다린 것 같아요. 마드모아젤 펄과 샹탈 씨처럼 잔인한 고뇌 끝에 서로의 영혼을 해방해도 될 때가 아닙니까."

도취와 광기의 신속하고 성스러운 감각……. 그날 밤의 감각이 다이고의 혈관 구석구석까지 되살아나는 듯했다.

"부탁입니다. 아니, 한 번만이라도 좋아요. 그날 밤 당신을 내 앞에 드러내 주세요. 그러고 나서는 또다시 아무리 가혹한 침묵이라도 견디며 기다릴 수 있습니다."

다이고는 두세 걸음 성큼성큼 뒤로 돌아가다 결국 달려가서 문 옆 스위치를 내렸다.

어둠이 내렸다.

어디에서 새어 나오는지도 모를 희미한 불빛이 정원에서 흘러들기는 했지만, 실내는 서로의 윤곽을 간신히 구분할 수 있을 정도의 어둠에 감싸였다. 이제는 정말 그리운 암흑과 정숙이 두 사람을 에워쌌다.

다이고는 거의 발소리를 내지 않고 소파로 다가갔다.

유코 옆에 앉아 등 뒤에서 어깨를 양손으로 안았다. 그날 밤 조젯 드레스로 몸을 감쌌던 후미코는 휙 뒤로 돌아 그의 무릎 위에 앉았다. 그러고는 고개를 비틀어 그의 입술을 망설임 없이 찾아냈다.

유코의 어깨는 깜짝 놀랄 만큼 경직했고, 온몸을 경련처럼 떨었다.

"후미코 씨……. 몇 번이나 당신 모습을 꿈에서 봤는지 모릅니다."

껴안으려 하기 직전에 유코는 어깨를 휙 돌려 양손을 앞으로 내밀 듯 그를 가로막았다. 그녀가 헐떡이며 띄엄띄엄 신음하는 것을 그는 비로소 깨달았다.

"후미코 씨, 다이고예요. 그날 밤을 떠올려요."

유코의 양손이 있는 힘을 다해 그의 어깨를 밀었다. 저도 모르게 멈칫한 사이에 백으로 옷깃을 가린 그녀가 문을 향해 달려가는 모습이 보였다.

"기다리세요, 후미코……. 우리는 어렵게 오늘 밤……."

뒤쫓으려는 다이고의 손을 피한 유코가 다시 비명인지 분간이 가지 않는 소리를 냈다. 다이고의 손끝이 기모노 옷깃에 닿기보다 한 걸음 빨리 유코는 문을 열고 옷자락을 펄럭이며 뛰쳐나갔다.

얼마 동안인지 다이고는 카펫 바닥에 주저앉은 채 허탈해 있었다.

온몸이 식은땀 범벅이 되어, 오한이 조금씩 그를 현실로 되돌렸다. 절대로 돌아가고 싶지 않은 현실로……. 본능적인 거부 반응이 움직였는지 그는 불쾌한 추위를 견디며 아직 반쯤 얼이 빠진 채 앉아 있었다.

갑자기 문을 두드리는 소리가 들렸다.

이어서 다시 두 번.

유코가 아니다. 힘차고 성급하게 두드리는 소리가 그것을 고스란히 말해 주었다. 다른 냉기가 그의 등줄기를 흘러내렸다. 조금 전 레스토랑에서 때때로 이쪽을 관찰하던 중년 남자 두 사람이 그의 머릿속을 스쳤다.

다이고는 벌떡 일어났다.

접점

1

"──환상 같은 여자가 나타난 것은 작년 12월 3일 밤과 4일 오후 두 번입니다. 아니, 이제 확실히 환상이라고 못하겠군요. 환상이 겔랑 향수를 뿌리고 호텔 화장실에서 사람이랑 부딪혀 핸드백 내용물을 흐트러뜨릴 리가 없으니까 말이죠."

오다와라 경찰서 형사과장 사사키와 계장 가라스다는 후쿠오카 현경 조사 1과 특수반 후루카와 마사오 경부의 검은 뿔테 안경 너머 온화하게 빛나는 눈동자에 묘하게 빠져드는 기분으로 지켜보았다.

"그곳에서 문제는 그림엽서입니다. 백의 내용물이 흐트러져 줍는 걸 돕던 부인은 그 안에 섞여 있는 예쁜 그림엽서 한 장을 기억했습니다. 눈 덮인 후지와 산과 호수, 호수 위에는 하얀 흔적을 남긴 유람선이 찍혀 있었답니다. 날짜를 두고 세 번 시험한 결과, 몇 번을 다시 생각해 보아도 그건 하코네나 후지 5호 중 한 곳의 풍경이 틀림없다고 증언했습니다."

"후지와 호수와 유람선이라. 분명히 그런 류의 그림엽서는 하코네에도 꽤 돌죠."

사사키가 버릇처럼 이중 턱의 늘어진 근육을 손가락으로 만지작거리며 납득한 표정을 짓고 고개를 끄덕였다.

"네. 우리 규슈에 사는 사람은 좀처럼 하코네를 갈 기회가 없지만, 그 부인이 도쿄 사람이었단 건 운이 좋았죠. 그 뒤로 피해자인 요시미 교수와 하코네나 후지 5호의 관계를 철저하게 조사했는데 도무지 나오지 않아요. 요시미 교수는 학내 권력자인 데다 지역 정재계와 뒷줄로 이어져서 툭하면 남의 입에 오르내리는 인물이었죠. 여행도 자주 다녔는데, 하코네나 후지 5호에는 아직 간 적이 없었던 모양입니다. 지병으로 천식이 있어 추운 곳을 좋아하지 않았던 탓도 있는 듯 하지만요. 친척이나 지인도 찾을 수 없었습니다. 여기서 또 난처해졌죠."

사사키는 일일이 고개를 끄덕이면서 들었지만 가라스다는 푹 들어가 어두운 눈으로 노려보듯 후루카와를 응시할 뿐이었다.

"처음에 말씀드렸다시피 동기는 둘째 치고, 수수께끼 여자가 요시미 교수를 독살했을 가능성은 아주 커요. 아니, 그녀 말고는 이미 생각할 수 없는 상황입니다. 그리고 그녀에 관한 구체적인 단서는 유감이지만 눈앞의 그림엽서 한 장뿐이에요."

"그래서 최근 후지 5호나 하코네에서 발생한 사건으로 눈을 돌렸다고 말씀하셨죠. 대체 어떤 근거로 그러신 겁니까?"

"최근 막연하게 청부살인을 염두에 두었습니다. 수수께끼 여자가 교수를 독살한 범인일 가능성이 크고, 그런데 교수에게 직접적인 동기를 생각할 수 있는 사람 중에 그 여자가 보이지 않는다면, 그녀가 누구의 부탁을 받고 일을 저질렀다는 해석 말고는 없으니까 말이죠.

그런 가정의 연장선으로 말이죠. 아니, 에메랄드 뷰의 경영자 딸 살해 사건에 주의를 돌리기 전부터 이런 가정을 머릿속에 떠올렸는지 이제는 확실치 않지만······. 이건 청부살인 중에서도 교환 살인이 아닐까 싶습니다."

후루카와 경부는 조용하고 겸허한 말투로 이야기를 이어갔지만 문득 고개를 돌리는 순간에 안경 렌즈가 창문으로 비쳐드는 햇살을 받고 뿌예진 것처럼 반사했다. 그러자 그의 온화한 얼굴이 예리함과 박력을 띄었다. 3월 23일 오후, 오다와라 경찰서 형사과 일실에는 얼마 전에 춘분이 지난 참이라고 생각되지 않는 초여름 같은 햇살이 가득했다.

"무슨 곡예 같군요."

후루카와는 쓴웃음을 섞어 중얼거렸다.

"요란을 떠는 것처럼 보이겠지만, 적어도 실제로 하나의 살인사건을 그렇게 예외적인 가정을 근거로 수사의 방향을 돌릴 때에는 결단과 모험이 필요한 건 부정할 수 없으니까요. 오늘 이렇게 출장을 나와, 형사님들이 수사하는 사건 속에 내 가정과 대응하는 요소를 혹시 찾을 수 있다면 크게 마음을 놓을 수 있겠죠. 만약 찾지 못한다면 우리는 과거 미해결 사건 속에서 요시미 교수 사건의 분신을 찾아야 하고, 그래도 찾지 못할 때에는······. 조만간 일본 어딘가에서, 아니 국내라고 한정 지을 수도 없군요. 어쨌든 가까운 장래 어딘가에서 발생할 요시미 사건과 쌍을 이루는 사건 발생을 앉아서 기다려야 하니까 말입니다."

후루카와는 일단 말을 끊고 테이블 위에 놓인 차를 홀짝였다.

형사과장인 사사키는 포동포동한 둥근 얼굴 속 가는 눈을 더 좁려 보이게 가늘게 뜨고는 가라스다를 보았다. 하지만 그의 의견을 살피는 게 아니라 그의 발언을 재촉하고 있음이 가라스다에게는 똑똑히 느껴졌다.

"우리는 이달 18일부터 어느 여자를 계속 지켜보고 있었습니다."

가라스다 경부보가 갑자기 던지듯 말하기 시작했다. 그 자리 이야기에 강하게 끌려 흥분을 억누를 때 나타나는 버릇이었다. 평소 사건의 사정 청취할 때에는 조금 더 빈둥빈둥 건들거리며 묻는다.

후루카와 경부는 찻잔을 놓고 가라스다를 바라보았다.

"누군가 그 여자에게 접근할 가능성이 있었기 때문이죠. 그 여자에게는 나가하라 미도리를 죽일 동기도 있었어요. 단, 그녀에게는 견고한 알리바이가 있었지만요."

"다시 말해 그 여성이 누군가에게 나가하라 미도리를 죽여 달라고 청탁했을 가능성이 의심됐던 겁니까?"

"아니…… 제 개인적인 의견으로는 조금 다릅니다. 그렇다고 하기에는 남자의 언동에 이해가 되지 않는 부분이 너무 많아요."

가라스다가 초조한 듯 눈살을 찌푸려서 후루카와는 묵묵히 그의 다음 말을 기다렸다.

"어쨌든 기타가마쿠라에 사는 여자의 주변을 잠복했죠. 그저께 연휴 이틀째인 오후에 그녀가 웬일로 평소보다 조금 화려한 기모노를 차려입고 도쿄로 외출했습니다."

구메 유코는 요코스카센을 타고 시나가와에서 내려, 택시로 아자부 마미아나초에 있는 신시아 호텔 앞까지 갔다. 그녀는 정각 6시에 고풍스러운 호텔 안에 있는 프랑스 요리점에 들어섰다.

"정원에 면한 테이블에서 마흔 전후쯤 된 좁고 긴 얼굴의 인텔리 같아 보이는 남자가 기다리다 그녀에게 신호를 보냈죠. 거기까지 지켜보고서 형사 2인조는 레스토랑 출입구 부근과 호텔 로비 등을 넌지시 걸으며 그들의 모습을 살폈습니다."

남자는 요리와 와인을 주문하고 두 사람은 한 시간쯤 식사했다. 그 사이 남자는 툭하면 유코에게 말을 걸었지만, 유코는 고개를 숙이고 있어, 적어도 표면적으로는 두 사람이 그다지 친밀한 느낌은 아니었다.

마침내 7시쯤 남자는 그녀를 1층 자신의 방으로 데려갔다.

"그런데 십 분도 되지 않아 낯빛이 달라진 여자가 뛰쳐나왔습니다. 형사 한 명이 여자를 쫓아가고 다른 한 명이 남자의 방을 두드렸죠."

"두 사람을 당장 거칠게 대할 수는 없는 노릇이었으니 말입니다."

사사키가 후루카와의 눈을 보고 말을 덧붙였다.

"어쨌든 될 수 있는 대로 사정을 캐고, 특히 구메 유코에게 은밀히 접근한 남자가 있다면 끝까지 물고 늘어져 신원을 밝혀내도록 지시했었죠."

"그랬군요."

후루카와도 고개를 끄덕였다. 지금 가라스다 계장이 거의 일방적으로 한 이야기가 후루카와가 찾는 정보 범주에 들어 있는지 전혀 설명하지 않았지만, 후루카와는 모종의 직감으로 귀를 기울였다.

"유코는 상당한 충격을 받았는지 정신없이 택시로 도망쳐 버려, 그때는 제대로 이야기를 들을 수 없었답니다. 하지만 사는 곳도 아니,

나중에 다시 사정을 물을 작정으로 형사는 돌아갔죠. 그런데 그 사이 남자 방은 인원이 부족해서……."

"도망쳤습니까?"

"형사는 하나고 방 출입구는 두 개였거든요."

가라스다는 처음으로 틈이 벌어진 앞니를 보이며 웃었다.

"문이 두 개였습니까?"

"1층 안뜰에 면한 방이었습니다. 오래된 호텔이라 방에는 테라스가 붙어 있고 정원으로 자유로이 드나들 수 있죠. 형사는 처음에 문을 두드렸지만, 아무리 지나도 대답이 없고 문은 잠겨 있었어요. 그래서 문득 떠올라 정원으로 돌아가 보니 테라스 문이 반쯤 열려 있고 안은 텅 비어 있었습니다."

후루카와 경부와 가라스다 경부보는 잠시 말없이 눈을 마주쳤다.

"실내에는 아무것도 남아 있지 않았습니까?"

시간이 조금 흐르고서 후루카와가 부드럽게 물었다.

"상당히 재빠르고 날쌔게 도망친 건 인정합니다. 가방에 주변 물건을 쑤셔 넣고 코트를 거머잡고 테라스로 뛰쳐나갔겠죠. 그러나 놈 역시 환상도 슈퍼맨도 아니었던 증거로 적어도 두 가지 물건을 남기고 갔습니다."

가라스다는 왠지 즐거운 듯 푹 들어간 눈동자의 초점을 흐린 채 말라서 뾰족한 턱을 쓰다듬으며 대답했다.

"하나는 안경입니다. 도수 없는 귀갑테 안경이 욕실 선반 위에 놓여 있었습니다. 선글라스라면 모를까 색과 도수가 없는 렌즈가 긴 안경이라면 평소에는 안경을 쓰지 않는 사람의 손쉬운 변장용이라고 해석하는 게 가장 자연스럽지 않을까요?"

"옳은 말씀입니다."

"또 한 가지 유류품으로 찢은 비행기 탑승권 조각이 화장실 변기 안에 떠 있었습니다. 아마 남자는 쓴 탑승권 몇 개를 찢어 화장실에 흘려보냈는데 다 내려가지 못한 종이가 물 위에 떠 있었던 거겠죠."

"어디의 탑승권이었죠?"

"'후쿠'라는 글자는 어떻게든 읽었습니다. 오늘 형사님을 뵙고 후쿠오카였다고 확신했습니다."

두 사람은 다시 눈이 맞았다. 이번에는 조금 비뚤어진 경부보와 작은 공감을 나눈 것처럼 후루카와는 느꼈다.

"그 남자의 숙박카드에는 뭐라고 쓰여 있던가요?"

"오토모 아키라라는 이름과 교토 시 주소가 씌어 있었습니다. 물론 그 주소에 그런 이름의 사람은 없었지만, 적어도 필적은 남았죠."

올해 1월 10일부터 13일까지 사흘 밤 아시노코 호숫가의 후모토칸이라는 전통 여관에 마흔 살 전후의 남자가 묵었고, 그가 담당 종업원에게 에메랄드 뷰의 딸에 대해 꼬치꼬치 물었다. 11일 저녁에는 에메랄드 뷰에서 나가하라 미도리의 연주를 듣고, 12일 밤에는 그녀의 친구인 우메자키 사다오에게 그녀에 대해 떠보던 남자가 있었는데, 이도 동일 인물이라 생각된다. 그 남자가 후모토칸의 숙박장에 적은 이름은 '이케가미 고마오'였지만 오토모 아키라의 필적과 똑같았음을 사사키 경부가 느긋한 말투로 설명했다.

"이케가미라고 사칭한 남자의 정보는 다른 쪽에서도 들어오고 있습니다. 1월 11일에 미도리가 피아노를 친 건 그녀의 음대 은사 부부가 호텔에 머물러 그들에게 환영의 뜻을 나타낸 것이었던 듯합니다만……. 은사 부부의 조카인 나루세 후미코라는 스물여덟 살 여성도 그때 함께 왔었죠. 그런데 그녀의 방에 9시쯤 남자 전화가 와서 1층 클럽으로 불러냈습니다. 그녀는 재작년 가을 유럽 여행에서 함께한 그룹에 있던 남자라고 착각했던 모양이에요."

남자와 삼사십 분이나 이야기했고 헤어질 때까지 줄곧 그렇게 믿었다. 그런데 방으로 돌아와서 왠지 태도가 부자연스러웠다는 생각이 들기 시작해 오싹해졌다. 후미코를 탐문 수사 나온 수사관에게 그렇게 털어놓았다.

"그는 그때 이케가미라고 소개하며 후모토칸에 묵고 있다고 했답니다."

"클럽 대화중에 나가하라 미도리도 나왔습니까?"

후루카와가 물었다.

"네. 미도리와는 친하냐고 물어서 그다지 친하지는 않다고 대답하고는 끝이었다고 하더군요. 그러고서는 후미코에 대해 이것저것 물었답니다."

"그랬군요."

"한편 구메 유코에게는 다음 날 저녁, 현경 본부의 노련한 형사가 기타가마쿠라의 그녀가 사는 집을 찾아가 다시 사정청취를 했습니다."

사사키는 담배에 불을 붙이고 나서 이야기를 이었다.

"처음에는 조개처럼 침묵을 지켜서 억지로 입을 열게 하려고 하자 울음을 터뜨리는 형편이었죠. 어떻게든 달래고 얼러서 들은 바로는 사건 사흘 전인 3월 18일 밤, 갑자기 오토모라는 낯선 남자에게 전화가 걸려 와서……."

죽은 남편 구메 미치야와 파리 유학 시절 친하게 지냈던 사람인데,

당시 그가 맡긴 책과 물건들을 보관하고 있으니 돌려주고 싶다고 예의 바른 말투로 이야기했다. 중년의 차분한 목소리로, 믿을 만한 느낌이어서 21일 저녁 6시에 아자부 신시아 호텔 안 레스토랑에서 만날 약속을 했다.

식사 중 이야기는 어쩨 앞뒤가 맞지 않았지만, 상대의 성격을 몰라 크게 신경 쓰지 않았다. 그래서 상대가 디저트에 손도 대지 않은 채 구메의 유품을 주겠다고 자리에서 일어났을 때에는 오히려 안심했을 정도였다.

"그런데 방에 들어가자마자 불을 끄고 덮치려 했던 모양입니다. 유코는 큰일 나기 직전에 남자를 밀치고 정신없이 도망쳤다고 울면서 이야기했답니다."

"상대 남자에 대해서는 정말 전혀 몰랐을까요?"

"네. 이야기를 들은 형사는 거짓말 같지 않다고 말했습니다. 18일 밤 유코에게 전화가 걸려 온 사실은 처음에 전화를 바꿔 준 집주인 여자도 인정했다고 하고요. 어딘지 앳되고 얌전한 성격이 엿보이는 여자니, 남편 유품을 돌려준다는 말에 속아 정체 모를 남자 방에 끌려간 것도 이해는 갑니다. 다만······."

사사키는 담배를 끄고 둥그런 손가락으로 책상 서랍을 열었다.

얇은 잡지 한 권을 꺼내 후루카와 앞에 두었다. 《식과학회》 4월 호다.

"구메 유코의 이야기로는 3월 5일 오후, 한창 집 안을 정리하던 중에 어느 틈에 이런 낯선 잡지가 현관 툇마루 끝에 놓여 있었다고 합니다. 그러고서 어떻게 오토모라는 남자를 만나게 되었는데, 그때 서로 얼굴을 모르므로 오토모가 자신의 전문 관계된 책을 레스토랑

테이블 위에 두고 기다리기로 했죠. 그게 이것과 같은 《식과학회》여서, 유코는 방에 들어가며 물으니 역시 요전에도 그가 유코의 별채에 슬쩍 두고 갔음을 인정했다고 합니다. 유코는 영문을 모르겠다고 했지만, 일단 이 잡지는 형사가 가져오게 됐습니다."

후루카와는 거대하고 청결해 보이는 어딘가의 공장 내부 사진이 실린 잡지 표지를 바라보았다. 이 호에는 소아식품공해 문제가 특집인지 기사 제목이 유달리 두꺼운 활자로 인쇄되어 있었다.

그는 양복 주머니에 손을 넣고 봉투에 담긴 사진 한 장을 꺼내 잡지 옆에 놓았다.

"아자부 호텔에서 행방을 감춘 남자가 이 인물이 아닌지 관계자에게 확인할 수 없습니까?"

2

두 사람은 언제, 어디에서, 어떤 말로, 그 같은 계약을 주고받았을까?

아직 가정이기는 하지만, 이 범죄 안에서 그런 의문이 특히 가라스다의 관심을 끌었다. 그의 감각은 외국 소설을 통해 '교환 살해'라는 범죄 방법에 어느 정도 길들어 있었다. 하지만 계약 방법은 당사자들의 성격과 조건에 따라 하늘과 땅 차이리라.

어쨌거나 두 사람의 계약이 성립하기 위해서는 각자 상대를 믿어야 한다. 그것이 절대적이다.

대체 인간은 그렇게까지 자신 외의 인간을 믿을 수 있는 존재일까?

서로 한번 입 밖에 내 버리고부터 계획이 끝날 때까지의 과정 속에서 그들 마음속에는 아마 예상하기 어려운 갖가지 반응과 갈등이 생길 게 틀림없었다. 제아무리 강한 신뢰의 끈으로 묶여 있다 해도 말이다.

그런 인간적 흥미가 수사관 가라스다의 정열을 근래 없이 자극했다.

그건 그렇다 치고 당장은 '다이고 고헤이'와 손을 잡은 문제의 '수수께끼 여자'를 특정하는 게 우선이다.

오늘도 다른 형사들과는 처음부터 다른 행동으로 고지리까지 올라온 가라스다는 오래된 고급주택지의 한적한 길을 따라 나가하라 일가의 집을 향해 걸어갔다.

하코네는 아직 벚꽃이 피기에는 일렀지만, 꽃 필 무렵 날씨가 흐려지듯 흰 구름이 가득한 하늘 아래에 부드러운 바람이 불었다. 도로 근처의 집 울타리 너머로 세 가지 빛깔의 팬지가 흐드러지게 피었다. 하코네도 드디어 봄 행락철에 들어섰지만 숲에 둘러싸인 이 일대만은 옛날 그대로의 기품 있어 보이는 한적한 분위기를 유지했다.

1월 10일쯤을 시작으로 나가하라 미도리와 구메 유코의 신변에 자주 나타나, 마지막으로 아자부 호텔에서 모습을 감춘 남자가 후쿠오카에 사는 국립 J대 위생학 조교수 42세 다이고 고헤이임은 거의 의심할 여지없는 사실로 굳혀졌다. 문제의 남자와 한 번이라도 접촉한 사람들――후모토칸 종업원, 나루세 후미코, 우메자키 사다오, 구메 유코, 그리고 유코를 쫓아 신시아 호텔로 간 두 형사에게 다이고의 사진을 보인 결과 모두가 '닮았다'고 대답했다. 물론 그때마다 남자는 선글라스나 도수 없는 안경 등을 써서 변장에 신경 쓴 모양이지만, 나이, 체격으로 거의 틀림없다고 봐도 좋을 것 같았다.

그 사실에 쐐기를 박듯 후쿠오카로 돌아간 후루카와 경부가 전화로 다이고의 알리바이 조사 보고를 알렸다. 조사 보고로는 하코네와 도쿄에 문제의 남자가 출현한 날에는 늘 실제로 다이고의 알리바이가 분명치 않았다.

나가하라 미도리가 목 졸라 죽은 3월 8일에도 그는 전날 연구실 조수들에게 오사카에 있는 외숙모의 입원을 도와야 한다며 8일과 9일 이틀간 대학을 쉬었다.

외숙모에게 물어서 사실을 확인하려면 다이고의 아내에게 그녀의 주소를 묻는 게 가장 빠른 길이지만, 후쿠오카 현경 수사본부는 신중을 기해 그걸 피했다. 다이고의 아내에게 물으면 이 일은 금세 다이고에게 전해지리라. 다이고가 수사원이 오사카로 가기 전에 외숙모에게 거짓 알리바이 증언을 부탁한다면 귀찮아진다.

현경 본부의 형사가 오이타 현 내륙부에서 농사를 짓는 다이고의 남동생 집까지 가서 다른 구실을 마련해 외숙모의 주소를 알아냈다. 그렇게 간신히 오사카 덴노지天王寺에 사는 당사자를 찾은 결과 그녀는 다이고가 조수들에게 이야기한 것처럼 고령도 병든 몸도 아니었다.

그녀는 3월 8일이라는 날짜를 금세 떠올렸다. 몇 년 만에 다이고가 전화를 했기 때문이다. 일 때문에 오사카까지 왔는데 들를 틈이 없다며 몇 번이나 사과했다고 한다.

그 전화를 사실 어디에서 걸었는지 그녀는 알 도리가 없는 모양이었다.

조사원은 오후라는 시각으로 보건대 다이고가 도쿄에 도착한 직후건 게 아닐까 짐작했다.

이제 다이고 고헤이가 어떤 X의 청탁으로 나가하라 미도리를 목졸라 죽였을 가능성은 유력했다.

그러면 그 X가 미도리 살해에 앞서 석 달 전인 12월 4일 후쿠오카에서 요시미 아키오미 교수를 독살했을 의심도 떠올랐다.

X―――문제의 수수께끼 여자가 틀림없다.

지금은 여자 X의 정체를 뚜렷이 하는 게 수사진에게 닥친 급무였다. 다이고는 미도리 살해에 관해서만은 훌륭하게 증거를 지웠다. 다이고가 차고에서 미도리를 목 졸라 죽인 뒤 그녀의 시신을 태워 아래 들판까지 운전했다고 여겨지는 포르쉐 914에서 다이고의 지문은 하나도 나오지 않았다. 다른 유류품도 없다. 또 당일에는 사건과 관련 있는 곳에서 그를 목격했다는 증인이 한 사람도 발견되지 않았다.

이래서야 아무리 혐의가 짙어도 체포장은 집행할 수 없다. 하물며 그는 나가하라 미도리에겐 직접적으론 아무런 동기도 없다.

신시아 호텔의 무전취식과 구메 유코에 대한 폭력 행위 등의 이유로 별건체포해서, 미도리 살해 규명과 수수께끼 여자의 신원을 강도 높게 따져 물으면 어떻겠느냐는 의견도 후쿠오카와 오다와라의 양쪽 수사본부에서 나왔지만 결국 다이고의 체포는 한동안 미루기로 되었다.

아무리 찔러도 다이고가 X에 대해 끝까지 입을 다무는 사이에 X가 줄행랑치거나, 때에 따라서는 자살할 위험성도 있기 때문이다. 그리고 끝내 X를 체포하지 못한 날에는 요시미 사건이 미해결로 끝날 뿐 아니라 다이고까지 증거 불충분으로 석방해야만 하는 최악의 사태를 부를 위험도 적지 않았기 때문이다.

여자 X를 특정하고 나서 그녀와 다이고의 신병을 한번에 덮치는 게 더 확실한 방법이라는 결론에 이르렀다.

X의 정체로는 당연히 먼저 구메 유코에게 초점이 좁혀졌다. 유코는 다이고 고헤이를 '낯선 인물이었다.'고 말했지만, 증언을 뒷받침할 것 역시 없었다.

그러나 X가 후쿠오카에 나타나, 요시미 교수에 접근해 결국 그를 독살했다고 생각되는 작년 12월 3일과 4일 양일, 구메 유코에게는 일단 알리바이가 있음이 이내 밝혀졌다. 양일은 금요일과 토요일인데, 금요일에는 유코가 평소대로 가마쿠라의 출판사에 출근했다. 그러나 감기에 걸려 미열이 있다며 4시에 조퇴했다. 유코의 말로는 그대로 기타가마쿠라의 자택에서 걸어서 십오 분 정도인 친정으로 돌아가 일요일 밤까지 쉬었다고 한다. 이 일은 유코의 부모와 오빠 일가 등 다섯 명의 가족이 인정했고 덧붙여 이웃집 주부가 토요일 저녁 4시 반인지 5시쯤 담장 너머로 정원에 나와 있는 유코와 인사를 교환했다고 증언했다.

애초에 3일 금요일 오후 6시부터 후쿠오카 호텔에서 열린 결혼식 피로연에 수수께끼 여자가 숨어든 것은 정확히 몇 시쯤부터였는지 명확하지 않다. 또 4일 낮 2시 20분쯤 후쿠오카의 요시미 교수 저택을 방문한 여자 X가 직후에 범행을 마치자마자 비행기로 되돌아갔다면 5시쯤에 기타가마쿠라까지 도착할 수 있다는 의문점은 남아 있다. 유코의 가족이 말을 맞추고 그녀의 알리바이를 위증하고 이웃집 주부가 정원에서 그녀와 이야기한 게 주부의 기억보다 늦은 시각이었을지도 모른다고 가정한다면 여자 X는 유코라는 가능성도 깨끗하게 지울 수는 없었다.

그러나 12월 3일 밤 호텔 화장실에서 여자 X와 부딪친 도쿄의 회사 중역 부인 사카구치 기요코에게 유코의 사진을 보여 주고 체격을 얘기하자 7대 3의 확률로 아닌 것 같다고 대답했다.

결국 전체적인 인상으로 유코는 혐의가 없다는 견해가 점점 커졌다.

가라스다도 처음부터 그런 의견이었다. 유코와 다이고가 손잡고 서로 이야기를 맞춰 두 살인을 저질렀다고 생각하기에는 다이고의 행동에 이상한 점이 너무 많다. 게다가 만약 유코가 다이고의 협력자였다면 간접적이나마 다이고를 가리키는 《식과학회》 건을 수사원에게 흘리리라 생각하기 어렵다.

우선 유코를 제외하면 조사하는 쪽에서는 나가하라 미도리의 신변에서 새로이 여자 X를 찾아야 했다.

여자 X의 조건은———

(1) 미도리 살해 동기가 있을 것.

(2) 요시미, 미도리 양쪽 살해 사건 전에 다이고 고헤이와 접촉했을 것.

(3) 요시미 교수가 독살된 12월 4일 오후와 전날 밤 알리바이가 없을 것.

(4) 나가하라 미도리가 목 졸라 죽은 3월 8일 6시 반 전후로 확실한 알리바이가 있을 것.

미도리에게 살의를 품었을지 모르는 여자들이 잇달아 수사 대상으로 올랐다. 미도리가 사귄 남자 친구들━━도쿄와 하코네에 사는 회사원, 화가, 프로 골퍼 등의 아내와 약혼자, 애인들과 우메자키 사다오의 아내도 리스트에 올랐다.

그중에는 요시미 교수 사건에 뚜렷한 알리바이를 가졌거나 나이 등으로 바로 대상에서 제외된 사람도 있었지만, 계속 조사가 필요한 '용의자'도 몇 명 떠올랐다.

그러나 여자 X와 아주 짧은 시간이기는 해도 가까이서 접촉해 어느 정도 그녀에 대한 증언을 기대할 수 있는 증인인 사카구치 기요코도 그렇게 자세히 상대방 용모를 기억하지는 못했다. 여자 X는 당연히 얼굴을 보이지 않으려고 했을 테니, 그것도 무리가 아니었다.

가라스다 가즈오 경부보가 여자 X로 미도리의 동생 나가하라 아카네를 머릿속에 떠올린 데에는 특별한 논리적인 근거가 있었던 건 아니었다. 아카네가 언니 미도리에게 살의를 품을 동기도 특별히 발견되지 않았다.

다만 이전 우메자키 사다오에게 사정 청취했을 때, 미도리와 아카네가 이복자매인 듯하다고 들은 기억이 불현듯 떠올라서, 아카네의 존재는 가라스다의 의식 안에 복잡한 그림자를 드리우기 시작했다.

미도리 교살 현장이 된 집 차고에는 지금은 노란색 포르쉐 한 대만 주차되어 있었다. 그 포르쉐도 사건 검증이 끝나고 돌아오고서 거의 움직이지 않는지 전조등을 안쪽으로 집어넣은 채 보닛에는 먼지가 쌓였다.

가라스다가 포르쉐를 곁눈질하며 돌계단을 올라가려는 찰나, 머리 위에서 발소리가 들렸다. 올려다보니 당사자인 아카네가 현관을 나서던 참이었다.

봄에 어울리는 베이지색 스웨이드 재킷과 바지로 비율 좋은 몸을 치장한 아카네는 숄더백을 메고 스케치북으로 보이는 물건을 옆구리에 끼었다. 가라스다를 보고는 "어머나……." 하고 작게 외쳤지만, 부리부리한 큰 눈동자에 꾸밈없는 미소를 띠고 들여다보는 표정으로 걸음을 멈추었다.

가라스다도 친근한 미소를 지었다.

"오래간만입니다. 일하러 가십니까?"

도쿄의 미대를 졸업한 아카네가 지금은 어느 미술단체에 소속해 유화와 가끔 소녀 잡지의 삽화를 그린다고 들어서 알고 있었다.

"아뇨. 일이라고 할 것까지는 없어요. 그 일이 있고 나서 줄곧 집 안에만 있어서……."

조금 침울한 말투로 포르쉐가 있는 차고로 시선을 떨어뜨렸다.

"그럼 모처럼 나가시는 참에 죄송하지만 잠시 시간을 내주실 수 있습니까? 물론 사건 이야기입니다."

"네. 뭐, 상관없어요."

마지막은 선뜻 대답하고 발길을 돌리려 했다.

가라스다는 더스터 코트 주머니에 손을 넣으며 잰걸음으로 돌계단을 올라가 아카네를 쫓았다.

"뭣하면 여기서도 괜찮습니다. 3월 4일 저녁, 저기 뒷산 길에서 피아노 개인교습을 하러 나간 미도리 씨 뒤에 낯선 남자가 걸어왔다고 하셨죠?"

가라스다는 주머니에서 사진 한 장을 꺼내자마자 아카네 눈앞에 들이댔다. 일 분이든 이 분이든 마음의 준비를 하지 못하도록 하기 위해서였다.

"이 남자 아니었습니까?"

아카네는 턱을 당기며 다이고 고헤이의 얼굴 사진을 바라보았다. 살짝 눈살을 찌푸리고 입술을 꼭 다물었다. 가라스다는 미묘한 반응도 놓치지 않겠다는 듯이 그런 아카네를 깊은 눈으로 예리하게 지켜보았다.

아카네는 한참 만나지 못한 사이 모습이 싹 바뀐 옛 친구를 보는 듯한 감개무량한 얼굴로 제법 오래도록 유심히 흥미롭게 다이고의 사진과 마주했다. 적어도 가라스다의 인상을 말로 하자면 그렇게 보였다.

이윽고 그녀는 느긋하지만 단호하게 고개를 가로저었다.

"아뇨, 틀려요. 어차피 전 아래 도로 중간에 차를 세우고, 차 안에서 봤을 뿐이지만요. 뒷산 숲 안은 어두웠고……. 하지만 이런 타입은 아니었어요."

미도리와 유코의 신변에 출몰한 남자를 한 번이라도 목격한 많은 증인 중에 다이고의 사진을 보고는 아니라고 대답한 사람은 아카네가 처음이자 유일했다.

3

"지금 어머니는 언니를 낳은 분이시지만, 제 친어머니가 아니에요."

가라스다는 응접실로 들어가 마주 앉자, 아카네는 타고난 낮지만 요염한 목소리로 솔직하게 그의 질문에 대답했다. 지난번의 가정부가 커피를 날라 왔다 물러나고, 집 안은 또다시 소리 하나 없이 고요함에 둘러싸였다. 아버지는 호텔에 나갔고, 어머니는 사건 이후 건강이 완전히 나빠져서 오늘도 센고쿠하라仙石原의 병원에 갔다고 아카네는 설명했다. 나가하라 일가가 사는 오래되고 견고한 서양식 저택은 영국풍이라고 해야 할까. 창문을 작게 해서 채광을 줄인 듯했다. 클래식한 벽지를 바른 응접실에는 어스름하고 차분한 분위기가 가득했다.

미도리의 사건 당일 밤, 장작 모양을 한 가스난로가 붉게 타올랐던 맨틀피스 안에 지금은 연보라색 양란 화분이 놓여 있었다.

"나는 두 살 때 이 집에 맡겨졌어요. 날 낳은 어머니가 돌아가셨기 때문이라더군요. 난 전혀 기억하지 못하지만, 열여덟 살 때 친구에게 헌혈해 주다 나의 혈액형을 알았죠. 지금 부모님 혈액형이 뭔지는 전부터 알았던 터라 이상해서 아버지께 여쭈었더니 털어놓으셨어요."

다시 말해 아카네는 아버지 나가하라 마코토가 밖에서 만든 딸이라는 소리다.

"당시에는 심한 충격을 받았지만……. 결국 그러고 나서도 부모님이나 언니와의 관계는 본질적으로는 거의 달라지지 않은 것 같아요. 다들 이성적이고 상냥하고, 난 세 사람을 좋아하고 가족들도 날 사랑해 주는걸요.”

아카네는 서구형의 이목구비 뚜렷한 얼굴로 다시 미소를 띠고 침착하게 이야기했다. 그러나 그런 말들은 그녀의 기묘하게 분명한 성격을 설명하는 듯도 했다. 이것도 연기일까?

“이거 너무 깊은 이야기를 물어서 죄송합니다.”

가라스다는 일단 화제를 집어넣었다. 친어머니가 아닌 여성의 손에 자라 감수성이 예민한 사춘기 시절부터 미도리를 이복언니로 인식한 아카네가 미도리를 오랫동안 미워했는지도 알 수 없는 노릇이다. 그럴 가능성을 아카네에게 묻는 건 당치 않은 일이다.

하여간 어머니가 다르다고 의식하고 보니 아카네의 얼굴은 닮은 듯해도 미도리와 많이 달라 보였다. 똑같이 서구형이지만, 전체적으로 아카네가 한층 크고 다소 거칠게 조각해 놓은 것처럼 이목구비가 뚜렷했다. 가라스다는 시신이 된 미도리의 모습 밖에 보지 못했지만, 첫눈에 느껴지는 인상에서 신경질적이고 교만해 보이는 아가씨 같았다. 그에 비해 아카네는 딱 부러지기는 했지만, 어딘지 대범한 성격도 엿보였다.

“참고삼아 하는 질문인데, 작년 12월 3일과 4일, 금요일과 토요일에 아카네 씨는 여기에 계셨습니까?”

“12월 3일과 4일……. 갑자기 물으시니 금세 떠오르지 않는데, 그게 무슨 날이죠?”

아카네는 한 번 깜빡거렸을 뿐, 똑바로 가라스다를 쳐다보았다.

“사실은 규슈 후쿠오카에서 이틀에 걸쳐 어떤 사건이 일어났어요. 후쿠오카 사건과 미도리 씨 사건 사이에 연관이 있지 않을까 싶은 터라, 관계자들에게 당일 상황을 묻고 있습니다."

그 정도까지 털어놓는 건 문제없다. 만약 아카네가 두 사건과 관계가 없다면 수사본부의 생각을 밝혀도 지장은 없을 테고, 만일 아카네가 바로 여자 X라면 12월 3일과 4일이란 날짜가 형사의 입에서 나온 것만으로 수사가 얼마나 나아갔는지 깨달으리라.

"아마 집에 있었겠죠. 11월에는 도쿄에서 전람회가 있었지만, 12월에는 딱히⋯⋯. 천천히 생각해 보면 뭔가 떠오를지도 모르겠지만⋯⋯."

아카네는 고개를 갸웃하며 그렇게 대답하고 커피잔에 손을 뻗었다. 처음으로 가라스다의 시선을 살짝 피하는 것 같았다.

"기억나시면 알려 주십시오. 그리고 이것도 만약을 위해 다시 확인하겠습니다. 미도리 씨 사건 당일, 미도리 씨는 에메랄드 뷰에서 피아노를 연주하기 위해 저녁 6시 25분 전후로 집을 나왔죠. 그때 어머니는 감기 기운 때문에 2층 침실에서 쉬고 계셨고, 가정부는 6시에 돌아갔습니다. 아카네 씨가 혼자 거실에 있다 미도리 씨를 배웅했다는 이야기는 틀림없습니까?"

"네, 맞아요."

"미도리 씨가 현관으로 나가고 나서 아카네 씨는 줄곧 거실에서 혼자 책을 읽으셨습니까?"

"아⋯⋯. 그때는 사건 충격으로 깜빡해서 말씀드리지 않았는지도 모르겠는데, 언니가 나가고 얼마 안 돼서 6시 반쯤 도쿄에서 전화가 왔어요. 가끔 삽화를 그리는 잡지의 편집부 여자였죠. 일 이야기여서 이십 분쯤 떠들었을 겁니다. 끊자마자 이번에는 에메랄드 뷰에서 언니가 아직 오지 않았는데 어떻게 된 거냐고 묻는 전화가 왔고요. 그 뒤에 호텔에서 사람이 드나들고 한바탕 시끄러웠죠."

"도쿄의 잡지사 전화는 그날 6시 반에 걸려오기로 약속이라도 되어 있었습니까?"

"아마…… 그랬을지도 몰라요. 잘 기억나지는 않지만."

"그렇군요."

아카네는 역시 자연스럽게 미도리 살해 당시 알리바이를 준비했다고 가라스다는 얄궂은 만족감을 느꼈다.

미도리가 그날 6시 22분쯤까지 집에 있던 사실은 아카네뿐 아니라 그 뒤 호텔 프런트 매니저의 증언으로도 뒷받침되었다.

그날 밤 미도리는 지역 정치가의 희수 축하연에서 6시 반부터 피아노를 치기로 되어 있었고, 평소에 그녀가 시간을 잘 지키지 않는 걸 걱정한 아버지 나가하라 마코토가 프런트 매니저에게 명령해 집으로 전화를 걸게 했다. 그게 6시 20분이었다고 한다. 미도리가 직접 전화를 받아 지금 집을 나서는 참이라고 대답했다.

다시 말해 미도리는 적어도 6시 22분까지는 확실히 살아 있었음이 증명되었다.

그러자 6시 반에 도쿄의 잡지사, 뒤이어 6시 50분에는 호텔에서 문의 전화를 받은 아카네에게는 차고에서 미도리를 목 졸라 죽이고 시신을 차째로 아래 들판 구석에 두고는 다시 집으로 돌아올 시간 여유는 없었던 것이 된다. 호텔에서 미도리를 찾는 차가 7시에는 이 집에 도착했고, 그때도 집 앞에 나와 있는 아카네가 목격되었다.

물론 6시 반에 도쿄에서 전화를 걸었다는 잡지사 여성에게는 진위를 확인할 필요가 있지만, 가라스다는 아마도 틀림없으리라 짐작했다.

다시 말해 아카네에게는 요시미 교수 사건 당시의 알리바이가 명확하지 않고, 미도리 사망 당시에는 부동의 알리바이가 성립하는 것이다. 이제 다이고의 공모 사실을 입증할 수만 있다면……!

3월 4일 저녁, 뒷산 길을 올라가는 미도리에게 한 남자가 다가왔다고 수사하는 쪽에 단서를 제공해 주었다. 하지만 깊이 파고들면 결정적일 때, 그녀는 그 남자가 다이고가 아니라고 부정하기 위한 반증의 포석을 두었다고도 해석된다.

외출하는 데 붙들어서 미안하다고 사과하고 의자에서 일어난 가라스다를 아카네는 잠시 생각에 잠긴 얼굴로 올려다보았다.

"저기……. 조금 전 사진 속 남자, 이 주변에서는 본 적 없는 사람인데, 언니를 죽인 용의자인가요?"

"그렇습니다, 지금으로서는요."

"어디의 누구죠?"

"아직 신변은 알아내지 못했습니다."

가라스다는 조심스럽게 대답했다.

"그래요……."

아카네는 불현듯 초점을 잃은 눈동자를 빛이 내리쬐는 창문으로 돌렸다.

"어떤 남자일까요. 이상하게 흥미가 끌려요. 물론 범인이라면 밉겠지만요."

물가에서

1

왜 미행당하는 거지?

포피코 분석 보고 발표 이후 한층 정신없어진 날들 속에서 다이고 고헤이의 의식에는 끊임없이 그 의문이 오갔다.

왜 형사가 지켜보는 거지?

불빛이 꺼진 방에서 유코가 도망치고 나서 얼마 안 있어 성급하게 문을 두드린 사람이 꼭 형사였다는 법은 없다.

그러나 그때 그의 본능은 쫓기고 있음을 생생하게 느끼고, 다음 순간에는 보스턴백에 테이블 위 책 등을 쑤셔 넣고 로커 안의 코트를 들고 정원으로 뛰쳐나가고 있었다.

안뜰에서 레스토랑 쪽 앞뜰을 지나 호텔 현관을 나와 마침 손님을 내린 택시에 뛰어올라 타 도쿄 역으로 내달렸다. 하네다에서 곧장 후쿠오카로 가려고 했으나 공항까지 형사가 잠복하고 있을 듯한 공포에 쫓겨 그날 밤은 신칸센으로 오사카까지 가, 오사카 역 호텔에서 하룻밤 묵고 다음 날인 22일 비행기로 후쿠오카에 돌아왔다.

새삼 돌이켜 보니 돌아오기 전에 덴노지에 사는 외숙모를 찾아가 혹시 경찰이 3월 8일 그의 행동을 물으면 이 집에 왔었다고 대답해 달라고 부탁하면 좋을 뻔했다. 하지만 그때는 몸도 마음도 완전히 지쳐 내동댕이쳐진 기분이라, 사건 쪽으로 생각을 돌리기를 무의식 중에 피해 버렸다.

부탁한다고 해서 성깔 있는 외숙모가 사정도 묻지 않고 받아들여 줄지도 의심스럽다.

그런 그의 내면과는 반대로 대학 안에서 그의 입장은 착실히 좋아 지고 있었다.

작년 봄 이후 일련의 소아암 발생 주원인을 난페이푸드가 제조 판매한 포피코 원료에서 발생한 곰팡이 때문이라고 판정하고 기업에 책임을 돌린 그의 보고는 느리지만 확실하게 전국적인 파문으로 넓혔 다. 사람들이나 언론이 그의 견해를 환영한 것은 말할 필요도 없다. 그리고 예상보다 큰 반향에 압도당한 것처럼 J대 내부에서도 차기 교수로 다이고를 미는 분위기가 생겨났다.

다이고의 연구실 전화는 요시미 교수의 생전보다 더 자주 울리고, 그는 끊임없이 인터뷰와 강연, 원고 의뢰를 받았다. 대학이 완전히 봄방학에 접어들자 전화와 손님은 그의 집으로 밀려왔다.

하지만 그는 반쯤 건성이었다. 그걸 자신도 알고 있어, 최근에는 툭하면 다가오는 조수 야마다와 아내 시호코에게 들키지 않도록 주의 했다. 그게 또 그의 신경을 갉아 먹었다. 자신은 남의 눈에 어떻게 비출까? 어딘가 이상하지는 않을까?

얄궂기도 하다. 반년 전 파리로 가기 전 자신이었다면 현재 입장에 허영심을 자극받아 자신이 힘이 충만한 인간이라 느끼며, 타고난 염세주의조차 기가 꺾인 채 기뻐서 어쩔 줄 몰라 했을지도 모른다.

하지만 지금의 그는 죽을 때를 선고받은 인간 같은 절박감에 쉴 새 없이 사로잡혔다. 아마도 시간이 얼마 남지 않았다. 자신과 후미코는 돌이켜보면 공포에 눈이 어두워질 법한 엄청난 일을 해냈다. 진짜 목적을 이루기 위한 시간이었다.

바르비종에서 보낸 밤처럼 영혼의 안식 속에서 다시 후미코와 만날 수 없다면 모든 행동의 의미 또한 없어진다.

아자부 호텔에서 자신들을 감시하던 형사들은 자신을 미행한 걸까, 아니면 유코를 쫓아왔을까?

다이고는 자꾸 전자인 것 같았다. 이따금 위협적인 빛을 발하는 후쿠오카 현경 후루카와 경부의 검은 뿔테 안경과 안경 너머 기묘하게 사람을 끄는 부드러운 눈동자가 다이고의 머릿속을 따라다녔다.

그 남자라면 어떤 비밀도 끝내 파헤쳐 버리지 않을까?

유코가 쫓기고 있었다고 생각하기 어려운 이유 중 하나는 유코는 후미코가 아니었기 때문이다.

후쿠오카에 돌아와서야 겨우 냉정하게 그런 판단에 이르렀다. 사메지마 후미코는 더 크고 좀 더 현대적인 부류의 여자일 듯하다. 무엇보다 지금까지 상당히 대담하고 밝은 메시지를 보내던 후미코가 설령 감시를 경계한다고 해도 그의 부름에 작은 사인도 보내지 않고 도망쳐 버릴 리가 없다. 어차피 다이고와 만난다면 기모노와 틀어 올린 머리로 가장하는 거나 조젯 드레스를 입고 겔랑 향수를 뿌리는 거나 위험하기는 마찬가지일 테고 말이다!

그렇다면 아름다운 유코를 눈앞에서 보고 그녀야말로 후미코에 어울린다고 느끼고, 후미코가 틀림없다고 믿은 그의 인식은 독선적인 착각에 지나지 않았던 건가?

그는 그때, 바르비종에서 맞은 밤에 자신의 직감이 후미코의 모든 것을 통찰하고 지금 그걸 하나하나 인식하는 때가 왔다고 생각했다. 그것이야말로 축복받은 사랑의 완성이라 여겼다. 그러나 대체 사랑하는 대상을 향한 인식, 다시 말해 사랑의 인식이란 무엇으로 만들어져 어떻게 증명되는 것일까?

결국 상탈의 어둠 속에서 자신은 아무것도 통찰하지 못했던 게 아닐까. 후미코의 보이지 않는 모습, 이야기하지 못한 내면의 모든 것을 분신처럼 내 것으로 삼았다 착각했을 뿐이다.

그 뒤로 이어진 이 세상 것이 아닌 듯한 평온과 황홀감도 물거품 같은 착각에 지나지 않았나……. 아니, 그런 일은 절대로 없다!

선택받은 한순간이야말로 자신은 틀림없이 '영원'에 손을 뻗었던 것이다. 이 세상에 다른 무엇을 믿을 수 있을까?

그렇다. 지금은 계속 믿는 것만이 자신을 지탱해 주리라.

다시 한 번 후미코를 만날 수만 있다면!

서둘러야 한다.

만약 오다와라의 경찰이 착각하고 유코를 쫓는다면 자신에게는 아직 조금의 시간이 남아 있다고 생각해도 되리라.

그들이 '수수께끼 여인'의 정체를 찾아 시행착오를 겪는 사이에 한시라도 빨리 후미코와 연락하고 경찰 수사 진행 상황을 알려야 한다. 후쿠오카 현경에서는 이미 파티에 나타난 여자가 하코네나 후지 5호와 관련이 있다는 것까지 냄새 맡았다고.

확실히 그들을 따돌리고 후미코와 다시 만난다면 또다시 한동안 이별을 견뎌야만 한다.

그 사이에 후미코는 될 수 있는 대로 먼 땅으로, 일본 경찰 손이 미치지 않는 곳으로 도망쳐야 한다.

그녀가 도주에 성공한 보증만 있다면 다이고는 어떤 시련도 헤쳐 나갈 자신이 있었다. 설령 '무전취식'을 이유로 체포당해 아무리 가혹한 취조를 받더라도 미도리 살해나 후미코의 존재를 한 마디도 발설하지 않을 것이다.

그렇다면 그들은 곧 다이고를 풀어 줄 수밖에 없으리라.

아직 활로는 남아 있다.

그 활로를 따라가면 많은 시간도 약속받을 것이다!

유코의 모습이 다이고의 마음속에서 지워짐과 교대하듯 아카네의 모습이 떠올랐다.

그가 느낀 후미코의 이미지를 그대로 받아들인다면 아카네는 가장 비슷한 여자다. 그는 딱 한 번밖에 아카네를 보지 못했다. 3월 4일 저녁, 집 뒷산 길을 걷는 미도리에게 다가가려 했을 때, 아래쪽 도로에 아카네가 나타났다. 길 위에는 아직 저녁놀이 깔려 있어 포르쉐 창틀에 팔을 얹은 아카네의 상반신이 원시 기미가 있는 다이고에게는 제법 또렷하게 보였다. 연한 갈색 피부가 어울리는 활발한 아가씨 같았다.

다이고의 기억 속에서 후미코는 자꾸만 상처 입은 가녀린 여자처럼 여겨졌지만, 돌이켜 보면 후미코의 솔직하고 용감한 행동력은 아카네의 인상과 이어지는 구석이 있다. 어쨌거나 후미코는 마음속에 아무리 큰 아픔을 품고 있어도 겉으로는 현실적이고 느긋한 현대적인 아가씨로 가장한 강인함을 겸비하지 않았을까.

게다가 목소리———.

후쿠오카에서 하코네의 미도리에게 전화를 걸었을 때, 바꿔 준 사람은 아카네였다. 아카네는 저음에 차분한 목소리다. 바르비종의 밤, 후미코는 감기에 걸려 목이 상했다면서 역시 나직한 목소리로 이야기했다.

그럼 아카네가 왜 미도리에게 살의를————?

아카네 또한 일찍이 구메 미치야를 깊이 사랑했다고 상상한다면 더는 설명이 필요하지 않으리라.

물론 아직 아카네가 후미코라고는 도저히 단정 지을 수가 없다. 아마도 조금 더 빠른 단계라면 아카네가 작년 가을 파리로 여행했는지 그녀 주변 사람들에게 넌지시 물을 수도 있었겠지만, 지금은 너무 위험하다.

두 번 실패는 허락되지 않는다. 다시 행동을 일으킬 때에는 이번에 야말로 결정적인 때여야만 한다.

만우절을 피해 4월 2일에 다이고는 나가하라 일가가 사는 집으로 전화했다. 봄방학이고, 운 좋게 아내와 아이들이 오이타에 있는 친정으로 돌아가 있었다.

신호음이 네 번 울렸다.

"여보세요."

젊은 여자 목소리가 대답한다. 아카네가 틀림없었다. 혹시 몰라 물었다.

"나가하라 아카네 씨인가요?"

"그런데요."

다이고는 깊이 숨을 들이쉬고 한 마디 한 마디 천천히 명확하게 이야기했다. 말은 준비해 두었다. 다이고는 자신의 이름을 말하지 않았다.

"바르비종 마을의 샤토 샹탈에서 사메지마 후미코 씨를 만난 남자입니다. 혹시 이 뜻을 모르신다면 전화번호가 틀린 거니 끊어 주십시오. 그러나 만약 당신이 후미코 씨라면 제 이야기를 듣고 간단히 대답해 주세요."

그는 거기까지 말하고 일단 말을 끊고 기다렸다.

일 초……. 이 초……. 아카네는 수화기를 내려놓지 않았다. 오히려 숨을 죽이고 다음 말을 기다리는 이상하게 긴장된 기척이 전해졌다.

다이고는 말을 이었다.

"우리에게는 지금 시간이 별로 없습니다. 이쪽 경찰은 파티에 나타난 여자가 후지 5호나 하코네에 관련이 있다는 점까지 파악했어요. 그쪽 사건과 연계를 깨닫는 것도 시간문제겠죠. 그러니까 당신은 될 수 있는 대로 빨리 그들의 추적이 닿지 않는 곳에 몸을 숨겨야 합니다."

"……."

"하지만 그 전에 딱 한 번만 당신을 만나고 싶어요! 어디서, 언제, 어떤 상황에서든 당신의 마음에 따르죠. 다만 사태가 하루를 다투고 있으니 절대로 미행당하지 않도록 주의하세요. 만날 수 있습니까?"

잠시 침묵이 흐르고 아카네는 억누른 목소리로 천천히 대답했다.

"에메랄드 뷰에서 아래로 삼백 미터쯤 떨어진 북쪽 호숫가에 붉은 지붕 산장이 있어요. 호텔의 사설도로 중간부터 내려가면 지름길이죠. 나무에 묻혀 있지만, 한 채뿐이니까 헷갈릴 염려는 없어요."

"빨간 지붕 산장이군요."

"맞아요. 원래는 보트 하우스였는데, 최근에는 내가 아틀리에 대신 쓸 때 말고는 좀처럼 사람이 다가오지 않죠."

"알겠습니다. 언제 가죠?"

"내일 밤 10시는 어때요?"

"반드시 가겠습니다. 당신도 미행을 조심하세요."

그러자 아카네는 부드러운 미소가 느껴지는 말투로 덧붙였다.

"나도 한 가지 가르쳐 드리죠. 형사들이 당신의 사진을 들고 캐묻고 다니고 있어요."

2

'나가하라 아카네……'

후루카와 경부는 마음속으로 그 이름을 되새기고는 오다와라 경찰서 사사키 형사과장이 보낸 얼굴 사진 넉 장을 눈앞의 허공에 떠올렸다.

아카네가 외출할 때를 노려 망원렌즈로 몰래 찍은 사진인지 정면을 향한 것은 한 장도 없었다. 배경에 흐릿한 나무 그림자가 있고 옆모습이나 비스듬한 방향에서 고개를 숙인 사진 넉 장을 이어 보면 대강 전체적인 용모를 파악할 수 있는 모양새였다.

신장 백육십사 센티미터. 스물다섯 살이라고 한다.

오른손 엄지와 검지 지문, AB형이라는 데이터까지 첨부되어 있었다.

그것들로 이쪽에서 확실한 증거를 잡기 위한 조사는 수사원이 가장 초조해하는 반반 확률로 진행되고 있었다.

먼저 작년 12월 3일, 요시미 교수가 독살되기 전날 밤 파티에서 요시미에게 접촉한 수수께끼 여자 X를 목격하고 비교적 그녀를 기억하는 몇 명에게 아카네의 사진을 보여주자 모두가 '닮았지만 단정할 수 없다'고 대답했다.

그중에서도 화장실 입구에서 여자 X와 정면으로 부딪쳤다는 도쿄에 사는 부인 사카구치 기요코는 거의 유일한 유력한 증인이다. 그녀 또한 6대 4 확률로 X일 가능성을 인정했지만, 다소 자신이 없는 눈치였다고 도쿄로 출장 갔던 관할서 부장형사가 보고했다.

'처음에는 깜짝 놀란 표정으로 사진을 들여다봐서 분명히 이 사람이라고 대답하나 했는데 말이죠. 옆모습이 클로즈업으로 비춘 사진을 보며 점점 표정이 아리송해졌어요. 그 여자 옆얼굴은 흐트러진 가방 내용물을 주울 때 가까이서 봤답니다. 그거랑 이 사진이 어딘지 다른 것도 같은데 잘 모르겠대요.'

다른 사람 같기도 하고. 하지만 그때 여자가 선글라스를 끼고 있어서……. 그렇게 결국 단정적인 대답은 얻지 못했다.

지문과 혈액형 감별은 둘 다 부정적이었다. 요시미 교수가 쓰러진 응접실 가구 등에 남은 지문은 될 수 있는 대로 전부 검출해 사건과 직접 관계없는 사람임을 알면 하나씩 지워 갔는데, 남은 지문 안에 아카네 것은 찾지 못했다.

마찬가지로 응접실 카펫 위에 떨어진 머리카락과 섬유 등도 꼼꼼히 수집했다. 하지만 AB형 모발은 없었다.

그러나 자신이 마신 커피 잔을 들고 갈 정도로 조심성 있는 범인인 만큼 지문 하나 남지 않은 상황도 충분히 생각할 수 있었고, 드나든 사람이 반드시 그때마다 머리카락을 떨어뜨리라는 법도 없었다. 범인이 여자지만 응접실에 있던 시간이 아주 짧았다고 한다면 더욱 그렇다.

이렇게 되니 오히려 아카네가 여자 X인지 아닌지 판단할 결정적인 증거로 두 살인사건 전에 다이고와 아카네가 언제 어디서 접촉했는지 흔적을 찾는 게 지름길이 아닐까?

후루카와는 비 기운을 머금은 후텁지근한 바람이 바다 쪽에서 불어오는 계단 길을 올랐다. 언덕길 양쪽에 히나마쓰리[19]의 인형 진열단 같은 모양새로 아기자기한 신축 가옥이 늘어섰고 아직 곳곳에 빈터도 남은 조성지는 언제 와도 친숙해지지 않는 퇴색된 분위기를 느끼게 했다. 다이고의 집으로 돌아가는 모퉁이는 연말에 문을 연 작은 미용실에서 두 번째임을 어느새 기억하고 말았다.

두 사람이 언제, 어디에서, 은밀하게 굳은 계약을 나누었을까. 오다와라 서 가라스다 경부보도 이번 사건에서는 그게 가장 흥미롭다고 이야기했다.

그때에는 젊은 주제에 묘하게 비뚤어진 형사가 할 법한 소리라고 흘려들었지만, 새삼 후루카와도 그 말에 공감했다.

다이고 고헤이의 과거를 아무리 뒤져도 하코네와의 관계는 떠오르지 않았기 때문이다.

---

19) 여자아이의 행복을 비는 행사.

오이타 현 출신이고 오이타의 대학을 졸업해 모교 연구실 조수, 조교수를 거쳐 후쿠오카 J대 조교수가 되어 현재에 이르는 경력에서 규슈가 아닌 다른 곳에 산 적은 없다. 아내 시호코는 하코네에는 신혼여행 중간에 드라이브를 했을 뿐이라고 이야기했다.

한편 나가하라 아카네와 후쿠오카도 특별한 관계가 없는 듯하다.

그렇다면 다이고와 아카네의 교환살인을 가정했을 때, 둘의 만남은 서로의 일상생활 속에서 이루어지지 않았다는 이야기가 되지 않는가.

후루카와 경부는 겉옷 주머니에 찔러 넣었던 손을 빼 반대쪽 손으로 '다이고'라는 문패 위 초인종을 눌렀다.

부드러운 여자 목소리의 응답에 후루카와가 이름을 대자 문이 안쪽에서 열리는 소리가 들렸다. 다이고의 아내는 두 딸을 데리고 3월 29일부터 4월 2일까지 오이타의 친정으로 돌아가 있었다. 어제 늦은 밤에 돌아온 모양이니 오늘은 집에 있었을 것이다.

한편 다이고는 오늘 오후 2시 넘어 자신의 차로 외출했다. 현관에서 나올 때에는 빈손이었고, 남색 고급 더스터 코트를 입었다고 한다. 어디에 가는 걸까? 미행 중인 형사의 보고는 아직 후루카와에게 도착하지 않았다. 후루카와는 다이고가 집을 나왔다는 연락을 받자마자 집에서 나섰다.

"어서 오세요."

다이고 시호코가 주근깨 많은 둥근 얼굴에 미소를 띠고 후루카와를 올려다보았다. 웃자 눈꼬리와 콧방울 옆에 팬 것처럼 주름이 잡혔다. 요시미 교수가 살해당하고서 후루카와는 벌써 네다섯 번이나 이 집을 찾았지만, 그때마다 딱히 수상해하는 얼굴을 비치지 않는 게 시호코의 느긋한 성격을 이야기하는 듯했다. 그러나 오늘 그녀는 무슨 걱정이라도 있는 불안한 얼굴로 평소보다 미소가 빨리 사라졌다.

"자주 찾아와서 죄송합니다. 선생님께서는 계신가요?"

"아뇨, 나갔어요."

"이런, 그렇습니까? 일요일에는 집에서 쉬시는가 해서 들렀는데."

"조금 전까지는 있었는데……."

선반에 장식한 스위트피 향기가 현관에 감돌았다. 안쪽에서는 두 딸의 목소리가 들렸다.

"실례지만 어디 가셨습니까?"

"급히 오사카에 갔어요. 3월부터 입원한 외숙모님 용태가 나빠졌다는 전화가 와서요."

그 '전화'가 언제 걸려오기로 했는지 모르지만 시호코는 조금도 의심하지 않는 표정으로 목소리를 낮추었다. 의심은커녕 그녀가 어째 가만히 있지 못하는 이유가 언제 자신도 불려 가나 신경이 곤두선 탓인가 싶었다.

후루카와 또한 긴장의 끈을 조였다. 이 집을 지키던 형사 한 명이 '다이고가 빈손으로 차를 끌고 외출했다'고 알려 왔을 때에는 시내이리라 쉽게 생각했었다.

"그럼 오늘 밤에는 오사카에서 묵으십니까?"

"그럴지도 모르겠군요. 일단 그쪽에서 상황을 알리겠다며 서둘러 나갔으니까요."

시호코는 묵는다고 해도 어느 호텔에서 머물지는 전혀 모른다고 했다.

"그런가요. 그거 큰일이군요. 거참 난처한데."

후루카와는 한숨을 쉬었다.

"……?"

"사실은 그 여자, 요시미 교수 독살 유력 용의자로 주목받던 수수께끼 여자 정체가 드디어 밝혀졌어요. 이걸로 드디어 사건이 해결될 전망이 보이기 시작했습니다.

중간부터 밝은 말투로 말하자 시호코도 안심하며 고개를 끄덕이고서, 기분 나쁜 듯 눈살을 찡그렸다.

"어떤 여자였죠?"

"아, 그래서 다이고 선생님께도 얼굴을 확인해 주셨으면 해서 부탁드리러 왔는데 말이죠. 예전에는 요시미 교수님 연구실에도 드나들었던 여자인 모양입니다. 저희로서는 한시라도 빨리 증거를 모아 신병을 확보하고 싶어서요. 하지만 그런 일이 있다면 하는 수 없죠."

시호코는 포기한 듯하더니 주머니에서 담배를 꺼내는 후루카와에게 들어오라고 해야 할지 말아야 할지 고민하는 모양이다.

"그렇지 않아도 선생님께서는 최근 갑자기 바쁘지 않습니까?"

후루카와는 불을 붙이지 않은 담배를 손에 든 채 호의적인 야유가 섞인 말투가 되었다.

"문제의 포피코 분석 발표 이후 선생님 주가가 쭉쭉 올라가고 있으니까요. 물론 저도 남몰래 박수를 보낸 사람 중 한 명입니다."

"감사합니다."

"그건 그렇고 선생님은 언제부터 저런 견해를 안고 계셨을까요. 신문 같은 데서 보니 요시미 교수가 살아 있을 때에도 처음에는 다이고 선생님께서 샘플 분석을 맡았다고 하더군요. 선생님이라면, 설령 요시미 교수가 계속 건재하셨어도 자신의 신념을 관철할 생각이 들지 않았을까 싶은데 말이죠."

"글쎄요."

시호코는 난처한 듯 손으로 뺨을 만졌다.

"아니아니, 저는 이래봬도 다이고 선생님의 이해자 중 한 사람이라고 자부합니다. 선생님은 정말로 신사적이고 섬세한 겉모습 안에 학자로서 양심과 용기를 반석처럼 겸비하고 계신 분이니까요. 설령 요시미 교수 아래에 있더라도 진실은 진실로 밝힐 결의를 굳히셨을 겁니다. 요시미 교수의 죽음은 다이고 선생님께는 완전히 우연이었고, 기본적인 자세를 좌우할 일은 아니었겠죠."

"그거야 뭐, 그럴지도 모르겠네요."

후루카와의 이야기 마지막 부분에 시호코는 일단 안심한 듯 동의했다.

후루카와는 라이터로 담배에 불을 붙였다.

"어떻습니까. 사모님이 보시기에 남편이 어떤 확고한 신념을 지녔구나 하고 느낀 시기가 있지 않나요?"

시호코는 다시 고개를 갸웃했지만 적어도 후루카와의 말은 귓가에 기분 좋게 울렸으리라.

이내 그녀는 소박한 감개를 담은 말투로 조금씩 대답했다.

"그거라면……. 어쩌면 작년 가을 파리 학회에 출석할 무렵부터 남편이 조금 달라졌는지 모르겠네요. 그게 난페이푸드 문제와 관계가 있을지는 잘 모르겠지만."

"어떻게 바뀌었죠?"

"글쎄요. 파리에서 돌아오고부터 뭐라고 하면 좋을지……. 무척 생기가 넘쳐 늘 흥분한 것처럼 보이는가 하면 저랑 이야기하며 꼭 다른 여자 생각이라도 하는 것처럼 건성일 때도 있고…….”

조심성 없는 말을 엉겁결에 떠들고 만 여자아이처럼 시호코는 갑자기 얼굴을 희미하게 붉히며 고개를 떨구었다.

3

바람이 분다. 호숫가의 아슬아슬한 곳까지 무성하고 다이고의 머리 위까지 덮어쓴 잡목림이 술렁이는 소리는 점점 거세지고, 끊이지 않고 이어진다…….

하늘에도 구름이 빠르게 흘러갔다. 비구름 무리로 달도 별도 없는 밤하늘이 오히려 희끄무레하게 희미한 빛을 띠었다.

호수는 새카만 밤공기 아래에 가라앉아 있다. 작은 파도가 밀어닥치는 울림이 끊임없이 발치로 전해질 뿐이다.

한번 살짝 깊은 곳에 발을 내디딘 탓에 왼쪽 구두 안까지 물이 스며들어서 발끝에서 희미한 오한이 기어올라 온몸으로 퍼졌다. 그래도 저기압의 접근 때문에 꼭 장마철처럼 후텁지근한 밤이다. 추위를 느끼는 건 이상한 긴장 탓이 분명했다.

보트 하우스의 길은 아카네가 가르쳐 준 대로라 알기 쉬웠다. 호숫가 자동차도로에서 에메랄드 뷰로 이어지는 히말라야 삼목에 둘러싸인 사설도로 도중에 숲 속 샛길로 헤치고 들어가, 갑자기 급경사가 진 흙길을 미끄러지듯 내려가자 곧 호숫가가 나왔다.

거기서 삼백 미터쯤 북쪽으로…… 더는 길이 없었다. 나무숲과 물가 경계의 어둠을 감에 맡겨 나아갈 수밖에 없다.

예전에는 길도 트여 있었는지 모르지만 호텔의 보트 하우스가 언제부터인가 아카네의 아틀리에 전용으로 쓰이게 되고부터 사람 발길도 멀어져서, 밟아서 만든 길에 다시 자연의 초목이 우거진 게 아닐까.

'아틀리에'를 재회의 장소로 골라 준 그녀의 지혜에 다이고는 만족했다. 이런 길밖에 없어서야 산책하다가도 이미 본디 용도로 쓰이지 않는 오래된 보트 창고 따위에 가까이 올 사람이 있을 리가 없다. 게다가 오늘 밤은 기상 조건까지 우리 편이 되어 줄 모양이다.

처음에 다이고는 아카네가 일요일 밤을 지정해서 걱정했지만, 그것도 그녀의 재빠른 배려가 틀림없다고 이해했다. 봄방학 마지막 일요일이라 아마도 호텔은 객실이 가득 찼으리라. 이런 밤에 아카네의 행동에 주의를 기울일 이는 아무도 없지 않을까.

다이고로서도 후쿠오카에서 하코네까지 여느 때처럼 다섯 시간이 걸리는 여행길에 설령 미행하는 사람이 있어도 중간에 교묘하게 떨치고 왔다는 자신이 있었다. 아내에게는 외숙모 이야기를 꺼내며 급히 오사카에 가기로 했고, 실제로 후쿠오카 공항에서는 오사카행 항공권을 샀다. 기분 탓인지 모르지만, 중년 남자 한 명이 운전하는 소형차가 3호선 우회도로를 계속 따라왔고, 공항에서는 운전하던 남자가 어느새 또래 남자와 2인조가 되어 넌지시 다이고를 감시하는 것 같았기 때문이다.

오사카행 비행기 출발이 닥쳐오자 다이고는 탑승 개찰구가 있는 2층으로 올라갔다. 이제 그가 오사카행에 탄다고 안심하고 매점을 기웃거리는 형사들(?)을 곁눈질하며 다이고는 직원용 통로를 빠져나가 가늘고 긴 공항 빌딩 반대쪽 끝에 있는 도쿄행 이륙빌딩으로 달렸다. 곧 탑승 수속이 끝나려는 창구에 전날 사 둔 항공권을 내고 도쿄행 점보기로 미끄러져 들어갔다.

도쿄 공항과 역에서도 그는 끊임없이 그런 속임수를 되풀이했다. 오다와라를 포기하고 아타미에서 올라온 콜택시를 도겐다이에서 세울 때에는 적어도 현재는 주위에 감시자의 눈이 없음을 확인할 수 있었다.

오후 8시 40분이다.

한 시간을 다른 호텔 레스토랑에서 보냈다.

에메랄드 뷰의 사설도로를 내려갈 때는 좀 더 경계를 필요로 했다. 달리고 싶은 충동을 억누르고 산책하는 사람처럼 자유로운 발걸음을 가장했다. 차 몇 대가 그의 옆을 지나쳤다.

다이고는 다시 몸속에 생겨난 작은 전율을 느꼈다. 하지만 이번 떨림은 절대로 공포나 추위 같은 불쾌한 감정 때문에 인 것이 아니었다. 앞쪽 나무속에 산장인 듯한 네모난 건물 윤곽이 어렴풋이 나타나고 창문 위치에 희미하게 깃든 빛이 보였기 때문이다.

아카네는 '빨간 지붕 보트 하우스'라고 말했다. 하지만 지금은 지붕 색까지 구분할 수 없다. 다만 다이고는 안정을 되찾기 위해 애써 되짚어 보았다.

어쨌거나 산장은 한 채뿐이니 틀릴 염려는 없다고도 했다.

창문에 밝힌 부드러운 오렌지빛 불빛이 가장 큰 사인이었다.

저 안에 후미코가 기다리고 있다!

다이고는 더는 자제도 잊은 채 달렸다. 쓰러진 나무에 걸려 넘어질 뻔하고, 물가에 몇 번이나 신발이 젖었다.

산장은 바닥이 높고, 보트 창고인 듯한 바닥 아랫부분 나무문은 닫혀 있었다.

계단을 올라가 문 앞 테라스에 섰다.

혹시 몰라 주위를 둘러보았다. 산장 등 뒤 나무가 검은 덩어리가 되어 흔들리기 시작했다. 구름이 내달렸다. 가까스로 호수의 어둠에 익숙해진 눈에 수면이 물결치면서 계단 바로 밑까지 밀려오는 모습이 보였다.

바람과 파도 소리 말고는 아무것도 들리지 않았다. 그것은 다이고 에게는 정숙과 다름없었다. 샤토 샹탈에서 보낸 폭풍우 치던 밤과 마찬가지로.

다시 발작처럼 전율이 그를 관통했다. 그 뒤로도 그의 온몸은 가는 떨림이 멈추지 않았다. 인간은 공포와 경악, 환희와 비탄, 그게 극에 달할 때에는 한결같이 단순한 생리적 반응밖에 나타내지 않는 것일 까?

다이고는 떨리는 주먹으로 문을 두드렸다.

한 번……. 이어서 두 번 연달아…….

"들어오세요."

안쪽에서 대답이 들렸다. 낮고 조용한 목소리지만 그의 주위에서 술렁이는 공간 속에서 솟구친 것처럼 가까이서 들렸다.

다이고는 문을 열었다.

산장 내부는 안쪽에 있는 플로어 스탠드의 오렌지빛으로 어렴풋이 비추었다.

다이고는 한 걸음 내디디고 문을 닫고는 통나무 빗장을 걸었다.

실내에는 잡다한 가구를 놓았다. 산장다운 둥근 테이블과 의자, 작은 테이블 위 석고상, 이젤 같아 보이는 키 큰 물건……. 그의 눈은 물건들의 윤곽을 하나하나 더듬으며 아카네 모습을 찾았다.

창문 반대쪽에는 맨틀피스가 장식장처럼 꾸며져 있었다. 맨틀피스 앞에 조각상이 장식되어 있나 싶었다. 그 정도로 그림자는 또렷한 윤곽으로 가장자리를 두르고 꼼짝도 하지 않았기 때문이다.

그러나……. 그건 옆모습이 보이게 앉아 있는 아카네의 상반신이 틀림없었다. 아무리 그녀가 가만히 움직이지 않으려 해도 풍만한 가슴의 조용한 오르내림이 이내 그녀를 응시하던 다이고의 눈에 포착되었다. 아카네는 긴 머리를 어깨까지 내려뜨렸다. 드레스는 아마 실크나 조젯의 얇고 부드러운 소재가 분명하다.

"후미코 씨……."

다이고는 잠긴 목소리로 중얼거리고는 다시 한 번 "후미코."라고 부르며 여자에게 성급하게 달려갔다.

그러자 그녀가 손을 쓱 뻗어 플로어스탠드 줄을 당겼다.

불빛이 꺼지자 희끄무레한 비구름의 반사 빛만이 어렴풋하게 창문으로 흘러들었다.

다이고는 망설임 없이 나아갔다.

아카네는 다시 소파에 앉은 모양이었다. 반쯤 이쪽에 등을 돌린 채였지만 그 뒷모습이 그를 받아들이는 게 느껴졌다.

다이고는 정신없이 여자의 어깨를 안았다. 얇은 천 아래 부드러운 피부 탄력이 그의 손바닥에 돌아왔다. 목덜미에 얼굴을 대자 겔랑 향기가 났다. 그리고 그녀 역시 가늘게 떨고 있음을 그는 비로소 깨달았다.

폐부를 죄어드는 예리한 아픔과도 비슷한 감동이 엄습했다.

"후미코 씨……. 역시 만났군요!"

여자는 한 번 헐떡이듯 숨을 쉬고서야 비로소 가까이서 말했다.

"맞아요, 다이고 선생님. 우리는 드디어 다시 만났어요."

여자는 똑똑히 그의 이름을 불렀다. 하지만 그녀의 낮지만 차분한 목소리에는 환희와 우수가 복잡하게 녹아든 것처럼 들렸다.

"왜 그렇게 섭섭하게 부르십니까. 우리는 영원한 여행길의 끝에서 드디어 다시 만났는데———. 아니, 분명히 그날 밤 당신은 서로의 얼굴도 보지 않고 헤어져 두 번 다시 만나지 않는 게 좋겠다고 했죠. 그리고 당신은 어둠 속 살롱에 나를 홀로 남기고 사라졌어요. 그러나 그건 우리가 정말로 서로의 의지를 행동으로 실현할 수 있는 진짜 분신인지, 그 시점에서는 아직 온전히 믿을 수 없다고 생각하셨기 때문일 겁니다. 아무것도 듣지 않은 것으로 하고 잊을 수 있도록, 선택의 자유를 남기려 하셨던 건 아닌가요. 하지만 우리는 이미 두 사람이 서로 운명임을 실제로 증명하지 않았나요."

"어둠 속 살롱……."

그녀는 또 조금 늦게 중얼거렸다. 너무나 격렬한 감정의 고양에 넋이 나가 버린 듯한 기척도 엿보였다. 그게 다이고에게는 오히려 무척 사랑스럽게 느껴졌다.

"정말로……. 우리는 처음부터 이런 암흑에 에워싸여 있었죠."

"아뇨, 샤토 샹탈의 살롱은 더 어두웠죠. 때아닌 폭풍우와 낙뢰로

온 마을이 일제히 정전되어 버린 것 같았으니까요. 지금 난 그날의 우연에 진심으로 감사합니다. 캄캄한 어둠 속이 아니었다면 인간은 도저히 그리 쉽게 자신의 마음 깊숙이 감춘 소망을 드러낼 수 없었겠죠. 하물며 서로 얼굴도 보지 못한 상대 안에 자신의 운명을 직감하는 힘 따위 아주 먼 옛날부터 정든 어둠 속에서밖에 되살릴 수 없는지도 몰라요……."

다이고는 거의 무의식중에 여자의 몸을 쓰다듬으며 말이 입에서 분수처럼 쏟아지도록 내버려두었다. 그녀는 이제 다이고 쪽으로 몸을 돌려 솔직하게 그의 애무에 몸을 맡겼다. 그녀도 점점 흥분하는 게 때때로 불규칙하게 끊어질 듯한 숨소리로 느껴졌다.

"나도 기다리고 또 기다렸어요. 있는 그대로의 자신을 드러내고 온전히 믿을 수 있는 사람을 만나는 날을. 그런 내게 선생님은 자신의 마음속 비밀을 털어놓아 주셨죠……."

"아니, 사실은 당신이 먼저였어요. '단순한 욕망'을 솔직히 말해 주었던 것 말이죠. 그 솔직함에 내가 움직인 겁니다. 하지만 당신은 심술궂은 사람입니다. 나중에 당신은 내게 에메랄드 뷰와 나가하라 미도리의 이름만 알려 주었죠."

'——우리가 오늘 밤 같이 겪은 일을 입 밖에 꺼내지 않은 채 나중에 둘 만의 시간을 가질 수 있다면 참 멋지겠지요.'라는 말을 남긴 후미코의 목소리가 다이고의 의식 속에 되살아났다. 하지만 지금은 역시 서로 헤쳐 온 일들을 이야기하는 것이 어떤 말보다도 그동안 긴 공백을 메워줄 것이다. 후미코도 그리 느꼈으리라. 두 사람은 그날 밤부터 틀림없이 분신이었다. 동시에 같은 생각을 하고 있고 서로 순식간에 그걸 읽어 낼 수 있다!

아니, 지금은 설령 어떤 의미 없는 말을 떠들어도 두 사람의 귀에는 더없이 기분 좋은 음악처럼 귓가에 흘러들지도 모른다.

"당신은 처음부터 요시미 교수뿐 아니라 내 이름과 신분도 알고 있었지만, 내가 당신을 찾느라 얼마나 고생했는지 아십니까."

다이고는 아카네의 드레스 지퍼를 내리면서 쓴웃음을 담아 속삭였다.

"하지만 그 대신 당신은 내게 대담한 메시지를 보내 주었어요. 요시미 사건 때에는 난 당신의 콘티대로 행동했죠. 그리고 연하장 안에 섞여 있던 호텔 그림엽서를 찾아내고 이번에야말로 내가 행동을 일으킬 때라고 깨달았습니다. 아, 하지만 그래서 떠올렸는데……."

여자의 상반신이 드러났다. 다이고는 풍만하게 부풀어 오른 가슴골에 얼굴을 묻었다. 그곳에서 겔랑 향기가 났다. 여자의 손가락은 그날 밤과 마찬가지로 어머니가 어린 아들을 만지듯 상냥하게 그의 목덜미 윗부분을 쓰다듬었다.

"당신은 우선 멀리 가세요. 하루라도 빨리 일본 경찰 손이 닿지 않는 곳으로……."

"알겠어요. 하지만 선생님도 조심하세요. 얼마 전에 전화로 말씀 드렸다시피 선생님 사진을 든 남자들이……."

"괜찮아요. 당신만 안전한 곳에 몸을 숨기고 있어 준다면 난 어떤 시련도 견뎌내겠습니다. 그것도 잠시의 고통이에요. 다시 우리가 지구상 어딘가에서 이렇게 만날 때에는 그때야말로 영원한 시간이 약속되겠죠."

다이고는 여자의 어깨를 살짝 비틀어 뒤로 돌렸다. 그러고서 잘록한 허리를 끌어안아 당기자 그녀는 뒤를 향한 채 사뿐히 그의 무릎 위로 올라왔다. 그는 여자의 어깨에 턱을 올리고 입술을 찾았다.

더듬어 찾던 입술을 겹쳤을 때, 두 사람은 이미 성급하게 하나가 되기 직전이었다.

4

산장 창문을 두드리는 바람 소리가 다이고의 귓가에 돌아왔다.

샤토 샹탈의 프랑스 창문에 들리던 먼 바람의 울림이 구슬프게 되살아났다.

두 사람의 호흡이 진정되고 나서도 그의 손끝은 아직 여자의 유두를 만지작거렸다.

그러지 않으면 아카네의 작은 젖꼭지는 부드러운 마시멜로처럼 유방 안에 함몰되어 버린다. 그건 그것대로 그녀의 아직 활짝 피지 않은 꽃봉오리 같은 육체를 말해 주는 신선한 매력이었다. 하지만…….

다이고는 머리카락에 숨겨진 귓불을 살짝 만졌다. 부드러운 조개껍데기 모양 살점 어디에도 귀고리를 차기 위한 구멍이 없었다. 그 이후로 그것을 까맣게 잊고 있었다. 오늘 밤 아카네를 무릎에 그러안고서부터 불현듯 감촉이 되살아났다. 바르비종의 밤, 후미코 귓불을 입술과 혀로 더듬을 때 느낀 작은 구멍의 미묘한 감촉을———.

겨우 다이고의 움직임이 멎자 아카네는 조용히 옷매무시를 가다듬고 소파의 원래 위치로 돌아갔다.

비구름이 기세를 더했는지 창문에서 흘러드는 희끄무레한 반사빛은 오히려 밝아진 것 같았다. 빛 때문에 아카네의 뚜렷한 이목구비의 옆얼굴이 다이고의 눈앞에 떠올랐다.

신비하고 고귀한 실루엣으로 보였다.

하지만 이제는 이 여자가 후미코가 아님을 그의 정신과 육체 모두 알고 있었다.

이상하게도 분노나 경계심은 끓어오르지 않았다.

다만 병들어 쇠약해진 인간의 끝없는 피로와도 같은 절망적인 깊은 슬픔이 그를 감쌌다. 이제 자신은 두 번 다시 절망에서 일어나지 못하는 것이 아닐까 두려워하면서도 한 줄기 희망을 믿으며 목소리를 밀어내듯 물었다.

"나가하라 아카네 씨. 이제 모든 걸 털어놓아 주세요. 하다못해 당신이 아는 것을 전부 내게 이야기해 주십시오. 당신은 왜 오늘 밤 사메지마 후미코를 가장해 날 만났습니까? 진짜 후미코는 어디에 있습니까?"

아카네의 움직임이 느껴졌다. 짧게 한숨을 쉬고는 뒤이어 그녀 특유의 솔직하고 지적인 말투로 대답했다.

"진실을 듣고 싶었어요. 당신과 사메지마 후미코가 나눈 계약의 진상을요."

"당신은 어떻게 그 사실을 알았습니까?"

"그건 사건 추이와 그녀의 행동을 되짚어 보면 어느 정도 추측할 수 있는 일이죠."

"하지만 당신은 내 이름까지 알았어요. 어제 전화에서 난 의식적으로 이름을 밝히지 않았는데. 후미코 씨에게 어느 정도 사실을 들은 겁니까?"

"당치도 않아요. 그녀가 털어놓았다면 나도 이런 모험은 하지 않았죠. 다이고 선생님의 이름은 가라스다 형사에게 넌지시 알아냈어요."

"하지만 그렇더라도……. 당신은 사메지마 후미코와 상당히 가까운 모양이군요. 자, 알려 주시죠. 그녀는 지금 어디서 어떤 이름으로 살고 있습니까? 당신이 한때나마 날 보기 좋게 속이고 비밀을 알아낸 이상 나도 당신에게 그걸 들을 권리가 있을 테죠!"

아카네는 잠시 침묵하다 마침내 작게 두 번쯤 끄덕거렸다.

낮은 목소리가 가라앉은 말투로 이야기를 꺼냈다. 하지만 다이고의 물음에 바로 대답하지는 않았다.

"이 년 반 전에 구메 미치야 씨가 불의의 죽음을 맞았을 때 그녀는 경찰의 취조를 받았습니다. 구메 씨와 애인 관계였던 그녀가 치정 문제로 그를 살해한 게 아니냐는 혐의가 있었기 때문이죠. 방법과 시간적으로도 그런 상상은 가능했습니다. 구메 씨가 요쓰야의 공동 주택 자기 방 안에서 가스 중독으로 죽은 건 10월 28일 저녁 6시쯤으로 추정돼요. 그날 아침 아내 유코 씨가 출근하고서는 그는 줄곧 홀로 서재에서 일했던 모양입니다. 서둘러야 하는 번역 원고를 끌어안고 전날 밤에 밤을 새웠죠. 예를 들어 그녀가 오후 4시나 5시쯤에 그를 찾아왔다고 쳐요. 속속들이 잘 아는 그의 집에 들어가니 그는 서재에

서 졸고 있습니다. 그곳에서 그녀는 불현듯 그를 향한 살의를 실행에
옮기기로 마음먹고 가스난로 불을 끄고 가스 뚜껑을 팔 할쯤 연 채
나갔다면⋯⋯. 저녁 7시에 유코 씨가 집에 돌아오기 전에 그는 가스
중독으로 죽고, 그의 몸속에서 수면약 등이 검출되지 않는 것도 당연
하죠. 물론 그날 오후 그녀는 알리바이를 증명할 수 없었습니다."

"⋯⋯."

"덤으로 그 범행은 그녀의 성격에 어울리는 면도 있었어요. 그녀
는 구메 씨를 온몸과 마음을 바쳐 사랑하면서, 아니, 사랑했기 때문에
그가 유코 씨의 헌신을 차마 배신하지 못한 채 본의 아니게 둘 사이에
끼어 이러지도 저러지도 못하는 이중생활을 이어가는 것을 참을 수
없었겠죠. 자신이 사랑을 바친 한은 상대의 몸과 마음 모든 것을 홀로
차지하지 않으면 성에 차지 않는 교만함, 그게 어림없다면 차라리
사랑하는 남자를 제 손으로 죽일 정도의 얼음 같은 냉철함을 타고난
여자였어요."

'살아 있는 것을 용서받지 못한 여자니까요. 마음이 얼음처럼 차
갑고 교만하고⋯⋯. 그 교만함 때문에 그 여자는 이 년 전 어떤 사람을
죽였습니다⋯⋯.'

후미코의 목소리가 다이고의 귓가에 메아리쳤다.

"당신은⋯⋯. 당신은 설마⋯⋯."

다이고의 흥분한 말이 들리지 않는 것처럼 아카네는 이야기를 계속
했다.

"하지만 당시는 나도 경찰과 마찬가지로 과연 정말로 그녀가 구메
씨를 죽였는지 죽이지 않았는지 판단할 수 없었어요. 하지만 말이죠,
시간이 흐르면서⋯⋯ 그 후 이 년의 세월 동안 자연히 진실이 보였습

니다. 경찰은 따돌렸어도 그녀는 결국 내면부터 무너지기 시작했어요."

낮은 목소리 밑바닥에 비로소 이루 말할 수 없는 슬픔이 감돌았다.

"그녀는 분명히 한편으로는 교만하고 차가운 마음을 가졌어요. 하지만 또 다른 한편으로는 더없이 섬세한 인간성과 날카롭게 진실을 응시하는 맑은 눈을 겸비했죠. 역시 그녀는 제 손으로 구메 씨를 죽인 게 틀림없어요. 게다가 그때부터 한순간도 자신을 용서하지 못한 채, 자신을 벌하려 했으나 이루지 못하는 나날을 보냈던 겁니다. 비참한 고뇌와 상극인 모습은 설령 이어진 피는 짙지 않아도 두 살 때부터 한 지붕 아래에서 산 사람에게는 말하지 않아도 전해졌어요."

아카네는 잠시 말을 끊고 조용히 흐느꼈다.

"당신은 설마⋯⋯."

다시 한 번 다이고가 말했지만 그건 이미 의미 없는 비명에 가까웠다.

"당신은 사메지마 후미코가 나가하라 미도리였다고 말하는 겁니까. 미도리를 미워하고 살해를 부추긴 후미코가 다름 아닌 미도리 자신이었다고⋯⋯!"

"선생님의 전화로 '사메지마 후미코'라는 이름을 접했을 때, 내 우울한 상상은 한층 강렬해졌어요. '사메지마 후미코'는 옛날에 언니가 발표하지도 못할 시를 쓰던 시절 필명이었으니까요."

"그럼⋯⋯ 작년 10월 미도리 씨는 홀로 유럽에⋯⋯?"

"네. 그 여행에서 언니에게 무슨 일이 일어났음을 느꼈어요. 겉으로 드러난 가장 단순한 변화는 그때까지 한 번도 바꾼 적 없던 향수 겔랑을 절대로 뿌리지 않게 된 것이죠. 그리고⋯⋯. 내가 맨 처음

의심하기 시작한 건 역시 요시미 교수의 독살사건을 신문으로 알고 그냥 읽고 지나칠 수 없는 걸 느꼈기 때문이에요. 선생님은 혹시 요시미 교수의 이름을 언니에게 알려 줄 때, 그가 소아암 발생의 원인을 만든 기업을 감싼 사정을 이야기하셨나요?"

"물론 이야기했습니다. 그리고 그녀는 그때 분명히 나만큼이나 교수를 증오했어요. 그 공감이 우리의 마음을 묶는 강한 요인이었다고 믿습니다."

"역시 그랬군요."

아카네는 다시 살짝 눈물을 훔쳤다.

"작년 여름, 그러니까 언니가 유럽을 여행하기 석 달쯤 전에 언니가 무척 귀여워하며 피아노를 가르치던 여자아이가 갑자기 암에 걸려 괴로워하다 죽었어요. 그때 언니가 슬퍼하는 모습은 옆에서 보기 괴로울 정도였습니다."

"아아⋯⋯."

다이고는 마음속에서 터져 나오는 신음을 뱉으며 양손으로 귀를 막고 푹 엎드렸다.

귀를 막아도 후미코의 목소리가 들렸다.

'소아암만은 참을 수 없어요. ⋯⋯제가 가끔 프랑스어를 가르치던 귀여운 여자애가 소아암으로 죽었는데, 그때 아파서 울던 목소리가 지금도 귓가에 생생해요.'

그리고 그녀는 충동적으로 흐느껴 울었다.

그 상냥함, 그 기품, 청아한 피부와 고귀한 숨결⋯⋯. 아아, 그 여자를 자신이 이 손으로 목 졸라 죽였단 말인가!

다이고는 자신의 무릎 사이에서 계속 신음했다. 의식이 끊길 것 같다.

에메랄드 뷰에서 처음 미도리를 보았을 때, 다이고는 표현하기 어려운 공포와 운명이란 느낌에 사로잡혔다. 얼어붙은 차고 안에서 미도리의 저항은 약했다. 일이 끝나고 다이고는 느꼈다. 대체 자신은 이 여자와 어떤 운명으로 묶인 걸까? 서로 어떤 이해도 나누지 못한 채 살인자와 피해자로 바뀌다니———. 어떤 이해도 나누지 못한 채……!

그러나 생각하면 모든 대답이 이미 첫날 밤 준비되어 있었던 것이 아닐까?

후미코는 그날 밤 이야기했다. '그 여자는 이 년 전 어떤 사람을 죽였습니다. 그리고 그날부터 저는 그 여자를 죽여야만 한다고 몇 번이고 다짐했어요. ……어쩌면 그 여자가 저를 저주하고 있는지도 몰라요. 그 여자가 죽는 것 말고는 제 마음은 도망칠 곳이 없으니까요.'

죽은 사람을 당신은 사랑했느냐는 다이고의 물음을 후미코는 말없이 긍정했다.

그렇게 증오하는 상대에게 복수하는 데 교환 살인으로 맡길 리 없음을 그때 왜 깨닫지 못했을까! 진짜 복수란 상대에게 복수 의도를 알리고서 한껏 고통을 맛보일 때 비로소 완수되는 것이 아닐까.

후미코는 이런 말도 했다. '저는 벌써 이 년이나 그 생각만 끊임없이 가슴에 품은 채 이루지 못하고 있어요. 용기가 없는지, 기회가 없는지……. 하지만 둘 다 결정적인 건 아니니까 머지않아 반드시 실행할 거예요.' '용서하지 않는 것에는 큰 용기가 필요하지 않나요?'

그런 후미코가 헤어질 때 '하늘이 제게 주신 순수함과 용기 ······.'라는 말을 남겼다. 다이고는 그 '용기'의 뜻을 몇 번이나 골똘히 생각했다. 하지만 사실은 대답은 처음부터 그의 앞에 드러나 있었던 것이 아닐까. 후미코의 용기란 자신을 처형할 결단일 뿐이었다!

후미코는 자신의 사형 집행인으로 스쳐 지난 다이고를 골랐다. 대가로 그가 증오하던 요시미 아키오미를 없애 주었단 말인가. 그녀는 다이고의 알리바이를 확보하기 위해 완벽한 콘티를 보내고서 요시미 살해를 실행했다. 그녀는 또 바르비종에서 보낸 밤, 자신의 알리바이가 보증되는 요일과 시간대를 이야기했다. 하지만 실제로는 구메 유코가 일하러 나가는 시간과 일치했다. 자신이 변사해도 유코에게 혐의가 씌워지지 않도록······. 그건 유코를 향한 최소한의 속죄라도 되는 걸까.

후미코는 마지막 상냥함으로 다이고에게 구제를 마련해 줄 작정이었는지도 모른다. '그런 우리가 오늘 밤 같이 겪은 일을 입 밖에 꺼내지 않은 채 나중에 둘 만의 시간을 가질 수 있다면······'이란 말은 설령 나중에 후미코를 찾는 다이고가 모두에게 거절당하더라도 그중에 후미코가 있을지 모른다고 생각할 수 있는 구원을 그에게 마련해 주기 위한 말이 아니었을까?

'하지만 모든 것을 알아 버렸다.'

다이고는 저도 모르게 일어나 문으로 걸어갔다.

"기다려요. 선생님, 기다리세요!"

아카네의 손에 팔이 잡히고서야 자신이 걷고 있음을 깨달았다.

"제발 기다리세요. 선생님, 한 번만, 처음부터 다시 시작할 수는 없나요?"

"⋯⋯처음부터⋯⋯?"

"오늘 밤 이 순간을 다른 누구도 아닌 우리 두 사람이 함께 공유한 체험으로⋯⋯."

"⋯⋯?"

"다이고 선생님, 저도 계속 찾고 있었어요. 변하지 않는 불타는 사랑을⋯⋯. 영혼 깊숙이 도취할 수 있는 인간의 연결고리를⋯⋯. 내가 이렇게 위험을 저지르면서까지 살인범인 당신을 만난 까닭도 언니가 경험한 진수를 밝혀내고 싶었기 때문이에요. 하지만 사랑은 대체 뭘까요. 얼마만큼의 이해를 근거한 정서일까요? ⋯⋯아뇨, 물론 상대를 거의 모른 채 사랑에 빠지는 일은 얼마든지 있어요. 캄캄한 어둠 속에서 서로의 모습도 알지 못한 채 사랑을 나누는 것 또한 그리 큰 기적이라 할 수 없을지도 모르겠네요. 그런 때에도 인간은 자신의 직감이 상대의 보이지 않는 부분이나 말할 수 없는 내면을 재빠르게 통찰하고 인식하고서 사랑을 품었다 착각하는 존재가 아닌가요?"

"⋯⋯."

"하지만 그건 죄다 착각인지도 모르겠군요. 선생님은 미도리인 후미코를 한결같이 사랑했죠. 그래서 후미코인 미도리를 무참하게 살해했어요. 그날 밤 선생님은 아마도 이유 없이 후미코를 사랑하고, 그때 당신은 역시 이유 없이 미도리를 미워했겠죠. 설령 순간적이라 도 해도 미움 없이 저항하지 않는 상대를 목 졸라 죽일 수 있을 리가 없으니까요."

순간적인 공포, 정신과 육체 깊숙이 새겨진 미친 폭풍 같은 기억이 다시 다이고 안에서 욱신거렸다.

"그럼 사랑이나 미움도 인간의 행위는 전부 물거품 같은 환영에 지나지 않는 걸까요? ……나는 알 수 없게 됐어요. 아뇨, 알지 못하니까 더욱 다시 한 번 되돌릴 수 있지 않을까 하는 작은 희망이 샘솟는 거예요.

"다시 한 번 시작한다……?"

"생각해 보면 인간의 존재 자체가 물거품 같은 것인걸요. 만약 조금이라도 영원에 손을 뻗을 방법이 있다면 그건 믿음밖에 없지 않을까요. 난 어쩐지 믿을 수 있을 것 같아요. 있잖아요, 다이고 선생님. 우리 두 사람이 오늘 밤 이 체험을 공통의 끈으로 서로 안에 든 순수한 사랑을 계속 찾아갈 수는 없을까요?"

지속적인 믿음만이 자기를 지탱해 준다고 자신도 믿었다……. 다이고는 멍하니 생각했다.

그는 무의식처럼 아카네의 머리카락을 상냥하게 쓰다듬었다. 너는 아마도 믿을 수 있겠지…….

그러고는 슬머시 그녀의 어깨를 떼 내고 다시 문으로 걸어갔다.

빗장을 빼고 무거운 나무문을 열자 이슬비를 머금은 강풍이 불어들었다. 하늘은 더욱 하얗고 구름의 흐름은 한층 빨라졌다.

멀리서 우레가 쳤다.

다이고는 요동치는 호수를 느꼈다.

추기

4월 4일 월요일 아침, 오다와라 경찰서 가라스다 가즈오 경부보는 후쿠오카 현경 후루카와 마사오 경부의 전화를 받았다. 그 내용은——
——.

(1) 다이고 고헤이는 학회 출석을 위해 작년 10월 13일부터 닷새간 파리 체류 중에 여자 X와 접촉해 교환 살인 계약을 주고받은 혐의가 짙다.

(2) 도쿄의 사카구치 기요코가 전화해 여자 X에 대한 새로운 단서를 제공했다. 사카구치 기요코에게는 지난번 나가하라 아카네 사진을 보여 주고 호텔 화장실에서 부딪친 여자인지 확인을 요구했으나, 단정적인 회답은 얻지 못했다. 그런데 그 뒤 그녀는 문득 어떤 사실을 떠올렸다고 한다. 그것은 여자 X가 카펫 위에 흘린 가방 내용물을 주울 때, 옆얼굴을 가까이서 보았는데 여자 X의 귀에는 가는 금귀고리가 걸려 있었고, 그것은 그런 류의 귀고리를 걸기 위해 귓불에 뚫은 구멍으로 연결되어 있었다고 한다.

지난번 아카네의 옆모습을 클로즈업한 사진을 보였을 때에는 어딘지 이상한데도 다른 점을 찾지 못했다. 그러나 지금은 단언할 수 있다. 나가하라 아카네의 귓불은 상처가 없었으니, 그녀가 X일 리 없다. 여자 X는 양쪽 귓불에 귀고리를 차기 위한 구멍이 뚫려 있을 것이다.

가라스다는 이 연락에 근거해 다시 나가하라 미도리의 신변을 조사하고 뜻밖의 결과를 얻었다.

미도리 주위에서 작년 10월 13일부터 닷새간에 걸쳐 외국을 여행한 사람은 미도리 밖에 없었다. 미도리는 10월 10일부터 12일간 파리를 포함한 서유럽을 홀로 여행했던 듯하다.

또, 미도리는 귓불을 뚫었다.

가라스다는 나가하라 저택의 미도리 방에서 그녀가 남긴 지문을 검출해 미도리의 사진과 함께 후쿠오카 현경으로 급히 보냈다. 미도리의 혈액형이 O형임도 덧붙였다.

후루카와 경부는 요시미 교수 저택 응접실에서 채취해 아직 누구인지 확인되지 않아 없애지 않은 지문 중에 나가하라 미도리의 지문과 일치하는 지문을 발견했다.

같은 응접실의 쓰러진 요시미 옆에서 수집된 머리카락 안에는 O형 모발이 섞여 있었다.

나가하라 미도리의 사진을 사카구치 기요코 외 여러 증인에게 보이자, 파티에 나타난 여자 X는 그녀가 틀림없다는 증언을 얻었다.

이제 후쿠오카, 오다와라 두 경찰서 수사본부는 요시미 아키오미와 나가하라 미도리 살해 두 사건은 다이고 고헤이와 나가하라 미도리의 공모 결과라는 결론에 이르렀다.

다이고와 미도리는 작년 10월 파리에서 만나 청부살인 계약을 맺었다.

그에 근거해 미도리가 12월 4일 오후, 후쿠오카에서 요시미 교수를 독살했다.

요시미 살해 보수로 다이고는 미도리에게 뭘 주기로 약속했는지 아직 자세히 밝혀지지는 않았다. 미도리의 성격이나 입장으로 미루어 보아 대신 다이고가 미도리가 지정한 인물을 살해하기로 교환살인 계약을 맺었을 가능성도 예상된다. 그런데 그는 교활하게도 미도리와의 계약을 이행하는 대신 교환살인 공범자인 미도리를 뒤탈이 없도록 없앴다는 견해가 우세하다.

4월 6일 저녁, 다이고는 나가하라 미도리 살해사건 중요참고인으로 가나가와 현경에서 지명 수배되었다.

같은 날 오후, 후쿠오카 J대학 의학부 교수회에서는 위생학 교수 고 요시미 교수의 후임 교수 선거를 5월 10일에 하기로 했다.

후임교수에는 현 조교수인 다이고 고헤이가 선출되는 것이 확정적으로 보였다. 난페이푸드 식품 공해 사건(현재는 이미 그것이 기정사실로 세상에 유통되고 있었다.)에 대한 다이고의 견해가 여론과 매스컴의 강력한 지지를 얻어, 오히려 고 요시미 교수와 업자의 유착이 규탄받기에 이르렀기 때문이다.

게다가 다이고의 가장 유력한 대립 후보로 주목받던 가고시마의 사립대학 위생학 교수가 건강상 이유로 초청을 사퇴했다.

조수인 야마다는 일찍이 요시미 교수를 대했을 때와 마찬가지로 스스로는 늘 진심으로 성실하다고 믿는 기분으로 다이고가 대학에 오기를 기다렸다.

그러나 다이고 고헤이는 4월 3일 밤 아시노코 호숫가에서 아카네와 밀회한 이후 후쿠오카로 돌아가지 않았다.

6일 저녁, 그의 지명수배가 개시된 시각 그는 도쿄 공항 국제선 로비 구석에 홀로 서 있었다.

그가 타야 할 북쪽으로 회항하는 파리행 비행기는 앞으로 한 시간 반 뒤면 출발할 예정이었다.

다이고는 완전히 모습이 바뀌었나 싶을 정도로 공허한 얼굴을 한 채 로비의 사람들을 바라보고 서 있었다. 그의 의식 안에는 그저 그날 샤토 샹탈의 암흑과 창밖을 사납게 몰아치던 폭풍 소리만이 존재했다.

다시 한 번 살롱의 안락의자에 몸을 기대고 그날 밤 자신에게 찾아온 환영이 무엇이었는지 오감으로 확인해야겠다.

그러나 자신은 두 번 다시 그곳에 이르지 못하리라는 예감 또한 그의 본능은 느꼈다.

그것은 그의 염세주 탓이 아니었다.

환영은 결코 내 손에 붙잡을 수 없는 존재다…….

〈 제3의 여인 · 끝 〉

제3의 여인

나쓰키 시즈코 지음 ┃ 추지나 옮김

초판 1쇄 발행 2012년 4월 20일

발행인 박광운
발행처 도서출판 손안의책
출판등록 2002년 10월 7일 (제25100-2011-000040호)
주소 서울 강북구 수유3동 167-86 현대쉐르빌 303호
전화번호 (02) 325-2375 ┃ 팩스 (02) 325-2376
홈페이지 http://www.bookinhand.co.kr, http://cafe.naver.com/bookinhand

ISBN 978-89-90028-71-6 03830